銀河英雄伝説2
野望篇

田中芳樹

奇策を用いて難攻不落の要塞イゼルローンを陥した“奇蹟の”ヤン。指導者たちの思惑に振り回される彼にもたらされたのは，クーデター勃発の急報と鎮圧の命令だった。叛乱者たちを指揮するのはヤンが篤く信頼を寄せていた人物。またも苦境に立たされたヤンが打つ次の一手とは？　一方ラインハルトは，切れ者の参謀と無二の腹心，優秀な幕僚を従えて，皇帝崩御以降激化する権力闘争の中で栄達を重ねていた。しかし彼を警戒する門閥貴族らは戦力を結集，粛清のために動き出す。直接戦火を交えた二者の勝敗は，銀河史に新たなる波瀾を呼ぶ。巻措く能わざるスペース・オペラの傑作，第二弾。

銀河英雄伝説 2

野望篇

田 中 芳 樹

創元ＳＦ文庫

LEGEND OF THE GALACTIC HEROES II

by

Yoshiki Tanaka

1983

目次

登場人物

●銀河帝国

ラインハルト・フォン・ローエングラム……元帥。宇宙艦隊司令長官。侯爵。常勝の天才

ジークフリード・キルヒアイス……ラインハルトの腹心。上級大将。宇宙艦隊副司令長官

アンネローゼ……ラインハルトの姉。グリューネワルト伯爵夫人

パウル・フォン・オーベルシュタイン……宇宙艦隊総参謀長。中将

ウォルフガング・ミッターマイヤー……艦隊司令官。大将。〝疾風ウォルフ《ウオルフ・デア・シユトルム》〟

オスカー・フォン・ロイエンタール……艦隊司令官。大将。金銀妖瞳《ヘテロクロミア》の提督

カール・グスタフ・ケンプ……艦隊司令官。中将

フリッツ・ヨーゼフ・ビッテンフェルト……〝黒色槍騎兵《シユワルツ・ランツエンレイター》〟艦隊司令官。中将

ヒルデガルド・フォン・マリーンドルフ……マリーンドルフ伯フランツの令嬢

リヒテンラーデ……宰相。公爵

ゲルラッハ……………………副宰相。子爵
ブラウンシュヴァイク………貴族連合軍の盟主。公爵
アンスバッハ…………………ブラウンシュヴァイクの忠臣
リッテンハイム………………侯爵
ウィリバルト・ヨアヒム・フォン・メルカッツ……老練の宿将。貴族連合軍の司令官。上級大将
シュナイダー…………………メルカッツの副官
シュターデン…………………貴族連合軍の提督
ファーレンハイト……………貴族連合軍の提督
オフレッサー…………………装甲擲弾兵総監。上級大将
エルウィン・ヨーゼフ二世…第三七代皇帝
ルドルフ・フォン・ゴールデンバウム……銀河帝国ゴールデンバウム王朝の始祖

●自由惑星同盟

ヤン・ウェンリー……………イゼルローン要塞司令官、駐留艦隊司令官。大将。不敗の智将
ユリアン・ミンツ……………ヤンの被保護者。兵長待遇軍属
フレデリカ・グリーンヒル…ヤンの副官。大尉

アレックス・キャゼルヌ……………イゼルローン要塞事務監。少将
ワルター・フォン・シェーンコップ……………要塞防御指揮官。准将
フィッシャー……………要塞艦隊副司令官。艦隊運用の達人。少将
ムライ……………参謀長。少将
パトリチェフ……………副参謀長。准将
ダスティ・アッテンボロー……………分艦隊司令官。ヤンの後輩。少将
オリビエ・ポプラン……………要塞第一宙戦隊長。少佐
グエン・バン・ヒュー……………ヤン艦隊の猛将。少将
クブルスリー……………統合作戦本部長。大将
ビュコック……………宇宙艦隊司令長官。大将
シドニー・シトレ……………前同盟軍作戦本部長。元帥
ドワイト・グリーンヒル……………国防委員会査閲部長。大将。フレデリカの父
ジェシカ・エドワーズ……………代議員。戦争反対派の急先鋒。ヤンの旧知
ヨブ・トリューニヒト……………国家元首。最高評議会議長

アーサー・リンチ……………………エル・ファシルで民間人を見捨てて逃亡
アンドリュー・フォーク……………元帝国領遠征軍情報主任参謀
バグダッシュ…………………………軍情報部中佐

●フェザーン自治領
アドリアン・ルビンスキー…………第五代自治領主。〝フェザーンの黒狐〟
ニコラス・ボルテック………………ルビンスキーの補佐官
ボリス・コーネフ……………………独立商人。ペリョースカ号船長
マリネスク……………………………ペリョースカ号事務長
地球教大主教…………………………ルビンスキーの影の支配者

注／肩書き階級等は〔黎明篇〕終了時、もしくは〔野望篇〕登場時のものです

銀河英雄伝説2

野望篇

第一章　嵐の前

I

千億の星々が千億の光を放っている。だが、その力は弱く、無限にひろがる空間の大部分は、黒曜石をみがいたような暗黒に支配されていた。

終わりのない夜。無限の虚無。想像を絶する寒冷。それらは人間を拒絶はしない。ただ無視するのみである。宇宙は広大だが、人間にとっては広くない。それは、人間が認識し行動しうる能力の範囲においてしか意味をもたないからである。

人間は散文的に宇宙を区別する。居住が可能な区域と不可能な区域に。航行が可能な区域と不可能な区域に。そしてもっとも救いがたい人間たち——職業軍人は、敵の支配する区域と味方の支配する区域、奪うべき区域と守るべき区域、あるいは、戦いやすい区域と戦いにくい区域に、あらゆる空間と星々を分けてしまうのだ。

それらのものに、本来、名はない。微小な人間たちが、認識しうる範囲のものを区別するために、自分たちの記号で呼ぶのである。

その宙域は、イゼルローン回廊《かいろう》と呼ばれていた。銀河系宇宙の難所をつらぬく、細長い安全地帯のトンネルである。

そのなかを一隻の戦艦が航行していた。Ｇｏ型スペクトルの恒星光のもとでは、その流線型の艦体は銀灰色に輝くであろうし、Ｕｌｙｓｓｅｓと刻印された艦名もあざやかに見えるだろう。

ユリシーズ。古代の伝説の英雄から名をえたこの戦艦は、自由惑星同盟軍《フリー・プラネッツ》イゼルローン要塞《ようさい》駐留艦隊に所属している。

半年ほど前まで、ユリシーズは同盟軍第八艦隊に所属していた。この艦隊は、アムリッツァ星域でおこなわれた史上最大規模の会戦に参加し、将兵と艦艇の九〇パーセント以上を永久に失った。それにともなって、艦隊そのものも消滅した。わずかな生き残りは、ほかの艦隊や基地に再配置された。

ユリシーズは死闘の渦中を生きのびた歴戦の勇者であるはずだった。艦じたいも、乗員もである。

ところが、実際には、〝戦艦ユリシーズ〟の名は、尊敬の対象としてよりは、悪気のない冗談の種にされている。

アムリッツァ会戦において、ユリシーズがうけた損害はかるいものだった。微生物を利用した排水システムを破壊されただけである。そのために乗員たちは逆流する汚水に足を浸しながら戦闘をつづけなくてはならなかったのだが……。

帰還したユリシーズを待っていたのは、〝トイレをこわされた戦艦〟という、不本意きわまる言われようだった。ご苦労でしたなあ、などと表現しがたい口調で言われて、艦長のニルソン中佐も副長のエダ少佐もくさったが、三〇〇〇万出征兵士のうち七割を失うという衝撃的な惨敗に直面して、人々は、ユリシーズを話の種にして笑いでもしなければ、理性の平衡をたもてなかったのかもしれない。たとえそうであっても、乗員たちはすこしもなぐさめられはしなかったが……。

いまユリシーズはイゼルローン要塞をあとにして、哨戒《しょうかい》の任務を遂行している。これは乗員の訓練をかねてのことだが、変光星、赤色巨星、異常な重力場などにみちた宙域のさきには、より巨大で人為的な危険が待ちうけているのだ。自由惑星同盟の領域はイゼルローン周辺をもって終わり、前方には銀河帝国の辺境領がひろがっている。過去、何度となく大規模な戦闘の場となり、ときとして数世紀の過去に破壊された宇宙船の破片を見いだすこともあるのだった。

艦長ニルソン中佐が指揮シートから巨体をおこした。オペレーターから、未確認艦船発見の報告がもたらされたのである。ユリシーズの索敵《さくてき》システムはほかの艦同様、レーダー、質量計、エネルギー計量装置、先行偵察衛星群などからなっているが、そのすべてから反応があったのだ。艦隊ではなく、一隻だけだった。

「現在、この宙域に、味方の艦船はいないだろうな」

「はい、現在、この宙域に味方の艦船は一隻もいません」

「では敵だな、単純な引き算だ。全員、第一級臨戦態勢をとれ！」

警報が鳴りひびき、一四〇名の乗員はアドレナリンの分泌量を急増させた。各部署から声がとびかう——彼我の距離三三光秒、磁力砲《レール・キャノン》異常なし、熱線砲《ヒート・キャノン》準備よし、スクリーン入光量調整ずみ——艦長はひときわひびく声で、共通信号の発信を命じた。

「停船せよ。しからざれば攻撃す」

緊張に汗ばむ乗員たちのもとへ、返信がとどいたのは五分後のことである。受信した通信士官が小首をかしげながら艦長にプレートを手わたした。それにはつぎのように記されていた。

「吾《われ》に交戦の意志なし。願わくは話しあいに応ぜられんことを」

「話しあいだと？」

ニルソン艦長は自分自身に問いかけるようにつぶやいた。エダ副長は腕をくんだ。

「このところなかったが、ひさしぶりの亡命者《おきやくさん》ですかな」

「まあ、詮索《せんさく》はあとのことだ。まだ臨戦態勢はとくな。機関を停止し、通信スクリーンを開くよう伝えろ」

ニルソン艦長は五稜星《ごりようせい》のマークを白く染めぬいた黒いベレーをぬぐと、それで顔をあおいだ。殺しあいが避けられるなら、それにこしたことはない。勝ったとしても犠牲が皆無というわけにはいかないのだから。スクリーンのひとつに浮かびあがった、ユリシーズと似たりよったりの敵艦を眺めながら、艦長は思う。あのなかの連中も、汗をかいて緊張しているのだろうか。

イゼルローンは、銀河帝国領と自由惑星同盟《フリー・プラネッツ》領の境界に位置する人工惑星で、恒星アルテナの周囲をまわっている。いわゆる〝イゼルローン回廊〟の中心にあり、ここを通過しないかぎり、たがいの領域に軍隊を侵攻させることは不可能だ。

帝国が建設し、同盟が奪取したこの人工惑星は、直径六〇キロ、内部は細分すれば数千の階層にわかたれる。表面は、耐ビーム用鏡面処理《ミラー・コーティング》をほどこした超硬度鋼と結晶繊維とスーパー・セラミックの複合装甲で、これが四重になっているという厳重さだ。

戦略基地としての機能は、すべてそなわっている。攻撃、防御、補給、休養、整備、医療、通信、管制、情報……。宇宙港は二万隻の艦艇を収容でき、整備工場は同時に四〇〇隻を修復できる。病院のベッド数は二〇万床。兵器廠《しょう》は一時間に七五〇〇本のレーザー核融合ミサイルを生産する。

要塞と駐留艦隊とを合計して、軍人の数は二〇〇万人におよぶが、これにくわえて三〇〇万人の民間人も居住している。大部分が将兵の家族だが、生活・娯楽関係の施設の運営を軍部から委託されている人々もふくまれる。そのなかには女性ばかりの店もあるのだ。

イゼルローンは要塞であると同時に、五〇〇〇万の人口を有する大都市でもある。有人惑星で、これより人口のすくないものは数多い。社会資本もととのっている。学校はもとより、劇場、音楽堂、一五層をぶちぬいたスポーツ・センター、産院、保育所、そして内部完結型の給排水システム、淡水工場をかねる水素動力炉、酸素供給システムの一環でもあり森林浴《フィトンチッド・シャワー》の場でもある広大な植物園、主として植物性蛋白質《たんぱくしつ》とビタミンの供給源である水耕農場などの施設がそろっているのだ。

要塞司令官と駐留艦隊司令官をかね、この巨大な宇宙都市の最高責任者として将兵を指揮する人物が、自由惑星同盟《フリー・プラネッツ》軍大将ヤン・ウェンリー提督だった。

Ⅱ

ヤン・ウェンリーを同盟軍屈指の重要人物《VIP》と考えることは、たいていの人間には困難である。そもそも、軍服を着ているときでさえ、軍人らしく見えないのだ。

姿勢の正しい、思慮ありげな老紳士ではない。分厚い筋肉で全身をよろった大男でもない。冷徹そうな秀才タイプでもなく、白面の貴公子というわけでもない。

年齢は三〇歳だが、外見はさらに二、三歳若い。黒い髪と黒い目、体格は中肉中背で、ハンサムと言えないことはないが、稀少《きしょう》価値を主張するほどのこともない。

非凡なのは、彼の頭蓋骨《ずがいこつ》の外側ではなく、中身のほうだった。昨年――宇宙暦《SE》七九六年の彼は、自由惑星同盟の軍事的成功を独占していた。味方の血を一滴も流すことなく、難攻不落をうたわれたイゼルローン要塞を、帝国軍の手からうばいとった。アスターテ星域とアムリッツァ星域とで、同盟軍は帝国軍のラインハルト・フォン・ローエングラム提督に惨敗したが、味方を全滅から救ったのはヤンの沈着かつ巧妙な作戦指揮であった。

彼がいなければ、宇宙暦《SE》七九六年の自由惑星同盟は、その戦闘記録に〝敗北〟の二字をしか必要としなかったはずである。そのことは万人が認めていた。ゆえにヤンは一年たらずのあいだに准将から大将に昇進した。異例の出世をとげた青年提督は、だが、感涙にむせんだりしなかった。他に類をみない戦争の名人であるにもかかわらず、ヤンは戦争というものになんらの価値も見いだしていなかったのである。

彼は一度ならず軍隊から身をひいて無名の一市民になることを考えたが、今日までついにはたせずにきていた。

その日、彼はプライベート・ルームで三次元チェスを楽しんでいたところだった。

「王手《チェック》！」

ユリアン・ミンツが叫んだ。ヤンは黒い頭髪をかきまわして、敗北を認めた。三次元チェスではどうやら彼は名将と言えそうになかった。

「やれやれ、これで一七連敗か」

くやしそうでもなくため息をつく。

「一八連敗ですよ」

笑いながら、ユリアンが訂正する。彼はまだ少年期のさなかで、年齢はヤンの半分でしかない。自然のウェーブがかるくかかった亜麻色の髪と、ダーク・ブラウンの瞳と、万人が認める美貌《びぼう》の所有者である。

いわゆる〝トラバース法〟の施行によって、戦没将兵の子供が軍人の家庭で養育されるようになった三年前、ユリアンはヤンのもとへ送られてきた。彼は学校では優等生であり、フライング・ボールというスポーツでは年間得点王になり、兵長待遇の軍属となってからは射撃のセンスが抜群であることをしめしている。保護者のヤンにとってはいささかおもはゆいながら自慢の種なのだ。

「ユリアンの唯一の欠点は……」

と、ヤンの士官学校の先輩で、口の悪いアレックス・キャゼルヌが評したことがある。

「ヤンを崇拝していることだ。まったく、悪い趣味だ。あれがなければ、おれの娘を嫁にやってもいいんだが」

ちなみに、三六歳のキャゼルヌには娘がふたりおり、姉のほうは七歳である……。

「もう一戦いこう」

こりずにヤンは挑戦した。

「一九連敗したいんですか、ぼくはかまいませんけど」

ユリアンに三次元チェスを教えたのはヤンなのだが、弟子が師匠をおいぬくのに半年とはかからなかった。以後、ふたりの実力差は開くいっぽうである。だが、自分のほうが強い、とユリアンが言うのはジョークの範囲にとどまる。チェスにかぎらず、問題は枝葉《えだは》の技術ではなく、もっと根源的なもので自分は遠くヤンにおよばないとユリアンは考えているのだ。

軽快なチャイムの音がひびいた。

「司令官閣下、グリーンヒル大尉です」

金褐色の髪とヘイゼルの瞳をもつ美しい女性士官が、TV電話《ヴィジホン》の画面から言った。彼女は昨年からヤンの副官を務めている。

「いそがしいところなんだがなあ、なんだね」

ヤンの口調は、はなはだ不熱心だった。

「帝国軍の戦艦が、使者としてやってきました。重大な用件で司令官にお目にかかりたいそうです」

「そうか」

たいして驚きもせず、しかしさすがにチェスは中断してヤンは立ちあがったが、銃をデスクの上に放りだしたまま部屋をでていきかけたのでユリアンが呼びとめた。

「銃をお忘れです、閣下」

「いらない、いらない」

若い提督はめんどうそうに手をふった。

「でも手ぶらではあんまり……」

「もし私が銃をもっていて、撃ったとしてだ、命中すると思うか?」

「……いいえ」

「じゃ、もっていてもしかたない」

さっさとヤンは歩きだし、ユリアンはあわててそのあとを追った。

ヤンは大胆というより、人間の能力というものを、ある一線で見切っているのである。難攻不落のイゼルローンを、誰ひとり想像しえなかった頭脳プレイであっさり陥落させたのは彼だ。

だからこそ、人間に完全も絶対もないことを知っていた。

もともと、軍人になどなるつもりはなく、歴史学者志望だった彼は、どれほど強大な国家でもかならず滅亡し、いかに偉大な英雄でも権力をにぎって以後は堕落することを学んでいた。

生命にかんしても同様だ。多くの戦場で生きぬいた勇者が風邪をこじらせて死ぬ。血で血を洗う権力闘争に勝ち残った人物が、名もない暗殺者の手にかかる。かつて銀河帝国皇帝オトフリート三世は、毒殺をおそれるあまり食事をとらず、衰弱死しているのだ。

「用心しても、だめなときはだめさ」

ヤンは護衛兵すらつけていない。イゼルローンに赴任した最初のころは、一二人ずつ四交替で彼の身辺についていたのだが、トイレにまでついてくるので、閉口して、解散させてしまったのである。

そのいっぽうで、ヤンは、要塞内の警備保安システムの運用には注意をはらった。管制機能を三カ所に分散させて、相互に監視させ、三カ所が同時に制圧されないかぎり、機能を掌握されることがないようにしたし、空調システムには大気成分分析装置をセットして、要塞内にガスを流されないよう考案した。

これらのアイデアは、ヤンの本意ではなかったが、口やかましい軍上層部、心配性の部下、予算の消化を気にする官僚、視察好きの政治家、ことあれかしのジャーナリズム——そういった人々にたいして、これこのとおり警備体制は万全です、とPRしておかねばならなかったのである。

「地位があがるにつれて、発想が不純になっていくのがよくわかるよ」

ユリアン少年にむかってヤンはぼやいたことがある。

「ご自分でわかっておいでなら、それに流されることもないでしょう。無用なトラブルが生じないなら、それでいいではありませんか」

おとなびた口調でユリアンは応じたが、つけくわえて意見した。

「それより、地位があがるにつれて、お酒の量がふえているのが、ぼくは心配です。すこしおひかえください」

「そんなにふえたか」

「三年前のすくなくとも五倍にはなっています」

「五倍？　そんなにはなってないだろう」

疑わしげなヤンの前に、ユリアンは三年来の家計データをさしだした。アルコール飲料にたいする支出指標が、三年前の一〇〇にたいして四九一になっている。家の外で飲むぶんはふくまれていないから、五倍以上というユリアンの主張には根拠がある。

ぐうの音《ね》もでず、ヤンは酒をひかえることを約束したが、どこまでまもれるものやら、約束したほうにも、させたほうにも、たいして自信はない……。

二時間後、ヤンは会議室に幹部たちを集合させた。

帝国軍がこの要塞を支配していた当時は、要塞司令官と駐留艦隊司令官が話しあいをする場だったが、角《つの》つきあわせてけんか別れに終わるのがつねだったという由緒《ゆいしょ》をもつ部屋である。

要塞事務監のアレックス・キャゼルヌ少将。

要塞防御指揮官のワルター・フォン・シェーンコップ准将。

艦隊副司令官のフィッシャー少将。

参謀長のムライ少将。

副参謀長のパトリチェフ准将。

参謀のブラッドジョー大佐、ラオ中佐。

高級副官のフレデリカ・グリーンヒル大尉。

それに戦艦ユリシーズの艦長ニルソン中佐と副長エダ少佐。

集まった士官たちの顔を、ヤンはかたどおりながめまわすと、口を開いた。おもおもしい口調は彼のがらではなく、友人と茶飲み話をするといったところである。

「もう知っているだろう。帝国軍の戦艦ブロッケンが軍使として、おもしろい話をもってきた。帝国と同盟と、双方がかかえている二〇〇万人以上の捕虜を交換したいそうだ」

「おたがいに食わせるのがたいへんだからな」

キャゼルヌ少将が皮肉っぽく応じた。中背で健康そうな肉づきをしている彼は、軍人というより軍官僚で、前線へでるより後方勤務の経験が豊富だった。デスクワークの達人で、補給や組織運営や施設管理の専門家である。アムリッツァ敗戦のとき、補給計画がくるった責任をおしつけられて——それは帝国軍のローエングラム元帥の巧妙な策略によるものだったが——一時、左遷《させん》されていたが、ヤンのもとめでイゼルローンに赴任してきたのである。

五〇〇万人都市イゼルローンの事実上の市長は、このキャゼルヌであると言ってよい。彼の行政処理能力は、おそらくより巨大で複雑な組織にも有用であろう。

「それもあるだろう。まあ、とすれば半分は私にも責任があるな」

イゼルローンを陥《おと》したとき、大都市の人口に匹敵する捕虜をえたヤンである。

シェーンコップ准将がにやりと笑った。洗練された容姿をもつ三三歳の彼は、ヤンの作戦を実行し成功させた功労者だった。幼児のころ祖父母につれられて帝国から同盟へ亡命してきた、貴族出身の男である。勇気も智略《ちりゃく》も充分にそなえており、不敵な性格はときとして危険視されることがあった。当人はといえば、うたがわれようがにらまれようが平然としていた。

「しかし、じつのところ笑いごとじゃない。食わせるのがたいへん、という言葉には重要な示《し》唆《さ》がある。捕虜を食わせるどころではない、という事態がくるのだろう」

「というと？」

「つまり、ローエングラム侯ラインハルトが、門閥《もんばつ》貴族連合との武力抗争に、いよいよのりだす決意をかためた、とみてよいと思う」

同盟軍にとって最大の脅威とされる金髪の若者の名がヤンの口からでると、一座はしんとなった。

この数カ月、ヤンは考えつづけていた。銀河帝国で覇権の座にちかづきつつあるローエングラム侯ラインハルトにどう対処するか、ということをである。

ラインハルトが完全な権力を手にいれるには、彼を敵視する門閥貴族の強大なグループを打倒しなくてはならない。おそらく大規模な内乱が発生することになるだろう。ヤンのもとにもたらされる情報は、けっしてゆたかではないが、そのための準備をラインハルトが着々とすすめているのはあきらかだった。

問題は、ラインハルトの布石《ふせき》が帝国内にとどまらず、自由惑星同盟《フリー・プラネッツ》にまでおよんでくる場合である。ラインハルトにとって、貴族連合が同盟と手をくんだり、ラインハルトと貴族連合が戦い疲れたころ同盟軍が攻めこんできたりしたら、たまったものではない。同盟軍はアムリッツァ敗戦の傷がなおいえず、外征する余裕などありはしないが、ラインハルトとしては万全を期したいところであろう。

ではどうするか?

ラインハルトがおかれた状況を、ヤンは分析してみた。彼にとって、最低限の条件というものがあり、それにそって布石してくるにちがいないのだ。

分析し整理した結果はこうだった。

一、ラインハルトの兵力は門閥貴族連合と戦うのに精一杯である。

二、したがって二正面作戦は不可能である。

三、一および二の条件により、同盟にたいしては武力より謀略をもってあたるべきである。

四、謀略は、敵を分裂させたがいに抗争させることに真髄《しんずい》がある。

これだけ段階を踏めば、ラインハルトのうってくる策《て》がヤンには洞察できた。

同盟軍を内部分裂させる！

ラインハルトはそうする。そうせざるをえないのだ。ヤンがラインハルトの立場にあっても、それ以外の策は思いつかないだろう。同盟軍が味方どうし相討てば、彼は後背をつかれる心配なしに、門閥貴族たちと戦うことができるのだ。

では、具体的にどうする――そこまでヤンは思考をすすめ、ある結論に達していた。

考えすぎかもしれない。そうヤンは思わないでもない。他人が考えているほど、ヤンは自信にみちているわけではなかった。

ただ、彼が従事しているのは、真理や人道を追究するような仕事ではない。絶対的な価値をもとめるのでもない。勝敗。競争。それらはあくまで相対的なもので、相手より一歩先んじ、一枚うわまわればそれですむのである。言ってしまえば簡単なことだが、ローエングラム侯ラインハルトのような天才を一枚うわまわるというのは、たいへんな難事業だ。

ヤンには、いささか悔いるところがあった。

昨年のアムリッツァ会戦に際して、実戦レベルでヤンは誰ひとりまねのできない活躍をしたが、それにさきだつ作戦会議でかならずしも最善をつくしたとは言えない。強硬派の無責任な主戦論を、とっくみあいになってでも阻止すべきではなかっただろうか。

（もっとも、とっくみあっていたら、まず負けていただろうな）

そう思って苦笑するヤンだった。

とにかく、捕虜交換の申し出が帝国側からあったことを、ヤンは同盟の首都、建国の父の名をとった惑星ハイネセンに報告しなくてはならなかった。政府は喜んで応じるだろう。捕虜には選挙権がないが、帰還兵にはあるのだ。二〇〇万票プラス家族の票というわけである。むなしくも盛大な祝賀行事がおこなわれるにちがいない。

「ユリアン、ひさしぶりに同盟首都《ハイネセン》にもどれるかもしれないぞ」

その声が陽気だったので、ユリアンはすこし不思議に感じた。式典、パーティー、演説、その他ヤンが嫌っているもろもろのものに、ハイネセンはみちているのである。

しかし、ヤンにはハイネセンに行く必要があったのだ。

Ⅲ

捕虜交換は両国政府のあいだでおこなわれるのではない。両国ともに、自己を人類社会における唯一の正統政権と主張し、相手の存在を公認していないのである。したがって外交関係も成立しようがない。

これが個人レベルの問題であれば、人々はそのかたくなさ、おろかさを笑うであろう。それが国家レベルになると、権威とか尊厳の名のもとに、人々はあらゆる悪徳を容認してしまうのだ。

イゼルローン要塞で捕虜交換式がおこなわれたのは、その年二月一九日のことである。ともに軍部から代表者がでて、たがいのリストを交換し、証明書にサインした。

「銀河帝国軍および自由惑星同盟《フリー・プラネッツ》軍は、人道と軍規にもとづき、たがいに拘留するところの将兵をそれぞれの故郷に帰還せしめることをさだめ、名誉にかけてそれを実行するものである。

帝国暦四八八年二月一九日　銀河帝国軍代表ジークフリード・キルヒアイス上級大将

宇宙暦《SE》七九七年二月一九日　自由惑星同盟軍代表ヤン・ウェンリー大将」

サインし終えたヤンに、キルヒアイスが若々しい微笑をむけた。

「形式というのは必要かもしれないが、ばかばかしいことでもありますね、ヤン提督」

「同感です」

ヤンはキルヒアイスを観察した。ヤンも若いが、キルヒアイスはさらに若く、まだ二一歳でしかない。ルビーを溶かした液で染めあげたような赤毛、感じのよい青い瞳、ずばぬけた長身のハンサムな若者で、銀河帝国軍でも屈指の驍将《ぎょうしょう》と知りながら、イゼルローンの女性たちは好感をいだいたようである。ヤンはアムリッツァで彼と直接、戦闘をまじえた身であり、彼がローエングラム侯ラインハルトの腹心であることも知っていたが、それでもこの若者を憎悪するのはむずかしかった。

キルヒアイスも、ヤンにたいしておなじような印象をいだいたようである。別れぎわの握手はおざなりではなかった。

「感じのいい人ですね」

あとになってユリアンもそう印象を述べた。ヤンはうなずいたが、味方の政治家より敵の指揮官に好感をいだくというのは、考えてみれば奇妙である。もっとも、正面の敵のほうが、背後で策動する者よりはるかに堂々としていることは珍しくないし、現在の敵味方が永遠に固定しているわけでもないだろう。

なにはともあれ、これでヤンには、帰還兵歓迎式典のため一時的にハイネセンにもどる公然たる口実ができたわけだった。

Ⅳ

イゼルローンから四週間をかけて、ヤンとユリアンは首都ハイネセンに到着した。二〇〇万人の帰還兵と出迎えの家族、ジャーナリストの大群で殺人的な混雑となった中央宇宙港をさけ、ローカル旅客線と貨物線専用の第三宇宙港に着くと、すぐ無人タクシーで官舎にむかう。ところが途中、倉庫と労働者アパートの混在するハッチソン街で通行止めにぶつかった。警官たちが大汗かいて群衆を整理している。地上交通の中央管制システムが不備なのを、人力で補っているらしいが、通行止めの原因そのものがわからない。ヤンはタクシーをおりて、不慣れそうな若い警官にちかづいた。

「どうしたんだ。なぜとおれない?」

「なんでもありません。とにかくちかづかないでください。危険ですから」

矛盾したことを言いながら、警官は緊張した表情でヤンをおしもどした。私服ではあり、ヤンが何者か気づかないらしい。一瞬、名を明かして事情を訊《き》こうか、というかるい誘惑にかられたが、けっきょく、ヤンは黙って無人タクシーにもどった。特権を行使することへの嫌悪感のほうが、好奇心より強かったのである。

事情が判明したのは、大きく遠まわりしたすえ、四カ月間からっぽにしていたシルバーブリッジ街の官舎にもどってからだった。

立体TV《ソリビジョン》の、ニュース専用チャンネルをセレクトすると、さっそくその情景が彼の視界にとびこんできた。

「……このところ、帰還兵による犯罪が続発していますが、今日またもハッチソン街で惨事が発生し、現在なお解決されておりません。すくなくとも三人が殺害され……」

悲しげなアナウンサーの表情と、抑制のきいた声が不調和だった。

戦場で死の恐怖をまぬがれるために、幻覚剤や精神昂揚剤《こうようざい》を使った兵士が、中毒患者となって市民社会にもどってくる。そしてある日、爆発する。恐怖と狂気は見えざる熔岩《ようがん》となって流出し、周囲を灼《や》きつくすのだ。

思いついたことがあって、ヤンはユリアンを呼び、データ・サービス・バンクから犯罪統計にかんする資料を電送させた。自分でやらなかったのは、ホーム・コンピューターをどう操作すればよいかわからなかったからで、ことさらユリアンを使いだてしたのではない。

ヤンの予測は的中していた。五年前と比較して、犯罪の発生件数は六五パーセントの増加。いっぽう、犯罪の検挙率は二二パーセントの低下である。人心の荒廃がすすむとともに、警察官の質がおちているのだ。

長期間にわたる戦争で、多くの将兵が殺される。軍隊は将兵を補充する。その結果、社会のあらゆる分野で、人的資源《マンパワー》が不足するようになる。医師、教育者、警官、システム管理者、コンピューター技師……いずれも、熟練者《ベテラン》が減り、その席は未熟者によって埋められるか、空席のまま放置される。こうして、軍隊をささえる社会そのものが弱体化する。弱い社会は必然的に軍隊を弱くし、弱くなった軍隊はまた将兵を失い、その補充を社会にもとめる……。

この悪循環は、いわば戦争という糸車のつむぎだす矛盾の集積といってよかった。「戦争による破壊より平和による腐敗のほうがおそろしい」などと言う戦争賛美論者に見せてやりたいものだ、と、ヤンは思う。これだけ社会の崩壊を促進しながら、なにをまもるために戦うと強弁するのだろう。

なにをまもるために？

手にした資料をぽんと放りだすと、ヤンはソファーにあおむけにひっくりかえった。この問いをつきつめてゆくと、自分自身がやっていることの意味をたださずにいられなくなるのだ。自分のやっていることに意味がないと思うのは、ヤンにとってさえ愉快なことではなかった。

翌日午後の式典は、あいかわらず空疎《くうそ》な美辞麗句と、ヒステリックな軍国主義的熱狂のうちに終わった。

「あの二時間で、一生ぶんの忍耐心を費《つか》いはたしたような気がするよ」

会場からでて、ヤンは待っていたユリアン少年にぼやいてみせた。まったく、よくがまんしたものだ、とユリアンは思う。以前、ヤンはこの種の式典に露骨な反感をしめして、満場が起立するなかでひとりすわったままでいたこともあるのだ。今回は口のなかで、

「なにを言ってやがる、ばかばかしい」

とつぶやくていどですませたのだろう。

会場で吸いこんだ毒気を排出するように深呼吸したヤンは、ふと、前の街路を行進する一〇〇人ほどの集団に気づいた。赤く縁どった白い長衣を身に着け、〃聖地をわれらの手に〃と記したプラカードをかかげ、なにやら詠唱しつつ、ゆるやかに歩んでゆく。

「あれはなんだい?」

傍にいた若い士官に、ヤンは訊ねた。

「ああ、地球教会の信者たちですよ」

「地球教会?」

「なんですか、このごろすごいいきおいでふえている宗教です。ご神体というか、崇拝しているのは地球でしてね」

「地球をね……」

「人類の故郷である地球は、いわば最高の聖地です。それがいま、銀河帝国の支配下にある。

それを武力によってうばいかえし、全人類の魂をみちびく大聖堂を建てようというのです。どんな犠牲をはらっても、そのための聖戦に協力するとか……」

ヤンは、あっけにとられた。

「まさか本気じゃないだろう。そんなこと、とうてい不可能だ」

「そんなこともないと思います」

若い士官はむきになった。

「……吾々《われわれ》には正義があるし、なによりも、ヤン提督、あなたのような偉大な軍人がいらっしゃるのですから、暴虐な銀河帝国を滅ぼし、地球を奪《と》りもどすことだってできるでしょう。ちがいますか？」

「さあ、なんでもそう簡単じゃないからね」

不機嫌さを表面にださないよう用心しながら、ヤンは答えた。

どの時代にも狂信者の種はつきない。それにしても、これはひどすぎる。

地球はたしかに全人類の母星である。だが、それは、極端に言えば、センチメンタリズムの対象でしかない。八世紀も昔に、地球は人類社会の中心であることをやめた。文明のおよぶ範囲がひろがれば、その中心も移動する。歴史がそれを証明している。

老衰した辺境の一惑星をうばいかえすために、何百万人もの血を流してよい、という発想はどこからくるのであろう。

「そういえば、似たような団体があったな。憂国騎士団、あれはいまどうしている？」

「よく知りませんが、団員のかなりの数が、地球教に入信したそうです。まあ、よく似た思想ですからね、違和感もないんでしょう」

「バックもおなじかな」

低すぎる声だったので、士官には聴こえなかったようである。

夜のパーティーの時間まで、官舎で休むことにしてユリアンとともに無人タクシーに乗ったヤンは、考えこんでしまった。

遠い遠い昔、十字軍《クルセーダー》というものが地球上に存在した。聖地を奪回すると称し、神の名のもとに他国を侵略し、都市を破壊し、財宝をうばい、住民を虐殺して、その非道を恥じるどころか、異教徒を迫害した功績を誇示すらしたのだ。

無知と狂信と自己陶酔と非寛容によって生みだされた、歴史上の汚点。神と正義を信じてうたがわない者こそが、もっとも残忍に、狂暴になりえるという事実の、それはにがい証明だったはずである。二五〇〇年も過去のものとなったその愚行を、地球教徒たちは宇宙的規模で再現しようというのだろうか。

善行をする者はひとりでやりたがり、愚行をおこなう者は仲間をほしがる——そういう警句《けいく》がある。道づれにされる者はたまらない。

だが、この地球奪回運動とやらは、はたして、表面から見えるとおりの愚行にすぎないのだろうか。

十字軍の背後には、異教徒の勢力を弱体化させ、東西貿易の独占をもくろむベネチア、ジェノバの海商たちがいた。打算に裏づけられた野心が、狂信をささえていたのだ。その歴史がくりかえされるとすれば……。

裏には第三勢力のフェザーンがいる？

脳裏にひらめいたこの考えは、ヤンを愕然《がくぜん》とさせた。広くもないタクシーの座席で、急に身動きしたので、ユリアンが目をみはって、なにごとかと訊ねたほどである。あいまいに返答して、ヤンはまた考えに沈んだ。

フェザーンにしてみれば、地球をめぐって帝国と同盟がいちだんと憎悪しあい殺しあうのが希《のぞ》ましいであろう。それはわかる。だが双方が倒れ、秩序が完全に崩壊すれば、商業国家のフェザーンとしては、かえってこまるのではないか。フェザーンの意思と計算によってコントロールしうる範囲の運動でなければ、煽動《せんどう》する意味がない。だが、狂信的な精神のエネルギーがコントロールをはねのけて暴発するのは、必然的な帰結といってもよい。それを知らぬフェザーンではあるまい。

まさか本気で地球の武力奪回と、失われた栄光の回復をねらっているとも思えないが……。

「どうもわからないな、フェザーンの考えていることは……」

そうつぶやいて、ヤンは不意に苦笑した。地球教とやらの背後にフェザーンがいるとさだまったわけでもないのに、とりこし苦労をしすぎると我ながらおかしくなったのである。

官舎に着くと、疲労を回復する一杯がほしくなって、彼はユリアンに声をかけた。

「ブランデーを一杯くれないか」

「野菜ジュースならありますけど」

「……あのな、野菜ジュースでインスピレーションが生まれると思うか?」

「心のもちかたひとつです」

「あっ、そんな言いかた、誰に教わった!?」

「イゼルローンでは周囲みな先生ですよ」

キャゼルヌ、シェーンコップら毒舌家たちの顔を思い浮かべて、ヤンはうなった。

「少年期の教育環境というやつを、もうすこし配慮しておくべきだったな」

ユリアンは笑いだし、一杯だけですよ、と念をおしながらも、ブランデーをもってきてくれた。

V

パーティーはましなものだった。それにさきだつ式典にくらべれば、の話であるが。

政治家や資本家や高級官僚の、ユーモアを欠くだらだらしたスピーチがつづきはしたが、さすがにあまりヒステリックな話はでなかった。

イゼルローンでも、軍民交流などを目的としてパーティーが開かれるが、最高責任者としてヤンは自己流をおしとおしている。スピーチをもとめられると、

「皆さん、楽しくやってください」

の一言ですませてしまう。軍にも民間にもスピーチ好きの名士は多いのだが、かんじんのヤンがそうだから、ほかのお偉方《えらがた》のスピーチも短くならざるをえない。

〝ヤン提督の二秒スピーチ〟は、イゼルローンの名物になってしまっている。

生前、しかも若くして伝説の主となった黒髪の提督は、このパーティーでも名流婦人たちの好奇心の対象になり、もっぱら飲食以外のことに口を使わねばならなかった。

「ヤン提督は、どうして勲章をおつけになりませんの？」

「なにしろ重いものですから、あれをつけて歩くと前かがみになってしまうのです」

「あらあら」

「背を曲げて歩くと老人くさい、と、私の被保護者が言いますもので」

婦人たちは愉快そうに笑ったが、言った当人はそれほど心楽しくもない。これも給料のうちということで妥協しているだけのことだ。

ユリアンは、広すぎる会場の片隅で、椅子に腰をおろして所在なげに群衆の行きかうさまをながめていた。一万人からの出席者は知名士ばかりで、壮観といえば壮観である。

同盟の元首である最高評議会議長トリューニヒトがいる。美辞麗句の達人といわれ、この男が立体TV《ソリビジョン》にでてくるとスイッチを切ってしまうほど、ヤンはきらっている。よくしたもので、トリューニヒトのほうでもヤンをさけているようだ。

そのうち、足早にヤンが婦人たちの輪から脱けだしてきた。

「ユリアン、そろそろ脱けだすぞ」

「はい、提督」

万事、うちあわせがすんでいる。ユリアンはフロント係にあずけておいたバッグをうけとり、ヤンはトイレでめだたない私服に着かえ、礼服をバッグにしまいこんだ。そしてふたりは、誰にも気づかれず、会場から外へでてしまった。

ミハイロフの店――というのは、いささか誇大広告というものだろう。それは労働者の多い下町の一角、コートウェル公園の入口にある終日営業のささやかなスタンドである。貧しいが若さと希望だけはたっぷりある恋人たちが、この店で食べものや飲みものを買いこんで、常夜灯の下のベンチで話しこんだりしている、そんな場所なのだ。

軍隊でもコックをしていた働き者のミハイロフは、いそがしいときには客の顔などいちいち見ていない。老人と青年と少年という変わったとりあわせの客が来たときも、照明が暗かったこともあって、気にもとめなかった。

白身魚のフライ、フレンチ・フライドポテト、キッシュ・パイ、それにミルク・ティーを注文すると、三人づれは、ベンチのひとつを占領して、飲んだり食べたりしはじめた。三世代同行のピクニックといったところである。なにしろ、三人ともパーティーでろくに食べていなかったので……。

「やれやれ、こんなふうにこんな場所で人目をさけて話さねばならんとは、不便なことだな」

「私はけっこう楽しみましたよ。士官学校時代を思いだしますね。門限破りの方法に、ない知恵をしぼったものです」

老人が同盟軍宇宙艦隊司令長官のビュコック大将、青年がイゼルローン要塞司令官のヤン大将であることを知ったら、店主のミハイロフもほかの客も声を失ったことだろう。ふたりの軍幹部は、それぞれパーティーの座を脱けだして、この場でおちあったのである。

フィッシュ・アンド・ポテトという軽食の形態には郷愁をそそるものがあった。士官学校時代、ヤンは悪友のジャン・ロベール・ラップと、寮を抜けだしては、安くてうまいこの種のスタンドで青春期の食欲をみたしたものだ。

ワインで満足していればよいものを、シュナップスなどという強烈な蒸留酒を注文し、店をでたとたん、歩道にひっくりかえってうごけなくなった。店主からの連絡で、ジェシカ・エドワーズが駆けつけ、厳格な教官たちに見つからないよう、店の奥にはこばせて看護してくれた。

「ジャン・ロベール・ラップ、ヤン・ウェンリー、目をさまして、しゃっきりなさい。夜明けまでに寮にもどらないと、どうなっても知らなくってよ!」

宿酔《ふつかよい》の若者たちのためにジェシカがいれてくれたコーヒーは、ブラックであったのにもかかわらず、奇妙に甘かった……。

そのジャン・ロベール・ラップは、昨年、アスターテ会戦で戦死した。彼と婚約していたジェシカ・エドワーズは、テルヌーゼン惑星区から代議員に選出され、反戦平和派の急先鋒《きゆうせんぽう》として同盟議会に席をしめている。

なにもかも変わる。時がただ時としての歩みをつづけるうちに、子供は成人《おとな》になり、成人は老い、とりかえしえないものだけがふえてゆくのだ。

　老提督の声が古い夢想を破った。

「さて、ここなら誰に知られることもない。話を聞くとしようか」

「そうですね」

　いくつめかの白身魚フライを、ミルク・ティーで胃に流しこむと、おもむろにヤンは口を開いた。

「ちかいうちにこの国でクーデターがおこる可能性があります」

　何気なさそうな口調だったが、口もとにはこびかけた老提督の手が空中で急停止するには充分だった。

「クーデターじゃと？」

「ええ」

　それがヤンの達した結論だったのだ。彼は淡々と、しかし詳細に、彼の洞察したローエングラム侯ラインハルトの意図を説明した。クーデターをおこす者は、みずからがローエングラム侯のコントロールをうけているなどとは知らないだろう、ということも。ビュコックは納得し、うなずいた。

「なるほど、しごく合理的だ。だが、クーデターなんぞが成功すると、ローエングラム侯は思っとるのだろうか」

「成功しなくてもよいのです、ローエングラム侯にとっては。彼にしてみれば、同盟軍を分裂させることじたいに意義があるんですから」

「なるほど」

老提督は空の紙コップを両手でつぶした。

「ただ、クーデターを使嗾《しそう》するにあたっては、成功させると信じこませる必要があります。緻《ち》密《みつ》でしかも一見、実現性の高い計画を立案してみせたことでしょう」

「ふむ……」

「地方的な叛乱《はんらん》は、よほど大規模で、しかも他の地方への連鎖反応をともなわないかぎり、中央権力をゆるがせることは不可能です。もっとも効率的な手段は、首都を内部から制圧すること。それも権力者を人質にできれば、このうえありません」

「たしかにそうだ」

「ここでネックとなるのは、権力の中枢はすなわち武力の中枢でもあるということです。蜂起《ほうき》したところで、より強大で組織化された武力に直面すれば失敗してしまう。成功したところで三日天下です」

最後のフライドポテトを、ヤンは口のなかに放りこんだ。

「そこで、首都における権力中枢の奪取と、地方的な叛乱とを、有機的にコンビネーションさせる必要が生じるのです」

ヤンの傍にすわったユリアンは、若い司令官の論理の展開に目をかがやかせていた。それは数カ月にわたる知的格闘の結実なのだ。

「つまり、首都の兵力を分散させねばならない。そのために辺境で叛乱をおこす。鎮圧のため軍は出動せざるをえん。でかけた留守を本命がおさえる。ふむ、うまくいけば絵に描いたようにみごとにはなるな」

「さっきも言いましたが、ローエングラム侯にとっては、クーデターが成功する必要はないのです。同盟が分裂と混乱をきたし、帝国内の動乱に介入するようなことにならなければ、目的を達することができるのですよ」

「めんどうなことを考えたものだな」

「やるほうにとってはね。ですが、やらせるほうは、たいして労力を必要とするわけでもありません」

不敵な金髪の若者にとっては、こんなものは食後のかるい腹ごなしのゲームにすぎないだろう、とヤンは思う。

「誰がクーデターに加担するかまでは、貴官にもわからんかね」

「それはご無理というものですよ」

「で、わしは、ちかく発生するであろうクーデターを未然に防がねばならんというわけだな」

「発生すれば、鎮圧するのに大兵力と時間を必要としますし、傷も残ります。ですが、未然に防げば、憲兵《MP》の一個中隊で、ことはすみますから」

「なるほど、責任重大だな」

「それと、もうひとつお願いがあります」

「うん?」

ヤンの声は心なし低まり、老提督は耳をよせた。

すこし離れてすわっているユリアン少年には、話の内容が聴こえない。彼はいささか落胆したが、聴かせていい話なら、ヤンがいずれ話してくれるだろう。いままでの会話だけでも、少年の胸の鼓動をはやくするのにたりた。

「よろしい、わかった」

ビュコックが大きくうなずいた。

「貴官がハイネセンを離れるまでに、かならずとどけさせよう。もっとも、そんなもの、役にたたんにこしたことはないが」

空《から》になったフライドポテトの紙袋に息を吹きこんでふくらませると、ヤンは平手でそれをたたいた。大きな破裂音が、周囲の人々を驚かせた。

「お手数かけてすみませんが、ことがことで、うっかり他人には話せませんので」

丸めた紙袋をヤンが放り投げると、半球型の清掃ロボット・カーが二〇年前のポピュラー・ソングのメロディを流しながら、ちょこちょこと走りより、それを自分の体のなかへ放りこんだ。ビュコックもロボット・カーにむけて紙袋を放り、しゃくれぎみのあごをなでてたちあがった。

「それじゃ、べつべつに帰るとしよう。気をつけてな」

老提督の姿が夜の街に消えてから、ヤンたちもたちあがった。

ヤンとならんで、無人タクシーの乗り場へと歩きながら、ユリアンはふと思った。いまごろクーデターを計画している連中も人目をさけてどこかで密談しているのだろうか。

そのことをユリアンが口にすると、ヤンはおかしそうに口もとをほころばせた。

「そうだな、吾々よりいいものを食べて、吾々より深刻な表情をしてね」

Ⅵ

窓もなく、所有者の個性をしめす調度類もない殺風景な部屋である。照明も薄暗くおさえてあり、会議用のテーブルをかこんだ一〇人ほどの男たちの顔もはっきりとはしない。

「では、もう一度確認しておこう」

低い声が、参列者たちの顔をひとつの方向にふりむかせた。壁の一部がそのままディスプレイになって、自由惑星同盟《フリー・プラネッツ》の領域を天頂方向から俯瞰《ふかん》する星図をあらわしている。

「最初の一撃は惑星ネプティス。標準暦四月三日だ」

星図の右下方に赤い点が輝いた。男たちのあいだにかるいささやきがかわされる。

「ハイネセンからの距離は一八八〇光年。第四辺境星区の中心地で、宇宙港と物資集積センター、恒星間通信基地がある。忘れるな、四月三日だぞ。この地区の蜂起の責任者はハーベイ……」

名をあげられた男が、黒々とした影をしめしながらゆっくりとうなずいた。

「第二撃は惑星カッファー、標準暦四月五日。ハイネセンからの距離は二〇九二光年、場所は第九辺境星区……」

第三撃は惑星パルメレンド、四月八日。第四撃は惑星シャンプール、四月一〇日。男は説明し、四カ所の蜂起地点が首都ハイネセンを中心とした仮想球体の表面ちかくにあってたがいに遠く離れていることを星図によってしめした。政府は鎮圧部隊をそれぞれまったく別方向に派遣しなくてはならない。

「これだけやっておけば、首都ハイネセンは武力の真空地帯になる。少数の兵で、要所を制圧することが可能になるのだ」

同盟最高評議会、同盟議会、同盟軍統合作戦本部、軍事通信管制センターなどの占拠目標の名があげられ、襲撃の時刻、指揮官、人数などが確認される。だが、細部は過去一〇回以上の会合で検討されており、出席者は計画の全容と自己の役割を完全に承知しているのだった。

出席者たちには、共通の認識があった。このままでは自由惑星《フリー・プラネッツ》同盟は滅びるという危機感である。昨年のアムリッツァ会戦でこうむった打撃の巨大さもさることながら、急速に進行する政治の腐敗、経済と社会の弱体化が、彼らの危機感に拍車をかけていた。

現在の政治屋どもには、とうていまかせておけない。権力をポーカーのチップのようにやりとりするような連中は一掃すべきなのだ。

座長が列席者を見わたした。

「理想を失い、腐敗の極に達した衆愚政治を、吾々の手で浄化しなくてはならない。これは正義の戦いであり、国家の再建にさけてはとおれない関門なのだ」

その声は充分に抑制がきいており、狂信者の自己陶酔とは一線を画するものがあった。彼にたいする信望をしめすように、一同はひとしくうなずいた。

「さて、ここで問題となる人物がひとりいる」

男の声があらたまり、ほかの男たちは心もち姿勢を正した。

「イゼルローン要塞司令官のヤン・ウェンリー提督だ。首都にいなかったということもあり、彼を同志の一員とはしていないが、なにかそれについて意見があれば……」

男の声が終わると、議論がはじまった。

「彼を味方にひきいれるわけにはいかんのか。あの智略と人望は、大いに有用だ。イゼルローンの戦略的価値も無視できない」

「もし彼が同志になれば、ハイネセンとイゼルローンの二カ所から、全領土を制圧できることになる」

「だが時間がない。三月末にことをはじめるまで、スケジュールがつまっているというのに、彼を説得できるか?」

「あんな男を同志にひきこむ必要はないでしょう」

その声は一同のなかでもっとも若かったが、奇妙に陰気で活力に欠けていた。強引に断定する口調と、声の質とのあいだに、微妙な不調和があるのだ。ほかの出席者たちがしらけた雰囲気になりかけたとき、たしなめるように、座長格の男が口を開いた。

「感情にはしらないほうがいいな。ヤンを同志とするには時間がないのもたしかだ。むしろ蜂起ののちにあらためて考えたい。だが、シャンプールの蜂起には、地理的条件からいってヤンが鎮圧の任をあたえられるはずだが……」

イゼルローンからシャンプールまで、パルス・ワープ航法による最大戦速でも五日間を要する。ここで首都にクーデター発生との報告がとどき、その場から首都に急行したとしても、二五日は最低限、必要である。合計三〇日。その間に首都は完全に制圧できるし、なによりもあのおそるべき防空システム、一二個の戦闘衛星をつらねた〝処女神の首飾り《アルテミスのくびかざり》〟があるかぎり、〝奇蹟《ミラクル》のヤン〟といえども、ハイネセンを奪取するのは容易ではなく、立ち往生せざるをえないだろう。

「そういう状態でヤンと話しあえば、案外たやすく彼を説得して味方にすることができるかもしれない。さしあたって、吾々は予定どおりに行動し、権力中枢を掌握したのち、新体制の実力と権威を拡大することになるだろう」

「提案……」

先刻とおなじ、若いが陰気な声が、一同の視線を集中させた。

「同志のひとりをイゼルローンに送りこみ、ヤンを監視させるべきです。もし彼が吾々にとって不利な行動をとるようなら、抹殺すべきでしょう」

間をおいて、今度は賛成する声が複数の人影からおこった。成功にとって危険な因子は排除すべきなのだ。

「反対はいないか？　よろしい、いまの意見を採用する。早急に人選をすすめよう」

だが座長格の男の声には、気のすすまぬようすがあった。

……隅にすわったまま一言も発しないでいた男が、大きく息を吐いた。その息は酒くさかった。男の手にはロザラム・ウイスキーの瓶があり、中身は半分に減っていた。

男の名はアーサー・リンチといった。

ビールの泡のように、悪意のつぶやきがリンチの心の表層に浮かびあがってくる。踊れ踊れ、どいつもこいつも運命の掌のうえで踊りくるうがいい。途中で足を踏みはずして転落するか、死ぬまで踊りつづけるか、それぞれの器量しだいになるだろう。

自分が希んでいるものは、クーデターの成功なのか、失敗なのか、リンチにはよくわからなかった。九年前のあのとき以来、自分自身の未来すら関心の対象となりえなくなったような気がする。

あのときまで、リンチの人生はそれほど悲観的なものではなかった。前線でもデスクワークでも、一応の功績をあげ、四〇歳そこそこで少将になり、閣下と呼ばれていたのだ。それが、ほんの一歩を踏みはずしてしまった。エル・ファシル星域で帝国軍と戦ったとき、異様な恐怖にとらえられ、部下と住民を捨てて逃亡をはかったあげく帝国軍の捕虜となってしまった。生きながらに同盟軍の恥部となり、卑劣漢の汚名を皮膚にはりつける日が、それからはじまったのだ。

さて、どう事態は転ぶだろうか。

リンチは目を閉じた。アルコールと虚無感の織りなす厚いカーテンの彼方に、ひとつの惑星がおぼろげな輪郭を見せている。

その惑星――一万光年の空間をへだてた銀河帝国の首都オーディンでは、彼にこの任務をあたえた若きローエングラム侯ラインハルトが、星々の大海にするどい野心の眼光を送りこんでいるはずだった。

第二章　発火点

I

　リンチが銀河帝国軍宇宙艦隊司令長官ラインハルト・フォン・ローエングラム侯爵のもとへ呼ばれたのは、その前年一一月のことである。ラインハルトが、帝国領内に侵攻してきた同盟軍をアムリッツァ星域で大破して、ほどなくのことだった。

　エル・ファシル星域で不名誉な捕虜となって以後、リンチは辺境星区にある矯正区で生活していた。

　捕虜収容所などというものは帝国には存在しない。〝叛乱軍〟の将兵は、帝政に反対する悪質な思想犯ということで、〝思想・道徳の矯正〟を目的とする、この種の施設に収容されるのである。

　広大な施設のなかでは、なんとか食糧が自給できる。帝国軍は境界線を監視し、四週に一度、医薬品や衣服を供給する。収容者たちのコロニーにはあまり干渉しない。これは帝国軍の寛大さというより、予算や人員の不足を物語るものだった。徴兵制をしいているといっても人的資源には限界があり、じつのところ辺境星区のすみずみまでは手がいきとどかないのである。〝思想犯〟どうし内紛で殺しあいでもしてくれれば、手がはぶけてありがたいくらいのものだった。

自由惑星同盟《フリー・プラネッツ》のほうでは、最初、帝国軍の捕虜を客人のごとく厚遇した。自由な社会体制のよさを肌で教育してやろうという、一種の心理作戦だったのだが、一世紀半も戦いがつづくと、みえをはる余裕もなくなってくる。最近の捕虜たちの待遇は、一般社会と刑務所の中間値といったところだった。

……リンチと彼の旧部下たちは、ひとつのコロニーにかたまって住んでいた。あとから矯正区入りした兵士たちの口によって、エル・ファシルでの不名誉が伝えられ、ほかの捕虜たちから白眼視されるようになったのである。

リンチは酒に逃避した。なんとののしられようと、弁解のできない立場が、彼にそうさせた。新参の捕虜たちから、妻が籍をぬき、ふたりの子供をつれて実家に帰ったことも聞いた。彼はますます酒にのめりこみ、ますます評判をおとした。いまでは彼の旧部下たちでさえ、露骨なさげすみと嫌悪の目で彼を見るようになっていた。

そこへ一隻の駆逐艦があらわれ、彼を帝国首都オーディンへとつれさったのだ。

ローエングラム侯ラインハルトは、ヤン・ウェンリーとことなり、外見からして非凡そのものだった。

年齢はそのとき二〇歳である。すらりとした長身には、優美さと精悍《せいかん》さの絶妙な調和がみられた。やや癖のある黄金色の豪華な頭髪は、昨年より長く、獅子《しし》のたてがみに似たスタイルになっている。しみひとつない白皙《はくせき》の肌と、端麗をきわめた目鼻だちは、造化の女神の寵愛《ちょうあい》を一身に独占しているかのようだった。天使のような、と表現するには、蒼氷色《アイス・ブルー》の瞳から放たれる光はするどくまた烈《はげ》しすぎた。だが、神をもしのぎたいと熱望する堕天使《ルシファー》の瞳であったかもしれない。

「リンチ少将だな」

彼のデスクの前に椅子がひとつおかれ、衛兵たちの手でひとりの男がすわらせられたところだった。ラインハルトの声には、温かさが欠けていたし、彼自身もそれを自覚しているが、あらためる気はなかった。目の前にいるのは唾棄《だき》すべき恥知らずだった。

「……あんたは？」

「ラインハルト・フォン・ローエングラムだ」

リンチは赤く濁った目を見開いた。

「へえ、あんたがね……若いな。若い。エル・ファシルを知っているか？　何年前になるかなあ……あんた、そのころ子供だったろう……おれは少将だったぜ……」

ラインハルトの左に、背の高い赤毛の青年士官が立っていたが、その青い目には嫌悪と憐憫《れんびん》の色があった。

「ラインハルトさま、このような男、役にたつでしょうか」

「役にたたせるさ、キルヒアイス。でなければ、この男、生きている価値もない」

金髪の若い元帥は、リンチを見やった。氷の剣を突き刺すような視線だった。

「よく聞け、リンチ。何度もは言わぬからな。お前にある任務をあたえてやるから、それをはたせ。成功したらお前に帝国軍少将の位をくれてやる」

反応は遅かったが、確実だった。赤く濁った目の奥に、灯がともったようにみえた。脳をかこむアルコールの毒霧をふりはらうように、リンチは何度も頭をふった。

「少将……ははは、少将ね……」

彼は舌をだして上下の唇をなめまわした。

「そいつは悪くない。で、なにをすればいいんだ」

「お前の故国に潜入し、軍隊内の不平分子を煽動してクーデターをおこさせるのだ」

しばらく間をおいて、調子はずれの笑い声が空気を波だてた。

「へ、へ、へ……無理だ。そんなことは不可能だ。あんた、しらふで言ってるのかね?」

「可能だ。ここに計画書がある。このとおりやればかならず成功する」

リンチの目がふたたびにぶい光をたたえた。

「しかし……潜入に失敗すれば、おれは死ぬ。きっと死ぬだろうな。殺される……」

「そのときは死んでしまえ!」

ラインハルトの声は鞭《むち》となって空気を裂いた。

「いまのお前に、生きる価値があると思っているのか。お前は卑怯《ひきょう》者だ。まもるべき民間人も、指揮すべき兵も捨てて逃亡した恥知らずだ。誰ひとりお前を弁護しはしない。そんなになっても、まだ生命《いのち》がおしいか」

その声は、アルコールに侵されたリンチの薄暗い精神を圧倒し、覚醒《かくせい》させた。精神のもつエネルギーの質と量に大きな差があった。リンチは全身をわななかせ、汗すら流してすわっていた。

「そうだ、おれは卑怯者だ……」

弱々しいが、はっきりしたつぶやきだった。

「いまさら汚名の晴らしようはない。だとすれば、徹底的に卑怯に、恥知らずに生きてやるか……」

彼は顔をあげた。目の濁りは消えようもなかったが、その奥で、いまでは熔鉱炉《ようこうろ》に似た炎がうごめいていた。

「よし、わかった。やろう。少将の件はまちがいないだろうな」

一〇年以上も昔の、鋭気のなごりがその声にあった。

Ⅱ

「あれが成功すれば、ヤンは国内のことにおわれて、こちらに手はだせまい」

リンチが去ると、ラインハルトは赤毛の友を見あげた。

「御意……国内の平和を乱されて、叛乱軍もお手あげでしょう」

「平和か。平和というのはな、キルヒアイス。無能が最大の悪徳とされないような幸福な時代を指《さ》して言うのだ。貴族どもを見ろ」

ラインハルトの舌は辛辣《しんらつ》である。

帝国は、表面、同盟との戦争状態をつづけているが、そのなかにあって、貴族階級だけは〝城壁の奥の平和〟を享受していたのだ。数千光年をへだてた暗黒の虚空で、兵士たちが傷つき倒れ、死の恐怖におののいているとき、王宮のクリスタル・シャンデリアの下では華麗な舞踏会がもよおされていた。極上のシャンペンと、赤ワインに漬けた鹿肉《しか》のローストと、チョコレート・ババロアと——そして、真っ白なペルシャ猫、青真珠のヘアピン、琥珀《こはく》の壁飾り、数世紀をへた白磁の花瓶、黒貂《くろてん》の毛皮、無数の宝石をちりばめたロングドレス、色彩と光彩ゆたかなステンドグラス……。

これが——この悲惨で滑稽《こっけい》な対照こそが現実なのか？

そう、これこそが現実なのだ。

では現実を変えなければならない。

はじめて舞踏会にでたとき、蒼氷色《アイス・ブルー》の瞳をもつ少年はそう感じたのだ。

それはすぐに確乎《かっこ》とした意思に成長し、以後、舞踏会やパーティーは彼にとって倒すべき敵を観察する場となったのである。そして観察をかさねたラインハルトは、きらびやかによそおった大貴族たちのなかに、警戒すべき敵はいない、という結論に達したのだった。

その感想を彼はキルヒアイスだけに打ち明けた。

「貴族をおそれる必要はない、と、ぼくも思います」

そのころから、キルヒアイスは、ラインハルトにたいしてものごしが低かった。

「でも、貴族たちには注意すべきです」

その言葉に、ラインハルトは驚いて親友を見つめた。

集団の統一された意思——そこまでいかなくとも、共通の敵にたいする利己的な憎悪の集合を軽視するわけにはいかない。正面の敵と剣をまじえているとき、べつの誰かが背中にナイフをつきたてるかもしれないのだ。

「わかった、気をつけるよ」

ラインハルトは答えた。彼のなかにある細身の剣のようにするどすぎる部分は、いつもこの親友によってつつまれ、おぎなわれてきた。

もうひとり、彼のするどさと烈しさをつつんできたのは、五歳ちがいの姉アンネローゼである。

一五歳で先帝フリードリヒ四世の後宮におさめられた彼女は、自分自身の未来の可能性をそのとき放棄したようだった。皇帝からグリューネワルト伯爵夫人《グラフィン・フォン・グリューネワルト》の称号をさずけられた彼女は、性格破綻者にちかい父からラインハルトをひきとり、その兄弟にひとしい存在であるキルヒアイスの後ろ楯《だて》にもなり、ふたりのこのうえない保護者となった。

いまや、かつての被保護者たちは、彼女の身長をはるかにこし、提督の称号をおびて宇宙の戦場を駆ける身である。だが、彼女の前にでると、ふたりはたちまち遠からぬ少年の日に——甘美な透明感につつまれた、きらめく日々にもどることができた。

……先帝フリードリヒ四世が乱脈をきわめた生活のはてに急死して以来、銀河帝国の支配階級は断続的な地殻変動にみまわれていた。

まず、五歳の幼児エルウィン・ヨーゼフが新しい皇帝となった。彼は故フリードリヒ四世の直系の孫ではあったが、即位によって、ふたりの大貴族の怒りと嫉妬《しっと》を招くことになった。

ふたりの大貴族——ブラウンシュヴァイク公オットーと、リッテンハイム侯ウィルヘルム。彼らはともに故フリードリヒ四世の息女と結婚し、それぞれ息女をもうけている。自分の息女が即位して女帝となり、みずからは摂政《せっしょう》として帝国を支配する野心をいだいていたのだ。

その野心が崩壊したとき、彼らは、共通の敵にたいして手をむすび、報復することを誓ったのである。敵とは、幼帝エルウィン・ヨーゼフ二世と、それを支持するふたりの重臣——帝国宰相である七六歳のリヒテンラーデ公クラウスと、二〇歳のローエングラム侯ラインハルトであった。

こうして、銀河帝国の支配階級は両派に分裂せざるをえなくなったのだ。皇帝派、またはリヒテンラーデ＝ローエングラム枢軸と、反皇帝派、またはブラウンシュヴァイク＝リッテンハイム連合とに。

帝国の将来を憂え、また自己の保身も考えて、中立を希む人々も多かったが、険悪化する情勢は、彼らをいつまでも圏外においてはいなかった。

どちらに味方して生き残るか。どちらに大義名分があり、勝算があるか。彼らは、判断と洞察の能力をためされることになったのである。

感情は最初からブラウンシュヴァイク公らにかたむいているが、ラインハルトが戦争の天才であることも事実として知っているので、容易に決心はつかず、感情と打算の谷間で風向きをたしかめるのに必死な彼らだった。

「貴族どもが右往左往している。どちらに味方すれば有利かと、ない知恵をしぼってな。近来の名喜劇だ」

あるときラインハルトがそう言った相手は、帝国宇宙艦隊参謀長のパウル・フォン・オーベルシュタイン中将だった。

「ハッピーエンドで終わらなければ、喜劇とは言えないでしょうな」

オーベルシュタインは、およそ浮わつくということのない男で、ユーモアの感覚が完全に欠落していると一般には信じられていた。まだ三〇代なかばであるのに髪はなかば白く、光コンピューターを内蔵した左右の義眼は冷たい光をたたえ、唇は薄くひきしまり、表情には愛敬《あいきょう》というものがまったくない。また当人も、どんな評判がたとうと知らぬ顔である。

「とにかく閣下は待っていらっしゃればよろしいのです。敵があがくのをごらんになりながら」

「そう、待つさ、ゆっくりとな」

ラインハルトは、むろん、ただ待つだけではなかった。彼は辛辣な策略のかずかずをもちいて、大貴族たちが勝算もたたぬまま盲目的な怒りに身を委《ゆだ》ねるようしむけた。彼らのヒステリックな暴発こそ、ラインハルトの希むところだった。しかも、彼はそれらの策略を、美しい蝶《ちょう》を追う少年さながら、純粋なまでの情熱をこめてやってのけたのだ。

「貴族どもを、ほんとうにおいつめる必要はないのだ」

親友の赤毛を、しなやかな指先でおもちゃにしながら、ラインハルトは言った。

「おいつめられる、と、奴らに信じこませればそれでいい」

じつのところ、貴族たちが大同団結すれば、その武力と富力はラインハルトひとりのそれをはるかにしのいでいるのだ。にもかかわらず、このままでは破滅だ、なんとか反撃を、とあせる彼らのバランス感覚を欠いた反応が、ラインハルトには笑止《しょうし》だった。

ラインハルトの頭脳は少年のものではなかったが、感性にはまだたぶんに少年的なものが残っていた。彼は敵対する者をひたむきに憎悪したが、いっぽうで相手の言動に見るべき個性を感じると、それがたとえ美と称しえないものでも、好奇心をいだいてしまうのである。いまのところ、そういう存在が貴族たちには見られず、彼はいささか失望していた。

Ⅲ

マリーンドルフ伯フランツは、温和で良識的な人物として、貴族たちだけでなく領民にも信望があった。

その彼にして、今回の事態にはどう対処すべきか決心がつかず、頭をかかえる毎日だった。中立がたもてるものならそうしたいが、はたしてそれが可能だろうか。

長女のヒルダが、オーディンの大学から一時帰省してきたのはそういう一日である。ヒルダことヒルデガルド・フォン・マリーンドルフ伯爵令嬢は、二〇歳になったばかりだった。

暗くくすんだ色調の金髪は、うごきやすいように短くしてある。硬質の美貌だが、非人間的なものを感じさせないのは、ブルーグリーンの瞳がいきいきと輝いているからだろう。躍動する知性と生気が、その瞳から発散していて、冒険精神に富んだ少年のような印象を、他者にあたえるのである。

「お嬢さま、お元気そうでなによりです」

つややかなピンクの頰をした老人が、館のホールに彼女を出迎え、肥満した体を折り曲げた。

「あなたも元気そうね、ハンス。お父さまはどこ?」

「サンルームにいらっしゃいますが、お知らせしてまいりましょうか」

「いいわ、わたしが行くから。あ、コーヒーをお願いね」

襟もとにピンクのスカーフをまいた以外、男とことならない服装をした伯爵令嬢は、リズミカルな歩調で廊下を歩いていった。

広いサンルームの窓ぎわに一組のソファーがおかれ、陽光のなかでマリーンドルフ伯が背を丸めて考えこんでいた。娘の声に彼は顔をあげ、笑顔をつくって手招きした。

「なにを考えておいでですの、お父さま」

「うむ、いや、たいしたことじゃない」

「それはたのもしいことですわね――銀河帝国の運命とマリーンドルフ家の未来が、たいしたことではないとおっしゃるのは」

マリーンドルフ伯フランツは、思わず大きく体を揺らせてしまった。顔をこわばらせて娘を見やる。いたずらっぽいが、それだけにとどまらない表情で、ヒルダは父親を見かえした。

家令のハンスが、銀の盆《トレイ》にコーヒーセットをのせてやってきた。彼がひきさがるまで沈黙がつづいたが、娘からそれを破った。

「それで、どうなさるか決心はつきました、お父さま?」

「私は中立をのぞんでいる。だが、もし、どうしてもどちらかにつかねばならないとしたら、ブラウンシュヴァイク公につく。帝国貴族としてそれが……」

「お父さま!」

するどい声と表情で、娘は父親の言葉をさえぎった。

父親は驚いて娘を見た。ブルーグリーンの瞳が烈しく輝いている。宝石のなかで炎が踊っているような、異様な美しさだった。

「貴族たちのほとんどが目をそらしている事実があります。人間が生まれればかならず死ぬように、国家にも死が訪れるということです。地球というちっぽけな惑星の表面に文明が誕生して以来、滅びなかった国家はひとつもありません。銀河帝国――ゴールデンバウム王朝だけが、どうして例外でありえるでしょう」

「ヒルダ、おい、ヒルダ……」

「ゴールデンバウム王朝は五〇〇年ちかくつづきました」

大胆な娘は、過去形を使った。

「その間、二〇〇年以上も全人類を支配し、権力と富をほしいままにしてきました。人を殺すことも、他家の娘をうばうことも、自分につごうのよい法律をつくることも……」

テーブルをたたかんばかりの勢いだった。

「これだけやりたいほうだいをやってきたのですもの、そろそろ幕がおりるとしても、誰を責めることができるでしょう。いえ、むしろ五〇〇年にもわたって栄華がつづいたことを、感謝するのが当然です。それを失うのは、自然の摂理ですらあるんですわ」

温和な父親は、革命派さながらの激しい弾劾に呆然となっていたが、ようやく反撃の気力をふるいおこした。

「しかし、だからといってローエングラム侯につくべき理由があるのかね、ヒルダ」

「あります」

「どんな？」

そう問いかける父親の声には、うたがわしさと同時に、すがるようなひびきがこもっていた。

「理由は四つあります。聞いていただけますか?」

父親はうなずいた。娘が説いたのは、つぎのようなことである。

ひとつ。ローエングラム侯ラインハルトは新皇帝を擁《よう》しており、皇帝に背《そむ》く者を皇帝の命令によって討伐するという大義名分を有している。これにたいし、ブラウンシュヴァイク公とリッテンハイム侯の陣営は、野心むきだしで私戦をおこなおうとしているにすぎない。

ふたつ。いずれ大部分の貴族を結集するブラウンシュヴァイク公らの兵力は強大であり、そこにマリーンドルフ家が参加してもかるく扱われるであろう。それにたいし、ローエングラム陣営は劣勢であり、そこに参加すれば勢力が強化されるだけでなく、政治的効果もある。ゆえにマリーンドルフ家は厚遇されるにちがいない。

みっつ。ブラウンシュヴァイク公とリッテンハイム侯は一時的に手をむすんだだけであって、協力する意思に欠ける。なによりも、軍の指揮系統が統一されていないのが致命的である。それにたいし、ローエングラム陣営は統一された指揮系統と意思のもとにうごいている。途中経過はどうあろうと、最終的な勝敗の行方はおのずとあきらかである。

よっつ。ローエングラム侯ラインハルトは門閥貴族の出身ではなく、おもだった部下たちもそうであって、平民階級の人気が高い。両陣営の兵士は、すべて平民である。士官だけで戦争はできない。それどころか、貴族出身の士官にたいして兵士たちが反感をつのらせた結果、ブラウンシュヴァイク公らの陣営において兵士の暴動や造反が生じ、内部崩壊する可能性すらある……。

「どうでしょう、お父さま」

ヒルダがそうむすんだとき、マリーンドルフ伯は黙って汗をぬぐうばかりだった。彼は娘に反論できなかったのである。

「マリーンドルフ家は勝者に――ローエングラム侯につくべきだ、と、わたしは思います。忠誠の証《あかし》に領地と人質をさしだしても」

「領地はいい――献上してもいい。しかし、人質はだせない。そんなことは……」

「本人が希んだら?」

「しかし、誰がいったい……」

言いさして、マリーンドルフ伯はぎょっとした。

「まさか、お前……」

「ええ、わたしがまいります」

「ヒルダ!」

父親はあえいだが、娘は平然として、自分のコーヒーにクリームと砂糖をたっぷりいれていた。肥満しない体質に自信をもっているのである。

「わたし、お父さまに感謝しています。おもしろい時代にわたしを生んでくださったと思って」

「…………」

「わたしに歴史をうごかすことはできませんけど、歴史がどううごくか、そのなかで人々がどのように生きて死んでゆくのか。それをたしかめることができるんですもの」

コーヒーを飲むと、ヒルダは立ちあがり、父親の頭を抱いて、艶《つや》のないブラウンの髪にほおずりをした。

「お父さま、心配なさらないで。マリーンドルフ家はわたしがまもります。どんなことをしても。なにがあっても」

「お前にまかせよう」

父親の声におちつきがよみがえっていた。

「どんな結果になろうと、私は悔やまないよ。マリーンドルフ家のためにお前が犠牲になる必要はない。むしろ、マリーンドルフ家を道具にして、お前の生きる途《みち》をひろげることを考えなさい。いいね」

「お父さま……」

「体に注意してな……」

娘は顔の角度をかえて、父親の額に接吻すると、蝶のように身をひるがえしてサンルームをでていった。

Ⅳ

六日間の旅で、ヒルダは首都星オーディンに到着した。彼女の感覚からすれば、もどってきたと言ったほうがよい。オーディンでの生活はまる四年になる。

宇宙港からラインハルトの元帥府へ、ヒルダはロボット・カーで直行した。気分が高揚しているためか、疲労を感じない。休息はこのあといくらでもできるのだ。

「面会のご予約はございますか、お嬢さん《フロイライン》」

リュッケ中尉という名札をつけた、窓口の、まだ少年っぽい若い士官が訊ねた。

「いえ、ございません。でも、多くの人の生命と希望がかかっております。元帥閣下はきっとお会いくださると思いますけど、おとりつぎいただけませんかしら」

美しい娘の必死の表情――三割がたは演技だったが――を見て、リュッケ中尉は騎士道精神にかられたらしい。彼女を待たせておいて、数カ所に連絡していたが、やがてわがことのようにうれしそうな笑顔をみせた。

「お会いになるそうです。四号エレベーターで一〇階へどうぞ」

「ありがとう、お手数をかけました」

心から言って、ヒルダは、それじたいが武器探知装置になっているエレベーターに乗りこんだ。

その日、ラインハルトはある報告を待っていたのだが、なかなかそれがもたらされないうえ、美しい娘の訪問者と聞いて、興味をもったのである。もっとも、美しい娘など彼にとって珍重すべきものでもなかった。それでも、化粧気のない、生々《せいせい》としたヒルダの美しさをみて、貴族の娘らしからぬことに、すこしだけ感心した。

「キルヒアイスがいないのが残念だ」

応接室のソファーにすわると、ラインハルトはそう口をきった。

「あれはマリーンドルフ家といささか縁がある。ご存じかな」

「ええ、もちろん。昨年のカストロプ動乱では、父の生命を救っていただきました。直接お目にかかってはいませんけど」

「……で、私にご用というのは？」

幼年学校の生徒らしい少年がコーヒーをはこんできた。ラインハルトがクリーム壺をとりあげたとき、ヒルダは言った。

「今度の内戦に際して、マリーンドルフ家はローエングラム侯にお味方させていただきます」

一瞬だけラインハルトの手がとまったが、さりげなく彼は一連の動作をすませた。

「内戦とは？」

「明日にでもおこるブラウンシュヴァイク公との」

「大胆な人だ。たとえそうなったとして、私が勝つとはかぎらないが、それでも私に味方してくださると?」

ヒルダは呼吸をととのえ、父に説明したことを若い元帥にむかってくりかえした。ラインハルトの蒼氷色《アイス・ブルー》の瞳が光った。

「みごとな見識をおもちだ。けっこう、そういうことであれば、私も味方はほしい。あなたのご厚意にはかならずむくわせていただこう。マリーンドルフ家はもちろん、その口ぞえがあった家々は重く遇することを約束する」

「ローエングラム侯の寛大なお言葉で、わたくしどもも知人縁者を説得しやすくなります」

「なに、せっかく味方してくださるのだ。粗略なこともできない。あなたの労と勇気にむくいるのは当然だ。もし、私が役にたつことがあるなら、なんなりと言ってもらいたい。遠慮などせずに」

「では、お言葉に甘えて、ひとつだけお願いがございます」

「どうぞ」

「マリーンドルフ家にたいし、その忠誠にたいする報酬として、その家門と領地を安堵する——そう保証する公文書をいただきとう存じます」

「ほう、公文書を」

ラインハルトの口調が用心深いものになった。彼はいままでとすこしことなる視線をヒルダにむけた。おそれげもなく、マリーンドルフ伯の娘は若い権力者に相対している。

ラインハルトはなにか考えていたが、それも長いことではなかった。

「よかろう、今日中に文書にしてお渡ししよう」

「ありがとうございます」

うやうやしく、ヒルダはショートカットの頭をさげた。

「マリーンドルフ家は閣下にたいして絶対の忠誠を誓い、なにごとにつけ、閣下のお役にたてるよう努めます」

「期待させてもらおう。ところで、伯爵令嬢《フロイライン》マリーンドルフ」

「はい？」

「あなたが説得してくださるほかの貴族たちにたいしても、やはり、同様の保証書が必要かな」

「自主的にもとめる者にはおだしくださいますよう。それ以外の者にはあえて必要ないと存じます」

ヒルダの口調はよどみない。

「それはそれは……」

ラインハルトは笑った。

彼の意思は、ゴールデンバウム王朝をささえた旧体制を一掃することにある。五世紀もの長きにわたって特権をむさぼってきた貴族たちを、新体制のもとで生きのびさせる気など、さらさらない。絶対的権力をにぎった段階で、よほど役にたつ者をのぞいては、粛清するか、民衆が血をもとめるなら彼らに投げあたえてやるつもりだった。生き残る能力がなければ滅びてしまえ――彼らの祖先たちが仕えたルドルフの信念がそうであった。因果はめぐるのだ。

それをヒルダは見ぬいて、自筆の公文書をラインハルトにもとめたのだ。公文書になっていれば、口約束とはちがって、ほごにはできない。ラインハルト自身の名誉が傷つくだけでなく、その権力体制そのものにたいする不信をまねくことになるのだから。

自家にたいしてはそれだけの策《て》をうったうえで、ヒルダは、「ほかの貴族たちにたいしては、生殺与奪《せいさつよだつ》をご自由に」と言っているのである。これはたんに、〝自分さえよければ〟というエゴイズムから言っているのではなく、旧貴族間の横の連帯をはかったりはしないという意思を表明したことになるのだ。

おそろしいほどにシャープな政治・外交感覚をもった娘だった。

帝国貴族数千家のなかから、ようやく賞賛に値する人材があらわれたようだ。それもたった二〇歳の若さで、しかも女性である。もっとも、ラインハルトにしたところで、彼女よりたった一歳年長であるにすぎない。

象徴的なものに、ラインハルトには思われた。老人の支配する時代は終わりつつあるのだ。帝国ばかりではない。自由惑星同盟《フリー・プラネッツ》のヤン提督は三〇歳になったばかりであり、フェザーンの自治領主《ランデスヘル》ルビンスキーもまだ四〇代である。

それにしてもこの娘は……。

ラインハルトはあらためてヒルダを見つめ、なにか言いかけた。

そのとき、ドアの外側で物音がしたかと思うと、興奮で顔を赤くした高級士官がとびこんできた。ひとりでドアをふさぐほどの巨体である。

「閣下！　不平貴族どもがとうとうごきだしましたぞ」

体格にふさわしい大声だった。

カール・グスタフ・ケンプは、ラインハルトの元帥府に所属する提督たちのひとりで、かつては撃墜王であり、今日では勇猛な指揮官として名高い。

ラインハルトはたちあがった。この報告を待っていたのだ。ヒルダが思わず目をみはったほど、しなやかな動作だった。

「伯爵令嬢《フロイライン》マリーンドルフ、今日はお会いできて楽しかった。いずれ、食事でもごいっしょさせていただこう」

ラインハルトにつきしたがうケンプが、一瞬、ヒルダに好奇の視線をむけたようであった。

V

ローエングラム侯ラインハルトとリヒテンラーデ公の枢軸に反対する貴族たちは、オーディンにおけるブラウンシュヴァイク公の別荘があるリップシュタットの森に集合した。名目は古代名画のオークションと園遊会であったが、地下のホールで、ローエングラム侯とリヒテンラーデ公の専横に反対する〝愛国署名〟がおこなわれたのである。

これを通称して〝リップシュタット盟約〟と呼び、それによって誕生した貴族たちの軍事組織を〝リップシュタット貴族連合〟と称する。

参加した貴族三七四〇名。正規軍と私兵とを合計した兵力二五六〇万。

盟主はブラウンシュヴァイク公オットー。副盟主はリッテンハイム侯ウィルヘルム。

四〇〇〇ちかい貴族の名をつらねた署名状は、いっぽうで、リヒテンラーデ公とローエングラム侯を激烈な調子で非難し、ゴールデンバウム王朝を守護する神聖な使命は〝選ばれた者〟である伝統的貴族階級にあたえられたものである、と高らかにうたいあげていた。

「大神オーディンは吾らを守護したもう。正義の勝利はまさにうたがいあるなし」

文章はそうむすばれていた。


「さて、大神オーディンは、はたして彼らを守護したもうかな」

ケンプの報告を聞いたラインハルトは、皮肉たっぷりに言うと、一堂に会した部下の面々を見わたした。

ジークフリード・キルヒアイスがいる。オーベルシュタインがいる。ほかの提督たちも、全軍に冠たる優秀な指揮官ぞろいだった。

「最初から神だのみときては、大神もいやけがさすでしょうな」

「美しい乙女でもいけにえにさしだせばべつですが、ブラウンシュヴァイク公なら自分が横どりしかねませんぞ」

ミッターマイヤー、ロイエンタール、ビッテンフェルトらが笑い声をあげた。

　ウォルフガング・ミッターマイヤーは、どちらかといえば小柄だが、ひきしまって均整のとれた体つきがいかにも俊敏そうだ。おさまりの悪い蜂蜜《はちみつ》色の髪と、活力に富んだグレーの瞳をしている。用兵のスピードという点で彼に肩をならべる者はいない。昨年のアムリッツァ会戦のとき、逃走する敵艦隊を追撃したが、それがあまりにも速かったので、逃げる敵の後尾と追う味方の先頭がいれかわったほどである。以後、彼には名誉あるニックネームがあたえられた。〝疾風ウォルフ《ウォルフ・デア・シュトルム》〟というのがそれである。

　オスカー・フォン・ロイエンタールは、背が高く、黒にちかいダーク・ブラウンの髪をしている。なかなかの美男子だが、他人を驚かせるのは、左右の瞳の色がちがうことだ。〝金銀妖《ヘテロクロ》瞳《ミア》〟と呼ばれる遺伝のいたずらで、右目が黒く、左目が青い。アムリッツァでも、それ以外の戦いでも、多くの武勲をたて、その作戦指揮能力は高く評価されている。

　フリッツ・ヨーゼフ・ビッテンフェルトはオレンジ色の長めの髪と薄い茶色の目をしている。細面と、たくましい体つきとの対照に、やや違和感をおぼえる者もいるだろう。猛将である。彼の艦隊〝黒色槍騎兵《シュワルツ・ランツェンレイター》〟の名を聞くだけで敵はおびえる。ただ、用兵にやや柔軟性を欠くところがあり、アムリッツァではそれが味方の不利にはたらいた。

　このほかに、コルネリアス・ルッツ、アウグスト・ザムエル・ワーレン、エルネスト・メックリンガー、ナイトハルト・ミュラー、ウルリッヒ・ケスラーといった提督たちが、ラインハルト軍の幹部だった。個性はさまざまだが、いずれも若い。彼らが、ラインハルトのもっとも貴重な財産だった。

財産といえば、長びく戦争や宮廷の乱脈で財政の危機がささやかれる昨今だったが、「財政危機などいっきょにかたづくさ」

ラインハルトは無責任な放言をしたわけではない。帝国には、帝室財産以外にも、巨億の財源が手つかずで残っているのだ。

貴族財産……。

ブラウンシュヴァイク公、リッテンハイム侯はもとより、彼らに与《くみ》した貴族どもの財産は、ことごとく没収する。それ以外の貴族にも、遺産相続税、固定資産税、累進所得税などの制度を適用すれば、国庫にころがりこむ金額は、一〇兆帝国《ライヒ》マルクをかるく超過するという試算がすでにだされていた。

ただ、味方になった貴族にたいしては、てかげんする政治的必要があるので、この意味からは敵にまわる貴族が多ければ多いほどありがたい。

貴族から財産をしぼりあげることは、財政上の必要をみたすだけではない。巨大な財産をもちながら、税金も払わず、豪奢《ごうしゃ》な生活におぼれていた貴族たちにたいして、平民階級は五〇〇年来の怒りと反感をたくわえている。

その怒りをラインハルトは鎮《しず》めてやらねばならないし、利用もしなくてはならないのだった。政治や社会を改革する意思は、ラインハルトにはたしかにある。だが、それは、彼にとってはゴールデンバウム王朝打倒の副産物でなければならなかった。政治や社会が改革され、その結果、ゴールデンバウム王朝が再活性化されてはなんにもならない。ルドルフのきずいたゴールデンバウム王朝は、流血と劫火《ごうか》のなかに滅びさるべきなのだ。それは、幼い少年の日、愛する姉アンネローゼを老醜の権力者に奪われたときたてた神聖な誓約だった。そしてそれを、ジークフリード・キルヒアイスも共有したのである。

オイゲン・リヒターとカール・ブラッケは、改革派あるいは開明派と呼ばれるグループの指導者と目《もく》されていた。貴族であるのに〝フォン〟の称号をみずからはぶいているのが、その姿勢をあらわす例である。

ふたりがラインハルトに呼ばれて、きわめて進歩的な〝社会経済再建計画〟なるものの立案を命じられたのは、三月にはいってすぐのことだった。〝リップシュタット盟約〟がむすばれてから一カ月ほどたっている。

ラインハルトの前から退出すると、ふたりは顔を見あわせずにいられなかった。

「ローエングラム侯の胸の裡《うち》は読めている。改革者として民衆の支持をえるつもりなのだ。それは門閥貴族に対抗する有力な武器になるからな」

リヒターの言葉にブラッケがうなずく。

「そう、吾々は彼の野望のために利用されるというわけだ。愉快なこととは言えないな。拒絶するわけにはいかんが、サボタージュするか」

「まあ待ってくれ。この際、吾々が利用されるとしても、それはそれでかまわないと私は思うのだ。長いあいだ、吾々が希んでいた改革が実施されるのなら、それが誰の名のもとにおこなわれようと、よいではないか」

「それはそうだが……」

「べつの観点からすれば、吾々がローエングラム侯を利用するという一面もあろう。吾々には理想と政策はあっても、それを実行するだけの権力と武力はない。ローエングラム侯にはそれがある。すくなくとも、彼はブラウンシュヴァイク公のような反動派の巨頭より、はるかにましだ。ちがうか、ブラッケ」

「たしかにな。ブラウンシュヴァイク公らが政権をとれば、政治と社会の反動化を推進することは目に見えている……」

リヒターがブラッケの肩をたたいた。

「要するに、吾々とローエングラム侯は、おたがいに必要だということだ。そうとわかれば、協力すべきは協力し、すこしでもましな方向に社会をうごかしていくべきだろう」

リヒターの言葉にブラッケが首をひねる。

「だが、いったん最高権力を握ったあと、ローエングラム侯が開明的な態度をとりつづけるとはかぎるまい。一転して、専制的な独裁者に変貌しないという保証はないぞ」

リヒターはおもおもしくうなずいた。

「そう、そのときのためにこそ、吾々は改革を推進しておかねばならない。ローエングラム侯が改革者としての姿勢を捨てたとき、それを批判し、それに抵抗するだけの能力を具《そな》えた市民を育てておかねばならないのだ」

Ⅵ

〝リップシュタット盟約〟に結集した貴族たちは、その雑多な武力を組織化する必要にまず迫られた。統一された司令部、統一された戦略構想、統一された管理と補給のシステムは、ラインハルトの天才に対抗するために必要不可欠なものだったからである。

順序としては、だいいちに、実戦部隊の総司令官をさだめなくてはならなかった。部隊の編成や配置はその意思と構想による。

ブラウンシュヴァイク公は、最初、自分自身が実戦の総指揮をとるつもりだったが、用兵の専門家をその座にすえるべきである、とリッテンハイム侯が主張したのだ。

「実績、人望ともにゆたかなメルカッツ提督を総指揮官となさるべきでしょう。盟主おんみずから前線へなどお出になるのはいかがなものか」

リッテンハイム侯の意図が、ブラウンシュヴァイク公に武勲をたてさせないことにあるのは明白だったが、かたちとしては正論そのものだったので、その意見をしりぞけることはできなかった。

「メルカッツ提督であれば」

ほかの貴族たちも賛成したので、ブラウンシュヴァイク公は内心の舌打ちを隠して、自分が度量のひろい人物であることを証明しなくてはならなくなった。彼は礼をつくしてメルカッツを招き、貴族連合軍の実戦総司令官となってくれるよう懇請《こんせい》した。

ウィリバルト・ヨアヒム・フォン・メルカッツ上級大将は五九歳になる老練の武人で、かがやかしい武勲と、堅実で隙のない用兵術の所有者だった。アスターテ星域の会戦ではラインハルトとともに同盟軍と戦い、その天才を最初に認めた人物のひとりであることでも知られている。

ブラウンシュヴァイク公の頼みを、メルカッツはすんなりとは承知しなかった。

もともと彼はこの無意味な戦いに反対で、衝突が不可避となったときは中立をまもろうとしていたのである。

メルカッツはことわったが、ブラウンシュヴァイク公はひきさがらなかった。盟主がみずから交渉してことわられたとあっては、盟主の権威に傷がつく。

帝国および帝室にたいする真の忠誠を説いて、公はねばった。その言葉は、しだいに脅迫の色彩をおびてきた。話の内容が家族の安全におよんだとき、ついにメルカッツは折れた。

「では非才の身ながら、おひきうけいたします。しかしながら、つぎの点を諸侯には承知しておいていただきたい。こと実戦にかんするかぎり、私に全権が委ねられ、指揮系統が一元化されること。それにともなって、どれほど地位身分の高いかたであっても、私の命令にしたがっていただき、命令に背けば軍規によって処罰されるということ。これを認めていただかねばなりませんが」

「よろしい、承知した」

ブラウンシュヴァイク公はうなずき、宴会をもうけて新司令官をもてなした。

主賓《しゆひん》であったメルカッツは、宴がはててから夜遅く自分のオフィスにもどってきたが、いかにも心の重そうなようすだったので、副官のベルンハルト・フォン・シュナイダー少佐は不思議に思った。

「閣下は連合軍の総司令官になられ、ふたつの条件も盟主らに承知させたのでしょう？　大軍をひきいて強敵と闘うのは武人の本懐、と、私などは思いますのに、なぜそのように重苦しい表情をなさるのですか」

メルカッツは暗然と笑った。

「少佐、卿《けい》はまだ若いな。なるほど、ブラウンシュヴァイク公らはたしかにわしのだした条件をのんだ。しかし、それは口だけのことだ。すぐになんやかやと作戦に介入してくるだろう。また、軍法によって彼らを裁こうとしても、素直にしたがいはすまい。そのうち、ローエングラム侯ラインハルトよりわしのほうを憎むようになるだろうさ」

「まさか……」

「特権は人の精神を腐敗させる最悪の毒だ。彼ら大貴族は、何十世代にもわたって、それに浸《ひた》りきっている。自分を正当化し、他人を責めることは、彼らの本能になっているのだ。かくいうわしも、下っぱながら貴族だったから、軍隊で下級兵士に接するまで、そのことに気づかなかった。ローエングラム侯の剣が頭上におちかかるまでに、彼らがそのことに気づけばよいが……」

彼に忠実な、くすんだ金髪の青年士官をさがらせると、メルカッツはデスクにむかい、不器用そうにワード・プロセッサーを操作しはじめた。妻子に手紙を書くためである。

それは別離の手紙だった。

Ⅶ

ラインハルト派と反ラインハルト派の全面衝突を回避しようとする人々が、ブラウンシュヴァイク公の部下たちのなかにいた。それは絶対平和主義からのことではなく、ラインハルトと戦っても勝算なし、とみてのことである。

シュトライト准将がその一番手だった。彼はブラウンシュヴァイク公に面談をもとめ、一時の汚名を甘受《かんじゅ》して、ラインハルトを暗殺することで戦いを回避すべきであると主張した。

「ばかなことを言うな」

と、公は一言でそれをしりぞけた。

「ですが、閣下……」

「わしは数百万の大軍を結集し、正面から堂々とあの金髪の孺子《こぞう》を撃ち破ってやるつもりだ。それでこそ、リッテンハイム侯にたいしても帝国全土にたいしても、わしの正義と実力をしめすことになろう。それを暗殺だと？　それほどわしの名誉に泥を塗りたいか」

「閣下、言いにくいことを申しあげますが、ローエングラム侯ラインハルトは用兵の天才です。戦って勝てたとしても犠牲は大きく、しかも全帝国を戦火にまきこみ、民衆にも害をあたえることになりましょう。ご再考いただきたく存じますが」

シュトライトの懇願は、怒声によって酬われた。勝てたとしても、とはどういう意味か、必勝の信念をもたぬ者に用はない、生命がおしければひっこんで辺境の惑星で野菜づくりでもしているがいい――。

シュトライトが失望してひきさがったあと、フェルナー大佐という人物がブラウンシュヴァイク公に意見を具申《ぐしん》した。彼が主張したのも、少数によるテロリズムで、熱弁をふるって説いた。

「数百万の大軍など必要としません。破壊工作の訓練をうけた兵士三〇〇名、これだけお貸し願えれば、ローエングラム侯の息の根をとめてごらんにいれましょう」

「黙れ、きさまもわしがあの孺子《こぞう》に勝てないと言うのか」

「閣下、私が申しあげたいのは、帝国を二分する大戦となった場合、惨禍はあまりにも大きく、勝者も傷つくにちがいないということです。ローエングラム侯は破壊ののちに再生をめざすという立場ですからよいとして、閣下には体制を維持する義務がおありのはず。ただ勝てばよいというものではないでしょう」

「こざかしい口をきくな！」

怒号をあびて、フェルナーは退散したが、それによって彼は自分の考えを捨ててしまったわけではない。主君の強情さと迂遠《うえん》さを、彼は軽蔑したが、シュトライトのようにそのままひっこんではいなかった。

「こうなったら自分でやるまでだ。ローエングラム侯を殺せなくても、姉のグリューネワルト伯爵夫人を人質にとる策《て》もある」

彼は直属の部下を中心に三〇〇名の兵士と火器を集め、一夜、主君に秘密でラインハルトの居館を襲撃しようとした。

しかし、これは失敗に終わった。すでに、キルヒアイス自身が五〇〇〇名の武装兵をひきいて、ラインハルトとアンネローゼの居住するシュワルツェンの館を厳重に警護していたからである。奇襲の隙など、まったくなかった。

「さすがに、ローエングラム侯とその腹心だ。おれごときの小細工がつうじる相手ではないな」

断念したフェルナーは、その場で部隊を解散し、自分も行方をくらましてしまった。ブラウンシュヴァイク公に無断で兵をうごかした以上、その怒りをかうのは明白だったからである。

むなしく手ぶらで帰ってきた兵士の口から、ことのしだいを聞くと、ブラウンシュヴァイク公はやはり激怒し、でしゃばりの部下に制裁をくわえようとその行方を探した。

しかし見つからなかった。

「ふん、まあよい。どうせ宇宙のどこにも身のおきどころのない奴だ。のたれ死にするのが結末《おち》だろう。放っておくか」

フェルナーごときの行方を探すより、事態が急進行した現在、オーディンを脱出して自分の領地に帰ることが先決だった。アンスバッハ准将という男が計画をたてた。皇帝を招いて園遊会を開くとふれまわり、招待状までばらまいておいて、その前夜、公自身と家族、それに少数の部下だけでひそかに脱出したのである。

それを知ったラインハルトは、かねての計画を実行する時機がきたことを悟った。

ラインハルトの命令をうけたビッテンフェルトは、八〇〇〇名の武装兵をひきいて軍務省ビルを占拠し、軍務尚書《しょうしょ》（大臣）エーレンベルク元帥を拘禁するとともに、帝国全軍の指揮文書発送機能をおさえた。

反ラインハルト派は、すでに大部分が首都オーディンを去っていたので、ビッテンフェルトに抵抗する者はほとんどなく、尚書室のドアの前に立ちはだかったひとりの大佐が、ビッテンフェルト自身の銃に撃たれて重傷をおったにとどまった。

旧式の片眼鏡《モノクル》をかけた白髪の元帥は、大股にドアからはいってきたビッテンフェルトを見ても、動じる色をしめさず、尊大なほどの静かな態度だった。

「なりあがりの青二才が、誰の許可をえてはいってきたか。なにをもとめてのことか知らぬが、まもるべき礼節の心得もないとみえるな」

冷笑を目もとにひらめかせると、ビッテンフェルトは銃をおさめ、うやうやしげに敬礼した。

「失礼しました。私がもとめておりますのは、元帥閣下、時代が変化しているという認識を、すべての人がもつことです」

ふたりのあいだには、半世紀の年齢差があった。老人は伝統をせおって立ち、青年は伝統を破壊しようとする陣営に属している。

短いにらみあいののち、老元帥の肩がおちた……。

つづいて統帥《とうすい》本部も実力で占拠され、本部総長シュタインホフ元帥も拘禁された。

このとき、惑星オーディンの大気圏外衛星軌道は、キルヒアイスの艦隊によって完全に固められており、さらにその外宙域にはケンプとロイエンタールの艦隊が展開して臨戦態勢をしいていた。

オーディンがラインハルト一派によって制圧されたことを知った貴族たちのなかには、脱出をはかった者もいたが、宇宙港へ駆けこんだ者はミッターマイヤー麾下《きか》の警備兵に拘束された。専用船で飛び発《た》った者も、キルヒアイスの監視網をのがれるのは不可能だった。囚われの身となった貴族たちを、キルヒアイスは鄭重《ていちょう》にとりあつかったが、貴族たちの敗北感がそれによって薄められるというわけでもない。

マリーンドルフ伯フランツの邸宅に駆けこんで、保護とラインハルトへのとりなしを頼んだ幾人かは、もっとも気のきいた部類に属した。彼らに応対したヒルダは、明晰《めいせき》で自信にみちた話しかたによって彼らの信頼をかちえた。おしつけがましくならないよう、しかし確実に恩を売るのに彼女は成功したのである。

逃亡に失敗した者のなかに、シュトライト准将がいた。彼は主君がひそかにオーディンを去ったとき、おきざりにされたのである。ブラウンシュヴァイク家の人々にしてみれば、故意にそうしたわけではなく、忘れていただけのことではあったが。

逮捕されたシュトライトは、電磁石の手錠をはめられて、ラインハルトの前にひきずりだされ、尋問をうけた。

「卿《けい》はブラウンシュヴァイク公に、このラインハルトを暗殺するよう勧めたという噂《うわさ》だが、事実か」

「事実です」

観念したのか、シュトライトは悪びれない。

「なぜ、そんなことを勧めたのだ?」

「あなたを放置しておけば、今日このような事態になることが明白だったからです。わが主君に決断力さえあれば、現在、手錠をかけられていたのは、私でなくあなただったでしょう。ブラウンシュヴァイク公爵家のみならず、ゴールデンバウム王朝にとっても、まことにおしむべきことです」

ラインハルトは怒らなかった。むしろ、勇気を賛美するような表情で相手を見つめていたが、やがて、手錠をはずしてやるよう部下に命じた。

痛む手首をさすりながら、シュトライトは意外な思いを禁じられないでいる。

「殺すにはおしい男だな。通行許可証をだしてやるから、ブラウンシュヴァイク公のもとへ行って、卿の忠誠をまっとうするがいい」

この寛大な申し出は、無条件の感謝によっては応えられなかった。

「もし、わがままを聞いていただけるのでしたら、このままオーディンに留まるのをお許しください」

「ほう、主君のもとへは行かないというのか」

「さようです。理由はこうです……」

シュトライトの声ににがい翳《かげ》りがある。——もし自分が無事にオーディンを去り、ブラウンシュヴァイク公のもとへ駆けつけたとしても、主君は喜ばないだろう。むしろ自分をうたがい、ラインハルトに内通でもしたからこそ許されたにちがいない、と考え、詰問するであろう。場合によっては投獄、刑死という可能性さえある。オーディン脱出に際して、多くの部下や家臣をおきざりにしたように、部下の忠誠心を軽視する傾向があるのだ。

「そういうかたなのです。けっして暗愚《あんぐ》な人ではないのですが……」

ため息まじりに准将は言うのだった。

「わかった。では、いっそ私の部下にならないか。少将にしてやるが」

「ありがたいことですが、今日までの主君を明日から敵にまわす気にはなれません。お許しください」

ラインハルトはうなずき、シュトライトに証明書をあたえ、自由の身にしてやった。

いっぽう、フェルナー大佐も逃げ遅れたくちである。下町に潜伏していた彼は、逮捕こそまぬがれたが、進退きわまったことにかわりはなかった。考えぬいたすえ、彼は自分からすすんで憲兵隊に出頭し、ラインハルトに直接会って自分の運命をきり開くことにしたのである。

彼のほうは、シュトライトよりはるかに割りきりがよく、主君のブラウンシュヴァイク公を見限ったからあなたの部下にしてくれ、と申しでた。自分が兵をうごかしてなにをたくらんだかも隠さなかった。

「すると、卿《けい》の忠誠心はどういう判断によって、卿が年来の主君を見捨てることを許したのだ？」

「忠誠心というものは、その価値を理解できる人物にたいしてささげられるものでしょう。人を見る目のない主君に忠誠をつくすなど、宝石を泥のなかへ放りこむようなもの。社会にとっての損失だとお考えになりませんか」

「ぬけぬけと言う奴だ」

ラインハルトはあきれて首をふったが、フェルナーの言動に陰湿さのないことを認めて、幕僚の一員になることを許した。これだけ神経が太いのなら、冷徹《れいてつ》氷のごとし、と称されるオーベルシュタインのもとでも萎縮《いしゅく》することはあるまい。

オーベルシュタインは意図的に部下いじめをするような男ではないが、鋭利かつ冷静すぎるので、若手の参謀たちがうっかり冗談も言えないような雰囲気があるのだった。

そこへはいりこんだフェルナーは、最初、白眼視されたが、急速に地歩を確立していった。

彼は自分の立場と役割をよくこころえていた。彼は解毒剤でなければならなかったのである。必要と意思さえあれば、劇薬にもなれる男だったが。

ラインハルトは宇宙艦隊司令長官に、軍務尚書と帝国軍統帥本部総長とをかね、軍事にかんするかぎり全面的な独裁権を手にいれた。

皇帝エルウィン・ヨーゼフ二世は、ラインハルトに〝帝国軍最高司令官〟の称号をあたえた。むろん六歳の幼児の意思ではなく、称号をうける者の意思であった。

同時に、ラインハルトにたいして勅命《ちょくめい》がくだった。私党をくんで皇帝に反逆をたくらむブラウンシュヴァイク公以下の国賊を討伐せよ、というものであった。

四月六日のことである。すでに同盟に続発する異変の報はラインハルトのもとにとどいていた。

戦機熟す。ラインハルトはキルヒアイスと一時別れの握手をした。キルヒアイスは全軍の三分の一をひきい、別動隊として活動するのである。

「もうすぐだ、キルヒアイス。もうすぐ、宇宙はおれたちのものになる」

おそれを知らないラインハルトの表情だった。その表情を、その瞳を、キルヒアイスは少年のころからどれほど貴重なものに思ったことであろう。

第三章　ヤン艦隊出動

I

自由惑星同盟《フリー・プラネッツ》に最初の一撃がくわえられたのは、三月三〇日のことである。ヤン・ウェンリーが首都ハイネセンを発ってから、まだ多くの日がたってはいない。

したがって、宇宙艦隊司令長官ビュコック大将の〝クーデター計画捜査〟も、はかどる間がなかった。老提督の本領は大艦隊を指揮統率することにあり、憲兵《MP》がやるような仕事はもともと苦手でもあった。それでも慎重な人選のすえに捜査チームを編成し、軍隊の暗部をみずからえぐりだす第一歩をすすめたところだった。

ヤンがビュコックにしめしたものは、論理的思考の芸術ともいうべきものだったが、なんら明確な物的証拠がそなわっていたわけではない。そのことをヤン自身も承知していたから、ビュコック以外の者には話さなかったのである。

「あの若いのは、わしだけはそんな愚行にくわわらんと信じたのさ。とすれば、わしとしても信頼に応《こた》えねばなるまいて」

長い戦争のなかで息子を戦死させ、孫もおらず、夫人とふたりぐらしの老提督は、ヤンやユリアンといっしょにつまんだスタンドの素朴な味覚をなつかしく思うのだ。むろん、他人には絶対に話さないことである。

そして三月が終わろうとしていた。

奇禍にあったのはクブルスリー大将である。

自由惑星同盟軍統合作戦本部長クブルスリー大将は、昨年末にその座についた。それまで五年の長きにわたってその地位にあったのはシトレ元帥だが、アムリッツァ星域における歴史的な敗北の責任をとって辞任したのである。

シトレ自身はその無謀な出兵案に反対だったのだが、制服軍人のナンバー1として、責任はまぬがれなかった。彼は現在、首都ハイネセンを離れ、故郷の惑星カッシナで果樹園を経営している……。

その日。クブルスリー本部長は、ハイネセン近隣星区の軍事施設の視察をすませ、軍用宇宙港から統合作戦本部ビルへ、専用車でもどってきたところだった。高級副官と、五名の衛兵がしたがっていた。

彼らがロビーにはいると、面会人の待合席からたちあがって、いささかあぶない歩調でちかづいてきた者がある。衛兵たちは緊張したが、まだ三〇歳前のその男は、血色の悪い顔にかたちばかりの笑いを浮かべて、本部長に話しかけた。

「クブルスリー提督、私です、フォークです」

「……ほう、きみは療養所にいると思っていたが」

アムリッツァ会戦における無謀な作戦の直接の責任者であるフォーク准将は、戦闘の直前、転換性ヒステリーの発作をおこして一時的に視力を失い、敗戦後、予備役への編入と強制入院を命じられていたのだ。士官学校を首席で卒業した若いエリートにはたえがたい蹉跌《さてつ》であったろう。

「療養所はもうでました。今日は閣下に現役復帰をお願いに参上したのです」

「現役復帰？」

クブルスリーは小首をかしげた。本来、ロビーで呼びとめて立ち話をしかけるなど、無礼なことなのだが、フォークと面識もあり、部下にたいして驕《おご》らない性格のクブルスリーは、つい相手の話を聞いてやるかたちになった。

「医師はなんと言っているのかね」

「もちろん完治したと言っております。現役復帰になんらさしつかえないと……」

「そうか。それなら正式の手順をふむことだな。医師の診断書と保証書をそえて、国防委員会の人事部に現役復帰願を提出するといい。正式にそれが認められれば、貴官の希望もかなうわけだ」

「それでは時間がかかりすぎます。私は明日にでも現役復帰して国家の役にたちたいのです」

「正式な手続には時間がかかるものだよ、准将」

「ですからそこを閣下のお力で……」

クブルスリー大将の眼光がきびしさをました。

「フォーク予備役准将、きみはなにか誤解しているのではないか。私の権限は手順をまもらせるところにあるので、手順を破るところにはない。きみにかんしては噂を聞いたことが何度かある。とかく自分を特別あつかいする傾向があったそうだが、私のみたところ、まだ完治したとは言いかねるようだな」

フォークの顔が強《こわ》ばり、もともと血の気のとぼしい皮膚がほとんど土色になった。

「まずきみはまもるべき手順をまもることからはじめることだ。でなければ復帰したところで協調を欠くことになるだろう。きみにとっても周囲にとってもそれは不幸なことだ。悪いことは言わんからでなおしなさい」

転換性ヒステリーというフォークの病名の意味を、クブルスリーはかならずしも理解していなかった。それはエゴの完全な充足をもとめて神経が失調するものだ。クブルスリーの忠告が、どれほど誠実さと道理に富んだものであっても、フォークには意味のないことだった。彼は古代の暴君さながらに、全面的なイエスだけを欲していたのである。

「閣下！」

高級副官ウィッティ大佐が悲鳴まじりの警告を発したとき、フォークの手もとで閃光《せんこう》が白くかがやき、音もなく統合作戦本部長の右脇腹をつらぬいた。

クブルスリー大将の表情が空白になり、幅と厚みのある中背の身体がバランスを失ってよろめいた。それをウィッティ大佐がささえる。

フォーク准将は、すでに、屈強な衛兵たちが折りかさなったその下にくみしかれていた。袖に隠してあった小型ブラスターも奪われている。

「医者を呼べ」

ウィッティは叫び、怒りのあまり衛兵たちまでどなりつけた。

「遅い。なぜ発砲する前に捕えなかったか。なんのための衛兵だ、役たたずが！」

衛兵たちは恐縮し、捕われの身となったフォークを必要以上にこづきまわした。

フォークの乱れた髪が、汗で額にねばりついている。その下で、焦点をむすばない瞳が、失われた未来を執拗に見つめていた。

報告を聞いたとき、ビュコックは文字どおり椅子から飛びあがった。このようなかたちで奇襲をうけるとは想像の外だったのだ。むろん、老提督は、これが完全に独立した一個の事件だなどとは考えなかったのである。

「それで本部長のご容態は？」

「はい、お生命《いのち》はとりとめました。しかし全治三カ月、当分は絶対安静だということです」

「やれやれ、そちらはまずよいか」

ビュコックはつぶやいた。多少の後味の悪さを感じていた。アムリッツァ会戦のとき、フォークの無能と無責任をてきびしくやっつけて発作をおこさせたのは彼なのである。フォークが恨みをはらすつもりだったなら、クブルスリーにかわってビュコックが犠牲になるということもありえたのだ。

予備役准将フォークが統合作戦本部長クブルスリー大将を襲って負傷させたというニュースは、惑星ハイネセン全土を驚倒させ、超光速通信《FTL》にのって同盟全域に飛んだ。

　軍部にとっては不名誉なかぎりで、「もし帝国ならこんな事件は報道を禁止できるのに」と、危険な発想にたって残念がる者もいた。

　さしあたって、統合作戦本部はチーフを必要とした。誰かを後任、または代理にたてなければならない。

制服軍人のナンバー1が統合作戦本部長であるなら、ナンバー2は宇宙艦隊司令長官である。本部長臨時代行への就任を国防委員会から打診されたビュコックは、即座にそれを辞退した。組織のナンバー1とナンバー2を同一人がかねるのは、独裁的権力への道を開くことになる。それが老提督の正論だったが、彼が内心で考えたのは、テロの対象を分散させる必要だった。

　テロの標的となることをおそれるビュコックではない。彼に権力が集中し、今度はビュコックがテロに倒れたとき、宇宙艦隊司令部と統合作戦本部の二大組織がチーフを失い、機能をマヒさせてしまうであろう。せめてどちらかいっぽうが機能していないと、同盟軍全体がうごけなくなるかもしれないのだ。

　けっきょく、本部長代行にえらばれたのは、三名いる次長のうち最年長のドーソン大将だった。それと知って、ビュコックは、「これはわしがやったほうがましだったかな」と内心で思った。

ドーソンはまじめというより小心で神経質な男だった。憲兵隊《MP》司令官、国防委員会情報部長などをつとめたが、かつて第一艦隊の後方主任参謀をしていたとき、食糧の浪費をいましめると称して各艦の調理室のダストシュートを調べてまわり、じゃがいもが何十キロむだに捨ててあった、などと発表して、兵士たちをうんざりさせた小役人タイプである。私怨《しえん》を忘れない人物だとの評判もある。士官学校で彼より席次が一番だけよかった男が、なにかで失敗して降等され、彼の下についた。それをいびりぬいたといわれる。

とにかく、人事は決定した。

その翌日。

首都防衛司令部に所属する地上基地のひとつで事故が発生した。整備センターで、古くなった惑星間ミサイルを点検していたところ、突然それが爆発したのである。

原因は絶縁不良で、推進部の電流がミサイル本体の信管に流れたためだった。これはあきらかに兵器製造システムの弱体化を意味していたが、世間にショックをあたえたのは、即死した整備兵一四名の全員が、まだ一〇代の少年兵だったことである。

人的資源はここまで涸渇《こかつ》していたのか。

市民たちは寒気をおぼえた。理由はわかっている。長すぎる戦争のためだ。軍隊のなかでさえ、第一線以外の場所からはおとなが減少しつつある……。

議会の反戦派を代表するジェシカ・エドワーズは、犠牲者に哀悼《あいとう》の意を表し、軍部の管理能力の欠如を批判したあと、戦争をつづける社会全体を弾劾《だんがい》した。

「未来をになう少年たちを戦争の犠牲にするような社会。そんな社会に未来があるでしょうか。そんな社会が正常だと言えるでしょうか。わたしたちは狂気の夢からさめて、いまなにがもっともすぐれて現実的であるのかと問わねばなりません。その答えはひとつ、平和です……」

その放送を、ビュコックは宇宙艦隊司令部の彼のオフィスで見ていた。副官のファイフェル少佐がにがにがしげに舌打ちした。

「吾々《われわれ》の苦労も知らないで、言いたいことを言ってますな、この女史は。銀河帝国の侵略をうけたら、反戦平和も言論の自由もありはしないのに、いい気なものです」

「いや、彼女の言うことは正しい」

老提督は副官の感情論をおさえた。

「人間が年齢の順に死んでゆくのが、まともな社会というものだ。わしのような老兵が生き残って、少年たちが死ぬような社会は、どこかくるっとる。誰もそれを指摘しなければ、くるいはますます大きくなる。彼女のような存在は社会に必要なのさ。まあ、あんなに弁舌のたっしゃな女性を嫁さんにしようとは思わんがね」

最後の部分は老提督らしいジョークだった。

ビュコックとしては、ジョークのひとつもとばさないとやりきれない気分なのである。その日、新任の統合作戦本部長代行にあいさつにいったのだが、ビュコックより一四歳若いドーソンは、こっけいなほど肩肘をはって老提督にたいし、たとえ戦歴が古い人でも、組織の秩序にしたがって私の命令をうけていただく、などと、言う必要もないことを高すぎる声でいった。

督が言ったら、小心者の代行は泡をふいたかもしれない。

ビュコックはあやうくつむじを曲げるところだった。クーデターの可能性と対策、などと老提

薄暗い室内で、低声の会話がかわされていた。

「フォーク准将はクブルスリー本部長を暗殺しそこねた。本部長は一命をとりとめる」

「口ほどもない男だ。もっとも奴はいつもそうだった。アムリッツァのときもな……」

その声には冷笑と失望とが複雑にいりまじっている。賛同のつぶやきが各処でおこった。

「本部長は重傷で、統合作戦本部の機能をそぐという目的は、最低限はたしたわけだ。フォー

クはむしろよくやった。まるきり失敗ということもありえたのだからな」

「だが、奴の口から吾々のことが洩れるおそれはないだろうな。ことがことだ、憲兵隊も違法

を承知で拷問にかけるか、自白剤を使うかもしれんぞ」

「使うだろうな。だが、心配はない。徹底的に深層暗示をかけてある。すべてフォークひとり

で考えて実行したことだ。誰の命令でも示唆でもない」

これは、フォークの唯我独尊的な自意識を満足させるので、当人に信じこませることが容易

であり、しかもその思いこみの根は深い。人間の深層意識まで探査し、分析し、具象的に再構

成する空想上の装置でも使用しないかぎり、解明は不可能なのだ。

「フォークは精神病院で狂人として生涯を終わるだろう。あわれではあるが、彼以上にあわれ

な人間はいくらでもいる。吾々には祖国を救い、帝国を滅ぼし、全宇宙に正義をしく義務があ

る。感傷は無用だ」

自分自身に言いきかせるように、その声はおもおもしくひびいた。

「それより、これからのことだ。クブルスリー本部長は生命こそ助かったものの、これから二、三カ月は公人としては死んだも同様だ。代行のドーソンは、大将に昇進したのさえおかしいていどの男で、事務能力はともかく、人望がない。さしあたり統合作戦本部の運営は混乱をきたす……つまり、決行を延期する理由はなにもない。決行日《Dデー》にそなえて、おこたるな」

Ⅱ

その年の三月末から四月前半にかけて、自由惑星同盟《フリー・プラネッツ》一三〇億の市民は、驚きと不安をかきたてる材料にこと欠かなかった。
三月三〇日・クブルスリー統合作戦本部長暗殺未遂
四月　三日・惑星ネプティスにおいて軍の一部が武力蜂起、占拠
四月　五日・惑星カッファーにおいて武力叛乱
四月　六日・銀河帝国において大規模な内戦発生
四月　八日・惑星パルメレンド、叛乱勢力に占拠さる
四月一〇日・惑星シャンプール、武装勢力の占領下におかれる

……首都ハイネセンを離れた場所から、ヤンはこれらの事件をじっと観察していた。クブルスリー本部長の暗殺未遂にまでは気がまわらなかったが、あとはほぼ彼の予想どおりに事態が展開してゆく。今回は、だいたいローエングラム侯ラインハルトの手のうちが読めた、と誇ってよいのだろうか。

だが、けっきょくこれはラインハルトにとって一種の予防措置であるにすぎず、失敗したとしてもいくらでも失地回復の余地があるのだ。やっておいて損はない、というていどの価値しか、ラインハルトにとってはないだろう。

そしてそれに、自由惑星同盟《フリー・プラネッツ》全体がふりまわされている。ローエングラム侯が用兵の天才だと？　ヤンは肩をすくめた。あの金髪の若者は、ひとりの兵も動員することなく、同盟を混乱におとしいれているではないか。

手のうちが読めた、などといっても虚しいだけだ。阻止することもできなかったし、これ以後どう展開するか、首都でのクーデター以外は予測もつかない。演出家と脚本家をかねるラインハルト自身、そのさきまでのシナリオは用意していないだろう。

とすると、以後の展開は、主演助演の俳優たち相互の力量にかかわってくる。さて——と、ヤンは考えこんでしまう。主演しているのは何者か。クーデター実行の首謀者はいったい誰なのか。どうせそのうちわかることではあるが、やはり気になるのだ。

四月一三日になって、ハイネセンから超光速通信《FTL》がはいり、ドーソン大将からの命令がもたらされた。

「ヤン提督はイゼルローン駐留艦隊をひきい、ネプティス、カッファー、パルメレンド、シャンプールの叛乱を可及的すみやかに鎮定せよ」

というのである。

「四カ所の叛乱すべてを？」

さすがにヤンは驚いた。いずれ出動命令がくだるとは思っていたが、一カ所に派遣されるだけで、他の三カ所には首都ハイネセンにいる艦隊が動員されるものと思っていたのだ。

「長期にわたってイゼルローン要塞が空《から》になってしまいますが、それでよいのですか」

念をおしてみる。

「現在、帝国は大規模な内戦状態にある。大部隊をもってイゼルローンに侵攻してくる危険はきわめてすくない。ヤン司令官には、心おきなく軍人としての責任をまっとうされたい」

なるほどね、と、ヤンは感心した。こういう思考法もあるのか。原因と結果、アクションとリアクションがみごとに逆転している。彼らはなにも知らないことではあるが……。

不意におかしくなった。統合作戦本部長代行ドーソン大将は用兵家としては凡庸な男だという評判だが、案外そのほうが、ラインハルトの思惑《おもわく》をはずしてしまうかもしれない。

首都に大部隊がいすわったままとあれば、クーデターをたくらむ連中も計画がくるってこまるだろう。うごくにうごけず、不発ということもありうる。そうなればなったで、べつの策《て》をうってくるであろうが、さしあたって、留守をねらって好きほうだいに、というわけにはいかないだろう。

もっとも、これらのすべては、結果がそうなるというだけのことだ。ドーソンの意図は、ヤンとその部下たちを可能なかぎりこき使うという点にあるのだろう。それはわかるが、なぜそうなるかが理解できない。ドーソンは私怨を忘れない人物だ、と聞いてはいるが、ヤンは直接、彼と面識がなく、したがって怨みのかいようもないはずである。

ヤンの疑問を解いてくれたのはユリアンだった。少年の口がきわめつきに固いので、ヤンはときどき半分ひとりごとのかたちで、ユリアンに自分の思案を語って聞かせることがある。今回、ヤンの話を聞くと、ユリアンはくすくす笑って、そんなこと簡単です、と言った。

「そのドーソンという人は何歳ですか」

「四〇代なかばだろう」

「提督は三〇歳ですね」

「うん、とうとうなってしまった」

「それですよ。これほど年齢がちがうのに、階級はおなじ大将でしょう。ビュコック提督みたいなかたでもないかぎり、嫉妬しますよ」

ヤンは頭をかいた。

「そうか、なるほど、こいつはうかつだった」

戦場での敵の心理を洞察する能力においては比類ないヤンだが、ユリアンの指摘はヤンの盲点をついた。

昨年の一年間に、ヤンは准将から大将まで三階級をかけのぼった。当人にとってはわずらわしいだけのことだが、他人、ことに地位や階級を絶対視するタイプの人たちにとっては、羨望《せんぼう》と嫉妬のまとであるにちがいない。

こういう種類の人間にかぎって、自分たちとことなる価値判断の存在を認めないから、ヤンの望みが、さっさと現役を引退して、年金で生活しながら、死ぬまでに歴史の本を一冊書くことにある――ということなど、信じるはずもないのだ。

奇蹟《ミラクル》のヤンなどと言われる男なら、四カ所すべての叛乱をひとりで制圧してみせろ。成功すればそれはそれでよし、失敗すればどんな処置もできる。そう考えているのだろう。

失敗すれば退職できるかもしれないな、とヤンが不埒《ふらち》なことを考えたとき、ユリアンが言った。

「四カ所すべてをいちいち攻撃するのは、時間と手数がかかりすぎますね」

「まったく同感」

ヤンは大きくうなずいた。

「だいいち、そいつは、なるべく楽をして勝とうという私の主義に反するからな。もしお前だったらどうかたをつける？」

ユリアンは身をのりだした。このごろユリアンは用兵にたいする興味を強めていたのだ。

「こうしたらどうでしょう。四カ所の敵すべてを一カ所に集めて、それをたたくんです」

ヤンは黒い軍用ベレーをぬいで顔をあおいだ。

「いいアイデアだが、難点がふたつある。ひとつは、どうやって四カ所の敵を一カ所に集めるか、その方法。敵は政府軍の兵力を分散させる目的で、叛乱を同時多発させたのだから、その有利さをみずから放棄するとも思えない。彼らが兵力を集中させれば、吾々も集中させるのは道理だからな」

ベレーを頭にかるくのせる。

「もうひとつの難点。敵を一カ所に集めるというのは、相手に兵力を集中させず各個撃破すべしという用兵学の根本にもとることになる」

「だめですか」

ユリアンは残念そうである。少年としては、脳細胞をフル回転させたつもりだった。

ヤンは微笑した。

「アイデアはいいんだ。応用を考えてみるんだな。そう——どうやっておびきだすかはおいておくとして」

彼は、すこしのあいだ、考えていたが、

「敵を拠点から誘いだす、これはよろしい。だが一カ所に集まるのを待つ必要はないということだ。敵が集まろうとする、そのルートを想定して各個撃破する。この場合、敵と味方の総兵力がほぼ同数なら、こちらは二個集団に分かれ、いっぽうをもって敵のA・B各集団を、もういっぽうをもって敵のC・D各集団を時差をつけて撃つ。二倍の兵力で敵にあたることになるから、勝利の確率はきわめて大きい」

熱心に、ユリアンはうなずいた。

「べつの方法もある。艦隊はまとまって行動する。敵のA・B各集団を各個に撃破しておいて、敵の集結地点にむかい、C・Dの二個集団と相対する。このとき、トリックを使って相手に味方と敵を誤認させるか、艦隊を二分して挟撃することができれば、効果は増大する。この方法だと、最初は敵の四倍、ついで二倍の兵力で敵と戦うことになり、やはり勝率は高い」

少年は感嘆したが、いっぽうで自分が情なくもあった。ヤン提督の知謀は泉のごとく湧いてくる。それにひきかえ、自分は、ヤン提督が一五歳であったときの足もとにもおよばないだろう。すこしでもいい、向上してこの人の手助けをしたいのに。

ユリアンは、ヤンの被保護者という立場に安住する気はなかった。対等のパートナーになどとだいそれたことは望まないが、なんらかのかたちで、ヤンにとってかけがえのない存在になりたかったのだ。

「だが、まあ、今回はどちらも使いたくない。もともとおなじ同盟軍だ。戦って勝ったところで傷が残るだけだからね」

「ほんとうにそうですね」

「だから、戦わずに降伏させることを考えてみよう。そのほうがだいいち、楽だ」

「兵士は楽でしょうけど、司令官は苦労ですね」

「お、わかってきたな」

ヤンは笑ったが、その笑いは長くはつづかなかった。

「ところが、世の中の半分以上は、兵士を多く死なせる司令官ほど苦労をしていると考えるのさ」

ヤン・ウェンリーはその地位を楽にかせいだ——という声が、彼自身の耳にもはいっていた。その声の源はひとつではないようだったが、ドーソンもその声が流布《るふ》するのに力を貸したかもしれない。いずれにせよ、ヤンがその無責任な声をもっと意識にとどめていれば、ドーソンの命令の底にあるものを、即座に了解できたかもしれなかったが……。

Ⅲ

幕僚たちを会議室に集めて、ヤンはドーソン大将からの命令を伝えた。

「四カ所の叛乱をすべて吾々で平定しろ、というわけですか」

フィッシャー、キャゼルヌ、シェーンコップ、ムライ、パトリチェフといったヤンの幕僚たちも意外さにうたれた。なかで、もっとも早く平静さを回復したのはシェーンコップである。

「首都の兵力を温存し、吾々をこき使おうというのですな」

ヤンとおなじ洞察をしたが、その理由についても正確に把握している。そねまれていますな、と言い、ヤンの顔を見てにやりと笑った。ヤンは返答のしようがなかった。ユリアンやシェーンコップがするどいというより、ヤンがにぶいと言うべきなのだろう。

「とにかく統合作戦本部の命令とあっては、いたしかたありませんな……イゼルローンからもっともちかいのはシャンプールですが、ここからはじめますか？」

ムライが三次元ディスプレイのスイッチに手を伸ばしたとき、ブザーが鳴って、壁のスクリーンに通信士官の姿が映った。

通信士官の胸もとのスカーフに大きなしみがついているのにヤンは気づいた。コーヒーでも飲んでいて、驚きのあまりカップをひっくりかえしたというところだろう。

「首都で異変がおこりました。いま驚くべき情報が……」

「どんな異変だ」

ムライがしかるように問うと、士官はつばをのむ音をたて、声をしぼりだした。

「ク、クーデターです」

ヤンをのぞく全員が息をのんだ。パトリチェフなどは巨体をゆるがしてたちあがったほどだ。

画面がきりかわると、首都の超光速通信《FTL》センターがあらわれた。ただし、にこやかな、あるいはにこやかさをよそおったアナウンサーの顔はなく、壮年の軍人が傲然《ごうぜん》として放送席にすわっている。

「くりかえし、ここに宣言する。宇宙暦七九七年四月一三日、自由惑星《フリー・プラネッツ》同盟救国軍事会議は首都ハイネセンを実効支配のもとにおいた。同盟憲章は停止され、救国軍事会議の決定と指示が、すべての法に優先する」

イゼルローンの高級士官たちは顔を見あわせた。それから、いっせいに若い黒髪の司令官を見つめた。

ヤンは黙って画面に見入っていた。いたって冷静に、幕僚たちには見えた。けっきょく、ドーソン大将の思惑は、クーデター派の計画を変更させる力をもたなかったようだ。というより、彼らの行動が迅速だったと言うべきか。それとも、ドーソンの反応が、彼らの期待よりずっとにぶかったのか。たぶん、その双方だろう。

「救国軍事会議ね……」

つぶやいたヤンの口調は、はなはだ非好意的だった。救国だの愛国だの憂国だのといったごたいそうな語句に、彼は美や誠実さを感じることができない。そんな台詞《せりふ》を大声で恥ずかしげもなく言いたてる連中にかぎって、安全な場所でぬくぬくと安楽な生活を送っているのは、どういうわけだろう。

やがて、同盟憲章にかわるという、救国軍事会議の布告が発表された。それは次のようなものだった。

一、銀河帝国打倒という崇高な目的にむかっての、挙国一致体制の確立

二、国益に反する政治活動および言論の、秩序ある統制

三、軍人への司法警察権付与

四、全国に無期限の戒厳令を布《し》く。また、それにともなって、すべてのデモ、ストライキを禁止する

五、恒星間輸送および通信の全面国営化。また、それにともなって、すべての宇宙港を軍部の管理下におく

六、反戦・反軍部思想をもつ者の公職追放
七、議会の停止
八、良心的兵役拒否を刑罰の対象とする
九、政治家および公務員の汚職には厳罰をもってのぞむ。悪質なものには死刑を適用
一〇、有害な娯楽の追放。風俗に質実剛健さを回復する
一一、必要をこえた弱者救済を廃し、社会の弱体化を防ぐ……

「おやおや、こいつは」

画面を見つめるヤンは、あきれてしまった。救国軍事会議とやらが要求しているものは、反動的な軍国主義体制そのものだ。そして、それは五世紀前にルドルフ・フォン・ゴールデンバウムが主張したものと、ほとんど変わりがないのである。

人類にとって、この五〇〇年はいったいなんだったのか。人類はルドルフを教材としてなにを学んだのか。救国軍事会議は、ルドルフの生んだ帝国を打倒するため、と称して、ルドルフの死体にふたたび生命を吹きこもうとしている。

ヤンは笑った。笑わずにいられない。これはきわめつきの喜劇、それも醜悪きわまる喜劇だった。

だが、このひと幕は、喜劇として進行したとしても、喜劇のままでは終わらなかったのである。

「市民および同盟軍の諸氏に、救国軍事会議の議長を紹介する――」

その名が告げられたとき、室内の空気は、重い流動物と化したように思われた。

通信スクリーンに映った中年の男性を、ヤンはよく知っていた。白髪《しらが》まじりの褐色の頭髪、肉づきの薄い端整な顔。この人物と、ヤンは何度も話したし、ともに食事をしたこともある。彼には娘がいて、その娘は……。

低い叫び声が、ヤンをふりむかせた。

副官のフレデリカ・グリーンヒル大尉が、蒼白《そうはく》な顔をして彼の後ろに立っていた。ヘイゼルの瞳が、これ以上はないほど大きくみはられて、スクリーンを見つめている。スクリーンに映った彼女の父親、ドワイト・グリーンヒル大将の顔を。

Ⅳ

フェザーン自治領《ラント》。

銀河帝国と自由惑星同盟《フリー・プラネッツ》の中間、いわゆる〝フェザーン回廊〟に位置する商業貿易国家である。本星と人工植民地に、二〇億の人口をもち、その富は帝国と同盟に迫るものがある。

いま、フェザーンの情報収集システムは、全力をあげて機能していた。集められた情報は、官房をとおして、元首たる自治領主《ランデスヘル》ルビンスキーの手もとに送りこまれる。これによって〝フェザーンの黒狐《くろぎつね》〟ことルビンスキーは、いながらにしてクーデター発生の状況を知ることができたのだ。

その日、四月一三日。

宇宙艦隊司令長官ビュコック大将は、国防委員会査閲《さえつ》部長グリーンヒル大将からの連絡をオフィスでうけとった。

「本日、首都において地上戦闘部隊の大規模な訓練をとりおこなう。年頭に予定をくんだものであるから、各部署においてはこれにとらわれることなく平常のごとく業務にあたられたい。辺境に生じた事態からしても、この訓練の意義は大きく……」

その連絡は、軍首脳部のほぼ全員にとどけられ、放送で市民にも知らされた。

したがって、完全武装の兵士が市街地を集団で行動しているのを見ても、うたがう者はすくなかった。不審に思った者がいて、憲兵《MP》などに通報しても、「訓練です」の一言でかたづけられた。査閲部長という、最高幹部の名で通達されたものを、専門家になるほどそのまま信用したのである。

ビュコックでさえ、辺境の叛乱続発にそなえて臨戦状態にある宇宙艦隊の監督に多忙をきわめていたこともあって、深く考えようとしなかった。ひとつには、宇宙艦隊の主力が首都にいるあいだには、まさかクーデターをおこすまい、と考えたこともある。

だが現実には、正午に老提督は銃をつきつけられて、クーデターの首謀者たちに引き合わされる身となっていた。

査閲部長のグリーンヒル大将。情報部長のブロンズ中将――これほどの高官が参加していたとは、老提督の想像を絶していた。

「なるほどな。情報部も査閲部も、とうに汚染されておったというわけか」

ビュコックは鼻を鳴らした。査閲部の任務は、国内において、戦闘以外の面――たとえば訓練、救難、移動――で軍隊を管理運用することにあるのだから、査閲部長がクーデター計画の一員であれば、そのために部隊を移動させることは容易である。

自分をとりかこむ数人の男たちのなかから、すえたようなアルコールの臭気がただよってきた。

「ふむ、憶えがあるぞ」

白髪の司令長官は、辛辣な眼光をその臭気のもとにむけた。

「何年か前、エル・ファシル星系で帝国軍の捕虜になったリンチ少将だな」

濁った笑いがそれに応えた。

「憶えていただいて恐縮ですな」

「忘れたいところだが、そうもいかんて。民間人を保護する義務も、部下にたいする責任も投げ捨てて、自分ひとりの安全をはかった有名人だからな」

リンチは傷ついたようにはみえなかった。薄笑いを浮かべてその痛烈な言葉をうけとめると、見せつけるようにウイスキーの小瓶をとりだし、蓋をあけてひとくち飲んでみせた。周囲のいかにも禁欲的な士官たちが眉をひそめた。リンチが同志たちの敬愛をうけていないことはあきらかだったが、そんな男をなぜ同志にくわえているか、老提督は理由をはかりかねた。彼はあらためてグリーンヒルを見やった。

「閣下は軍部のなかでも、理性と良識に富んだ人物だと思っておったのですがな」

「恐縮ですな」

「だが、どうやらかいかぶっておったらしい。このような軽率な行為に参加なさるとは、理性も良識も居眠りしているとしか思えん」

「よくよく考えてのことです。提督、考えてもごらんなさい。現在の政治がどれほど腐敗し、社会がどれほどどいきづまっているか。民主主義の美名のもとに、衆愚《しゅうぐ》政治が横行し、自浄能力はかけらも見いだせない。ほかにどのような方法で粛正し改革することができるのですか」

「なるほど、たしかに現在の体制は腐敗して、いきづまっている。だからこそ武力をもって倒すのだと貴官は言いたいのだろう。では試みに問うが、武力をもった貴官らが腐敗したとき、誰がどうやってそれを粛正するのだ?」

ビュコックの語調はするどく、相手はあきらかにたじろいだ。

「吾々は腐敗などしません」

べつの声が断言した。

「吾々には理想があるし、恥も知っています。現在の為政者たちのように、民主主義の美名のもとに私腹をこやし、権力をえるために選挙民に迎合し、資本家と結託し、あげくに帝国打倒の大義をおろそかにするなど、吾々にはできないことです。吾々はただ救国の情熱の命ずるがまま、やむをえず立ったのです。腐敗は私欲から発するもの、吾々が腐敗するはずがありません」

「そうかな、救国だの大義だの情熱だのといった美名のもとに、無法な権力奪取を正当化しているように思えるが」

老提督の毒舌は、士官たちの自尊心を深くするどく傷つけた。荒々しい声があがる。

「ビュコック提督、吾々は可能なかぎり紳士的に行動したいと考えています。しかし、あまりお口がすぎるようだと、こちらとしても考えざるをえませんぞ」

「紳士的だと？」

皮肉たっぷりの笑い声が室内にひびく。

「人類が地上を這いまわっていたころから、今日にいたるまで、暴力でルールを破るような者を紳士とは呼ばんのだよ。そう呼んでほしければ、せっかく手にいれた権力だ、失わないうちにあたらしい辞書でも作らせることだな」

士官たちのあいだから怒気の陽炎《かげろう》がたちのぼった。グリーンヒルは目で彼らの激発を制した。

「いくらお話ししたところで、接点が見つかるとも思えませんな。吾々はただ歴史に判断を問うのみです」

「歴史は貴官になにも答えんかもしれんよ、グリーンヒル大将」

その声に、救国軍事会議議長は視線をそらせた。

「別室へおつれしろ。礼を欠いてはならんぞ」

このとき、すでに、首都ハイネセンの要所は、クーデター部隊によって制圧されていた。統合作戦本部、技術科学本部、宇宙防衛管制司令部などの軍事中枢部はもとより、最高評議会ビルや恒星間通信センターも、ほとんど流血を見ず、クーデター部隊の手におちた。統合作戦本部長代行ドーソン大将も、監禁される身となった。

だが、襲撃の最大目標であった最高評議会議長トリューニヒトの姿は官邸になく、緊急用の秘密通路から地下に潜行したものと思われた……。

V

運命というものが年老いた魔女のように意地が悪いということを、ヤンは充分に承知していたつもりだった。

それが〝つもり〟でしかなかったということを、ヤンはしたたかに思い知らされていた。ここまで意地悪をすることはないだろう、と、運命に人格があるなら文句を言ってやりたいところである。むろん、そんなことは不可能だ。運命とは偶然と無数の個人の意思の集積であり、超越的な存在などではないのだから。

とにかく、トリューニヒトのような男の権力をまもってやるために、彼は、副官フレデリカ・グリーンヒルの父親と戦わねばならないのだ！

プライベート・ルームのなかを何十周歩きまわったか、ヤンは憶えていない。気がつくと、ユリアン・ミンツ少年が壁ぎわにたたずんで、じっと彼を見つめていた。そのダーク・ブラウンの瞳に、心配そうな光をヤンは看《み》てとった。ヤンの役にたてないことを、少年は無念がっていた。決断はヤンひとりの責任であり、それを分かちあうことのできる者は地上にいないのである。

ふっとため息をつくと、ヤンは何気なさそうな笑顔をつくった。

「ユリアン、ブランデーを一杯。それと、幹部連中を一五分後に会議室に集めてくれないか」

「はい、すぐに」

「それと、グリーンヒル大尉を、いそいで呼んでくれ」

少年は駆けだしていった。

決断をしたくないときにしなくてもよいものなら、人生はバラ色の光につつまれるだろう。そうはいかないのが人生の味なのだ、と古人は言ったが、それにしても今回は香辛料が効《き》きすぎるようだった。

二分後、フレデリカ・グリーンヒルが姿をあらわした。表情はおちついていたが、顔色の悪さは隠しようがなかった。

自分自身の立場については、ヤンはあきらめようもあるのだ。一六歳のとき、彼は父親を亡くし、無料で歴史を学べる学校をさがして、士官学校の戦史研究科に入校したのである。軍人なんぞになる気はさらさらなかったのだ。その不埒な選択のつけがまわってきたのだ、と思えなくもない。

だが、フレデリカの立場は、神の不条理さを証明するようなものだった。じつの父親と敵味方なのである。二三歳の若い女性にはきびしすぎる状況だ。

「グリーンヒル大尉、まいりました」

「……ああ、元気そうだね」

ばかなことをヤンは言った。フレデリカとしても返答にこまったであろう。

「ご用件はなんでしょうか？」

「……うん、幕僚連中を集めて、またまた会議を開くので、その準備と、機器《メカ》の操作をたのむ」

フレデリカは意外そうだった。

「わたし、いえ、小官《しょうかん》は、副官の任を解かれるのではないかと思っておりました。その覚悟でまいったのですけど……」

「やめたいのかね」

「いえ、でも……」

このときヤンの口調は、むしろそっけない。

「きみがいてくれないとこまる。私はものおぼえが悪いし、メカにも弱いし、有能な副官が必要なんだ」

「……はい、つとめさせていただきます、閣下」

事務的な表情のしたに、泣き笑いの波動が、一瞬だがすけてみえた。

「ありがたい。それではさきに会議室へ行っていてくれ」

ほかに言いようもあるのだろうが、ヤンにとってはそれがせいぜいだった。

通路へでると、シェーンコップに出会った。旧帝国人は敬礼すると上官に笑いかけた。

「ミス・グリーンヒルを、くびにはなさらなかったようですな」

「当然だろう。彼女以上に有能な人材が見つからないかぎりはね」

「素直じゃありませんな」

と、無礼なことを言う。

「どういう意味なんだ」

「いや、いろいろとまあ……彼女は、閣下をどう思っているかなどと考えましてね。部下としてですよ」

「きみはどう思ってるんだ?」

ヤンは不器用に逃げをうった。

「さあてね、私にもじつはよくわからんのです。なにしろあなたは矛盾の塊だから」

不本意そうな表情になる上官を、シェーンコップは愉快そうに見かえした。

「なぜかというと、まず、あなたほど戦争の愚劣さを嫌っている人間はいませんが、同時にあなたほどの戦争の名人はいない。そうでしょう?」

「ローエングラム侯ラインハルトはどうなんだ」

「やらせてみたらおもしろいでしょうな」

だいそれたことを平然と旧帝国人は言ってのける。

「五分と五分の条件で兵をうごかしたら、たぶんあなたが勝つと私は思っているんですがね」

「そんな仮定は無意味だね」

「それはわかっています」

戦術とは、戦場において勝利をえるために兵をうごかす技術である。戦略とは、戦術をもっとも有効に生かすための条件をととのえる技術である。したがって、シェーンコップの言ったことは、戦争における戦略の要因を無視した仮定になり、現実としては意味がない。

「では、つぎの点にうつりましょう。現在の自由惑星同盟《フリー・プラネッツ》の権力体制がどれほどだめなものか、能力的にも道徳的にもですが、それをあなたは骨身にしみて知っている。にもかかわらず、全力をあげてそれを救おうとする。こいつも大いなる矛盾ですな」

「私はベストよりベターをえらびたいんだ。いまの同盟の権力がだめだってことはたしかにわかっている。だけど、救国軍事会議とやらのスローガンをきみも見たろう。あの連中は、いまの連中よりひどいじゃないか」

「私に言わせればね……」

シェーンコップの目に、奇妙な光がたたえられていた。

「救国軍事会議の道化《ピエロ》たちに、いまの権力者たちを一掃させるんです。完全に、徹底的にね。

どうせ、その後、奴らはぼろをだして事態を収拾できなくなる。そこへあなたがのりこんで、掃除人どもをおいはらい、民主主義の回復者として権力をにぎるんです。これこそがベターですよ」

二の句がつげず、イゼルローン要塞の若い司令官は部下を見つめた。シェーンコップはいまでは笑っていなかった。

「どうです、形式などどうでもいい、独裁者として民主政治の実践面をまもるというのは」

「独裁者ヤン・ウェンリーか。どう考えても柄《がら》じゃないね」

「そもそも軍人というのが、あなたの柄じゃありませんよ。それでもこのうえなくうまくやっているんだ、独裁者だってけっこううまくこなせるでしょう」

「シェーンコップ准将」

「なんです?」

「私以外の誰かにきみの考えを話したことがあるか」

「とんでもない」

「それならけっこう……」

それだけ言ってヤンはシェーンコップに背をむけた。

五、六歩遅れてそれにしたがいながら、シェーンコップは微笑した。自分ほど部下に言いたいことを言わせている高級軍人はいないということに、ヤンは気づいているだろうか。シェーンコップの上官をつとめるというのは、相当にたいへんなことなのだ。

イゼルローンには多くの民間人が居住している。クーデターとそれにつづく内戦に、彼らは不安をかきたてられた。なかのひとりが、ヤンの用事で民間人居住区にでかけたユリアンを見つけ、いったい勝算があるものか、とただした。

少年は、相手の顔を見すえると、その狼狽《ろうばい》をたしなめるように昂然《こうぜん》として答えた。

「ヤン・ウェンリー提督は、勝算のない戦いはなさいません」

……このやりとりは、たちまち全イゼルローンの知るところとなった。ヤン提督は勝算のない戦いはしない。たしかに彼は、つねに勝利とともにあった男だ。今回もかならず勝つだろう。民間人の不安は、すくなくとも表面は鎮静した。

あとでことのしだいを知ったヤンは、ユリアンに事実を確認して、からかうように言った。

「お前に、スポークスマンとしての才能まであるとは思わなかったよ」

「でも、ぼくが言ったのは、はったりじゃなくて事実ですよ。そうでしょう、閣下?」

「うん、そうだ、今回はね」

彼の保護者が、心なしか眉をくもらせたように、少年には思われた。

「今後もずっとそうありたいものだが……」

単座式戦闘艇スパルタニアンを操縦する練習のために、ユリアンがでかけると、ヤンはシェーンコップ准将を呼んだ。

ヤンは麾下の艦隊を、みずから指揮する高速機動部隊と、補給および防御火力の機能を中心とした後方支援部隊とにわけて編成することを決めていたが、シェーンコップをどちらに配属するか考えていた。そのことで相談し、けっきょくヤンの傍に幕僚としておくことにしたのである。

ついでにユリアンについて訊ねてみた。シェーンコップはユリアンの射撃や白兵戦技の教師でもあったからだ。

「ひとりの戦士としてなら、りっぱに一人前、閣下よりよほどものの役にたつでしょうな」

シェーンコップは遠慮がない。

「ですが、閣下がユリアンに希んでおられるのは、そんな次元のことではないでしょう?」

ヤンの返事は半分ひとりごとだった。

「……人間の能力には限界があるが、それでも自分の器量の範囲で運命をうごかすことができる。ユリアンには、できるだけ大きな範囲で運命をうごかす——実際そうはしなくても、その可能性をもってほしいんだ」

「で、あなたは?」

「私はだめだな。自由惑星同盟《フリー・プラネッツ》に、いささか深くかかわりすぎた。給料をだしてくれる相手にはそれなりの義理をはたさないとな」

シェーンコップは、その返事をまるきり冗談とは思わなかったようである。

「なるほど、ユリアンを正式の軍人にしないのは、そういう理由からですか。自由惑星同盟にたいして義理を感じる必要がないように、とね」

「そこまで考えていたわけじゃないが……」

ヤンは二、三度首をふった。彼はいつでも深慮遠謀《しんりょえんぼう》にもとづいて行動しているわけではないが、他人はそう思わないようだ。それが有利なことかどうか、ヤンにははっきりとはわからない。


首都ハイネセンの同盟軍統合作戦本部は、救国軍事会議の本拠地と変わっていた。地下会議室に幹部たちが集まっている。

「ヤン・ウェンリーは救国軍事会議への参加を拒否した」

グリーンヒル大将が告げると、列席者のあいだからかるいざわめきがおこった。

「では、戦うしかありませんな」

「奇蹟《ミラクル》のヤンの手腕をみせてもらいましょう。はたして実力が噂どおりのものであるかどうか」

強気な声は、あるいは自分たちの不安を払うためのものであったかもしれない。

グリーンヒル大将は、彼らのつくられた熱っぽさに同調しなかった。

娘に許しをもとめようとは思わない。許してくれるはずもない。自分は信念にもとづいて行動している。軍部によって再建しなければ、祖国は腐敗のはてに崩壊するのだ。それをヤンが理解しないのであれば、戦うしかない。決心することは容易ではなかったが、ひとたびさだまった意志は揺るがなかった。

「ルグランジュ提督」

彼の声に応じて、プラチナ・ブロンドの短い髪と角ばったあごをもつ、中年の男がたちあがった。

「貴官には第一一艦隊をひきいてイゼルローンにむかい、ヤンと戦っていただく」

「承知しました……しかしご息女のことは？」

フレデリカ・グリーンヒルがヤンの副官であることは、周知の事実だった。

「そんなことは問題外だ」

強く言ってから、グリーンヒルは口調を抑えてつけくわえた。

「この計画をたてたときから、娘のことはあきらめている。それに、ヤンもおそらく娘の任を解いて、イゼルローンに軟禁でもしているだろう。考慮する必要はない」

「わかりました。ではかならず、ヤンを屠《ほふ》るか、降伏させてごらんにいれましょう」

同盟軍宇宙艦隊において、第一一艦隊は無傷の部隊として数すくない存在である。それがクーデターにくわわり、いま無傷の強大な兵力をあげて、ヤンの進路をはばもうとするのだった。

四月二〇日、ヤンはキャゼルヌを要塞司令官臨時代理に任命し、全艦隊の出動を命じた。目的地を問われて、彼は答えた。

「最終的にはハイネセンへ」

第四章　流血の宇宙

Ⅰ

　旗艦ブリュンヒルトに乗りこむ寸前、ラインハルトは軍務省の書記官に、息せききっての訪問をうけた。

「なんの用だ？」

　黒と銀の華麗な軍服をまとった美貌の青年司令官を、書記官は感嘆のまなざしで見つめ、もつれたような口調で用件を述べた。敵の公称が未定だというのである。

「公称？」

「は、はい。つまり、彼らは正義派諸侯軍などと自称しておりますが、むろんそんなものを公文書には記せません。と申しまして、叛乱軍と記しますと、自由惑星同盟《フリー・プラネッツ》と自称する者どもと区別がつきません。なにか公称をさだめなくてはならないのです」

　ラインハルトは了解した。しなやかな指先でかたちのよいあごをつまんで考えこんだが、五秒もたたずにその指を離した。

「奴らにふさわしい名称があるぞ。賊軍というのだ。公文書にはそう記録しろ、賊軍とな、いいか」

「はい、かしこまりました」

「そう決まったということを帝国全土に伝達するんだ。そう呼ばれる当人たちにも、自分たちの立場を教えてやれ。きさまたちは賊軍だぞ、と」

ラインハルトは笑い声をたてた。意地の悪い笑い声なのだが、それですら玲瓏《れいろう》とひびきわたる。

「用はそれだけだな。では私は行く。いまのことを忘れるなよ」

身をひるがえすさまが、体重のない者のように軽快であった。オーベルシュタイン、ミッターマイヤー、ロイエンタール、ケンプ、ビッテンフェルトらの諸将がそれにつづき、やがて大艦隊は碧空《へきくう》を圧して進発してゆく。

留守部隊の指揮官モルト中将が、副官らとともに敬礼でそれを見送った。

ラインハルトはオーディンにわずかの兵力しか残さなかった。皇帝の居城〝新無憂宮《ノイエ・サンスーシー》〟、元帥府および軍務省、そして彼と姉の居館をまもるための三万の将兵のみである。留守部隊をまかされたモルト中将は、すでに初老で、用兵の名人などというタイプではないが、忠実で信頼がおける人物だった。

軍務省に帰った書記官は、ラインハルトの命令を即座に実行した。超光速通信《FTL》が帝国全土に飛び、〝賊軍〟の呼称を連呼した。

「賊軍！　吾々《われわれ》を賊軍だと」

たしかに、その呼称は、選民意識にこりかたまった大貴族たちの衿持《きょうじ》を、したたかに傷つけた。彼らは憎悪と屈辱に青ざめ、グラスをたたき割って、〝金髪の孺子《こぞう》〟への敵意をあらたにした。

メルカッツの副官シュナイダーなどに言わせれば、大貴族たちもラインハルトを悪《あ》しざまに言っている、おあいこではないか、ということになるのだが。

一事が万事で連合軍の作戦会議はいつも貴族たちの感情に左右されてしまうのだった。

ブラウンシュヴァイク公にも、それなりの戦略構想はあった。帝国首都オーディンから貴族連合の本拠、〝禿鷹の城《ガイエスブルク》〟と呼ばれる要塞にいたる航路に、九カ所の軍事拠点をもうけ、それぞれに強大な兵力を配置して、進攻するラインハルト軍を迎撃する。九カ所の拠点をつぎつぎと攻撃するあいだに、ラインハルト軍はすくなからぬ人命と艦艇を失い、残ったものも消耗するであろう。そこをガイエスブルクから出撃していっきょに潰滅《かいめつ》させる——というのである。

その効果に、メルカッツは懐疑的だった。こちらの注文どおり、ラインハルトが九カ所の軍事拠点をいちいち攻略にかかってくれればよいが、そうならないときはどうするか。ラインハルトが、補給線と通信網を破壊することで各拠点を無力化し、直進してガイエスブルクを攻撃すれば、この戦略は意味がない。それどころか、各拠点に大兵力を配置すれば、当然ながらガイエスブルクは手薄になる。

メルカッツがそう意見を述べると、ブラウンシュヴァイク公の顔色が一変した。微速度撮影でも見るようなあざやかさだった。

このようなとき、彼の従者たちは、床に身を投げだし、土下座して罪をわび、主君の赦しを請うのである。

むろんメルカッツはそんなことはしない。

「……では、どうすればよいのだ？」

ようやくブラウンシュヴァイク公が声をおしだした。彼の心理には気づかぬふうをつくって、メルカッツは説明した。

九カ所の拠点を放棄する必要はないが、大きな兵力を配置する必要もまたない。各拠点の機能は偵察と電子情報による敵の監視のみにとどめ、実戦機能はガイエスブルクに集中させるべきである。

「すると、金髪の孺子《こぞう》をガイエスブルクまでひきずりこんで、そこで決戦するのか。ふむ、遠方からはるばる遠征してきた敵を、その疲労のピークでむかえうつというわけだな」

ブラウンシュヴァイク公は、用兵学にまるきり無知ではないところをしめした。

「さようです」

口数すくなくメルカッツが応じたとき、

「いや、さらに有効な戦法がありますぞ」

と、口をだした者がいる。

戦略理論の専門家を自任するシュターデン提督だった。

かつてアスターテではラインハルトの指揮下にあった男だが、メルカッツとちがって、ラインハルトの才能を認めていない。

「それはどういうものか。シュターデン提督」

「メルカッツ総司令のお考えに、一部修正をくわえたものです」

シュターデンは横目でメルカッツを見た。老練の提督は憮然《ぶぜん》とした。彼には、シュターデンがなにを言いだすのか、明確な予想があった。それは、ある理由からメルカッツが断念したものとおなじであろう。

「つまり、大規模な別動隊を組織し、金髪の孺子をガイエスブルクにひきつけておくいっぽうで、逆進して、手薄な帝都オーディンを攻略し、皇帝陛下を吾々が擁したてまつるのです」

「うむ……」

「そして、ローエングラム侯ラインハルトこそ逆賊であるとの勅命をだしていただけば、奴と吾々との立場は逆転します。金髪の孺子は、帰る家もない宇宙の孤児となるでしょう」

やはりその策《て》か。メルカッツは、口をつけないままのコーヒーに視線をおとした。シュターデンは理論家だが、現実を洞察する能力にやや欠ける。ローエングラム侯ラインハルトは、たしかに帝都オーディンを空《から》にしている。それはなぜか。平然として空にできる理由があるからだ。それを考えれば、シュターデンの案は現実的な力をもちえないことがわかるだろうに……。

「すばらしい！」

若い貴族、ランズベルク伯アルフレットが叫んだ。興奮のあまり上気している。彼は語をついで、シュターデンの作戦案の壮大さ、華麗さ、積極さをたたえ、私心のない無邪気さで、かるく言ってのけた。

「で、誰が別動隊の指揮をするのです？　たいへんな名誉と責任ですが」


室内は静まりかえった。

ランズベルク伯アルフレットの一言は、泥沼をかきまわして底にひそんでいた重い瘴気《しょうき》を解放したようなものだった。

帝都オーディンを攻略し、幼い皇帝を奪いとる。それを成功させた者こそ、この内戦における最高最大の功労者となるであろう。その偉業にくらべれば、ガイエスブルクに在《あ》ってラインハルトをひきつける者の功績など、恒星のまえの小惑星さながらに光を失う。

戦後処理をするにあたって、最大の功労者が最大の発言権を有するのは当然である。だいいち、皇帝を擁していれば、形式化しているとはいっても、最高の権威を味方にしているわけで、「勅命である」と称して、地位や権力を独占することも可能なのだ。

別動隊の指揮官。

最高権力への最短距離。

それを他人に渡してはならない。

ブラウンシュヴァイク公とリッテンハイム侯の瞳に、油膜を浮かべたような、ぎらぎらしたかがやきがあった。

すでに問題は、戦略や戦術をはなれて、政略の次元へとうつっている。森を見ただけで、黒貂の毛皮の値を計算しているのだ。

こうなることは知れていた。だからメルカッツは、純軍事的にはきわめて有効だと思われるその作戦を、心のなかで放棄したのである。高度に統一された意思と組織によってしか実現できない作戦。本隊の指揮官と別動隊の指揮官とのあいだには、ゆるぎない相互信頼が欠かせない。

貴族連合軍にはそれがない。だからこそ、ローエングラム侯ラインハルトは、平然としてオーディンを手薄にできるのだ。

もともと貴族連合の基盤は、ラインハルトの下克上《げこくじょう》にたいする憎悪である。ラインハルトを打倒しえたとして、その地位と権力を誰がひきつぐか、合意は成立していないのだ。彼らの団結にひびをいれるのは容易なことなのである。

シュターデンは、そのひびを、戦う以前にいれてしまった。結果的には、たいへんな利敵行為といえる。いまや、いつわりの団結は、露骨な欲望に席をゆずった。ブラウンシュヴァイク公、リッテンハイム侯、その他の貴族たちのあいだからエゴイズムの情熱が火山の噴煙さながらにたちのぼり、メルカッツは窒息しそうな思いにとらわれた。

これでラインハルトに勝てるのか。

もし勝てるとして――。

いったい誰のために勝つのか？

Ⅱ

それ以後、メルカッツにとって、作戦とは、妥協か、無視されるのを承知のうえで自分の意思をつらぬくか――不毛な二者択一を意味するものとなった。

彼が実戦面の総指揮官となったとき、若くて戦意さかんな貴族たちは歓迎の意を表したものだが、それも長くはつづかなかった。彼らは命令されることに慣れておらず、自我を抑えるのが、不可能と言わぬまでも、はなはだ困難だった。年長の者にはそれなりの分別があるはずだが、こちらはとかく若者の尖鋭《せんえい》さを煽動して自己を利しようとする。

メルカッツが最初に妥協せざるをえなかったのは、あきらかに彼に競争意識をいだいているシュターデンを、先陣として送りだすという一事であった。「まず一戦して敵の力量をさぐろう」という主張に、戦いを渇望する青年貴族たちがのったのである。一度たたきのめされることも必要か――メルカッツはそう考えた。というより、自分を納得させざるをえなかった。

青年貴族たちは、戦いの準備を隠そうともしなかったから、〝賊軍〟出撃の情報は、ラインハルトのもとにもとどいた。

「ミッターマイヤーを呼んでくれ」

どちらかといえば小柄な、しかし俊敏そうなウォルフガング・ミッターマイヤー提督が彼の前にあらわれると、ラインハルトは訊ねた。

「卿《けい》は士官学校でシュターデンに戦術論を教わったそうだな」

「御意《ぎょい》ですが、それがなにか？」

「貴族ども――賊軍の第一波はシュターデンがひきいているそうだ。一戦まずあたってみようというつもりらしい」

「ほう、いよいよですか」

大胆な提督は平然としている。

「どうだ、勝てるか」

ミッターマイヤーの瞳に浮かんだ微笑は、するどく不敵なものだった。

「シュターデン教官は、知識は豊富でしたが、事実と理論が対立するときは理論を優先させる傾向がある人でした。私たち生徒は、理屈だおれのシュターデンと悪口を言っていたものです」

「よし、卿に命じる。艦隊をひきいてアルテナ星域方面へ赴《ゆ》き、卿の旧師と相対せよ。五日もすれば私も行くが、それまでに一戦するもよし、防御をかためて待つもよし。運用は卿に一任する」

「御意！」

一礼すると、ミッターマイヤーは、はずむような歩調で旗艦ブリュンヒルトの艦橋をでていった。なんと言っても、先鋒は武人の名誉である。

帝国暦四八八年、宇宙暦《SE》七九七年の四月一九日。
世に言う〝リップシュタット戦役〟はこうしてはじまった。

シュターデンがひきいる一万六〇〇〇隻の艦隊と、ミッターマイヤーが指揮する一万四五〇〇隻の艦隊は、ともに相手本拠地への最短距離をえらんでたがいに接近した。戦闘をまじえることが目的というのは、戦略上の意味はあまりなく、あるとすれば〝初戦に勝つ〟という心理的効果と、敵の戦術能力の一端を知ることであろう。

両軍はアルテナ星系にちかい恒星間空間で相対した。だが、ミッターマイヤーは自軍の前方に六〇〇〇万個の核融合機雷を敷設《ふせつ》して敵の攻撃を防ぐと、艦隊を球型陣に編成し、そのままうごこうとしない。一日たち、二日たったが、その宙点《ポイント》を離れようとはしなかった。

シュターデンは疑心暗鬼にかられた。〝疾風ウォルフ《ウォルフ・デア・シュトルム》〟と異名をとるほどに俊敏かつ剽悍《ひょうかん》なミッターマイヤーが、先鋒をうけたまわりながら、まもりを固めるだけで戦おうとしないのはどういうわけか。なにかたくらんでいるとしか思えない。だがなにをたくらんでいるのか。

こうして、シュターデンもうごけなくなった。

考えこむシュターデンを歯がゆく思ったのは、彼の麾下についた青年貴族たちである。生まれたときから無数の特権を享受し、障害のすくない人生をいわば他人の足で歩み、特権を有しない人々を見くだして育ってきた彼らにとって、願望は努力なく実現されるべきものであった。勝ちたいと思えば勝つものなのだ。シュターデンの態度は、慎重と言うより臆病《おくびょう》に見え、なかには露骨にそれを口にする者もいる。彼らは病的に肥大した自尊心を有するいっぽう、他人の感情には鈍感をきわめた。

シュターデンは、彼らの心ない誹謗《ひぼう》に傷つきながらも、なだめすかして、彼らが無謀な行動にでるのを抑えつづけた。これは尋常な努力ではなかった。

「そろそろいいだろう。シュターデン教官に旧年の恩返しをするとしようか」

ミッターマイヤーが部下に命令をくだしたのは、三日めも終わりかけたころである。

……シュターデンのもとに通信士官からの報告がもたらされた。ミッターマイヤー軍の通信を傍受したというのである。音声分析をおこなったところ、ミッターマイヤーが戦うことなく時間かせぎをしているあいだに、ローエングラム侯ラインハルトの本隊が接近しつつある。ミッターマイヤーはそれと合流し、圧倒的多数をもって全面攻勢にでるつもりだ——そういう内容が判明したというのだった。

これはミッターマイヤーが故意に流させた情報ではないか。シュターデンはそう思った。だが、その情報が正しいとすれば、ミッターマイヤーがまもりを固めて戦おうとしない理由が納得できるのである。とすると、ミッターマイヤーは、正しい情報を故意に流したのだろうか。

シュターデンは混乱した。ミッターマイヤーの行動に整合性を見いだせなくなったのである。

ただ、奇襲をかけられる危険性を考慮して、警戒を厳重にするよう指示した。

青年貴族たちの不満は爆発寸前になった。なんという消極性、なんという優柔不断であるか。一戦して敵の力量をさぐり、その士気をくじくというのが、この星域にまで進攻してきた目的ではないのか。もはや司令官はたよりにならない。頼むは吾らのみだ。

青年貴族たちは衆議一決して、シュターデンに出戦を要求した。それは脅迫にちかかった。拒否すれば彼らはシュターデンを監禁したあげく、無秩序な戦闘に突入しかねない。

ついにシュターデンは屈伏し、出戦を許可した。それでも、可能なかぎり青年貴族たちを統制しようとして、作戦案をさずけた。全軍が左右に分かれて機雷原を迂回し、左翼部隊がミッターマイヤー軍と全面衝突したのち、右翼部隊は敵の後方にまわり、側面と後背から敵を攻撃して機雷原においこむというのである。シュターデンにしては大ざっぱな作戦だが、緻密すぎる作戦をたてたところで、味方の行動がコンビネーションを欠くのは目に見えている。

シュターデンは、このような部隊をひきいたことを後悔しはじめていた。だが、こうなっては、一刻もはやくミッターマイヤーを撃破し、ラインハルトの本隊が到着するよりさきにひきあげるしかない。彼はみずから左翼を指揮し、青年貴族のひとりヒルデスハイム伯に右翼の指揮をまかせて行動を開始した。

ヒルデスハイム伯は艦隊をひきいて急行した。功名にはやり、奔騰《ほんとう》する好戦性を抑えようともしない。そのため、八〇〇〇隻の艦艇は一方向に前進してはいたが、集団としての秩序をたもってはいなかった。

そのとき、ミッターマイヤー軍は、むろん最初の位置から大きく移動していた。機雷原のはるか外側にである。天頂方向から見ると、ヒルデスハイム軍は機雷原とミッターマイヤー軍に挟まれたことになるのだ。

「三時方向より、エネルギー波、ミサイル、多数接近！」

ヒルデスハイム軍各艦のオペレーターが、恐慌におちいったとき、最初の核融合爆発の白光がひらめいた。それが消えさるよりはやく、第二第三の爆発が連鎖する。エネルギー・ビームが、核融合ミサイルが、磁力砲《レール・キャノン》の巨弾が、悟性をはたらかせる余地のないスピードで殺到し、虹色の光芒《こうぼう》で世界をつつんだ。それが消えるとき、すべては無に帰する。焼きつくされ、引き裂かれた人間の身体は、原子に還元され、宇宙塵《じん》のなかにまぎれこむ。数億年ののち、それを核として新しい恒星が生まれるかもしれない。

ヒルデスハイム伯は、自分でも知らないうちに戦死した。この内戦における、おそらくは最初の、大貴族の戦死であった。

絶望的で無秩序なヒルデスハイム軍の反撃を、文字どおり粉砕すると、ミッターマイヤーはそのまま艦隊を全速前進させた。機雷原を時計方向に迂回し、シュターデンの本隊を後背から襲うためである。半減した敵を後背から撃つ必勝の態勢であった。〝疾風ウォルフ《ウォルフ・デア・シュトルム》〟以外の何者にこれが可能だろうか。

ラインハルトの本隊が到着したとき、〝アルテナ会戦〟はすでに終結していた。ラインハルトから用兵の妙を賞賛されたミッターマイヤーは、シュターデンをとり逃がしたことをわび、小道具に使った機雷の回収がたいへんです、と言って笑った……。

Ⅲ

帝国と同盟とが、それぞれの内部で殺しあいとだましあいをつづけているとき……。

商業国家フェザーン自治領《ラント》は活力にみちている。戦争の惨禍をさけつつ、戦争による利益はことごとく吸収しようとする、貪欲《どんよく》な経済のいとなみがおこなわれていた。あらゆる陣営にあらゆるものを――兵器を、食糧を、鉱石を、軍服を、情報を、ときには傭兵《ようへい》として人間までも売りつけ、全宇宙の富を独占しようとしているのだ。

首都宇宙港にほどちかい『ドラクール』は、一隻の船とひとにぎりの商才だけを資本《もとで》に宇宙をめぐる独立商人たちの集まる酒場である。

ボリス・コーネフは二八歳になる独立商人で、商船〝ベリョースカ〟号の船長だった。気概だけは何人ぶんもあったが、一般にはまだ零細商人としてしか知られていない。黒ビールで、わずかな自由時間を楽しんでいるところへ、やはり独立商人の知人が話しかけてきた。ふたことみことののち、

「ところで妙な噂を聞いたんだが」

「噂ってやつは、たいてい妙なものさ」

コーネフは黒ビールを飲みほし、噂の内容を訊ねた。

「つまりだな、自治領主《ランデスヘル》のルビンスキー閣下が、なにかどえらいことを考えているそうだ」

「あのはげがか」

清雅《せいが》さに遠いルビンスキーの顔をコーネフは脳裏に描いたが、相手の話を聞くうちに、皮肉な笑いを抑えきれなくなった。

「帝国と同盟の二大勢力を共倒れさせておいて、フェザーンが漁夫の利をしめるってか。正気の沙汰《さた》じゃないぜ」

「だから妙な噂だと言ったろうが。そう笑うな、おれが言いだしたことじゃない」

「まったく、誰が言いだしたことだかな」

新しい黒ビールにコーネフは手を伸ばしたが、不意に片頬をゆがめた。妙な噂だから信頼性に欠けるという公式は成立しない。ルビンスキーは現在までのところ有能な指導者ということになっているが、誰も知らないだけでじつは誇大妄想症患者であるかもしれないし、ある日突然、錯乱状態になるということもありうる。

フェザーンは寄生虫だ、と、若いコーネフは思っている。宿主がなければ生きていけないのだ。宿主である帝国と同盟が破滅したら、フェザーンも消滅してしまうだろう。軍事だの政治だの、柄にもないことに手をだすべきではない。

「そんなことより、あんた、つぎの仕事ははいっているのか」

コーネフは話題を転じた。

「地球教の信者とやらを三万人ばかりはこぶことになっている。聖地巡礼なんだそうな」

「聖地？」

「地球さ」

「はん、聖地ね」

若い船長はせせら笑った。宗教だの神だのは彼にとって笑い話の種でしかなかった。――全能の神とやらは、自分の言うことをきかない女を造ることができるのかい？　造れないなら全能じゃないし、言うことをきかせることができないなら、やはり全能ではないじゃないか……。

それにしても、地球教とやらが、最近、驚くほどの勢いで信者を増加させつつあるのは事実である。よい事実か悪い事実かは、コーネフには判断がつかない。

二杯めの黒ビールをほすと、コーネフは知人と別れ、酒場をでて宇宙港のビルにむかった。わりあてられた狭いオフィスにはいる。

「事務長《オフィサー》、つぎの仕事は？」

事務長のマリネスクは、船長より四歳しか年長ではないのだが、一〇歳は離れてみえる。まだ若いくせに頭は半分はげているし、身体には不必要な脂肪がまきつき、表情には闊達《かったつ》さが欠けていて、生活に疲れた中年男という印象がぬぐえない。しかし、この男の堅実な事務・経理能力がなければ、独立商船ベリョースカ号はとっくに大資本に身売りしていたにちがいないのだ。

「今度は人をはこびますよ」

「どこかのきれいな富豪令嬢か」

これは質問ではなく願望である。

「地球へいく巡礼団の一行です」

「…………」

コーネフは眉をしかめながら書類をうけとってページをめくっていたが、やがて不機嫌そうにそれを閉じた。

「地球なんぞに行っても、帰路は船が空《から》になるじゃないか。資源なんぞひとかけらも残ってない惑星なんだからな」

「地球から帰る巡礼団を乗せればいいんですよ。それに前金で支払ってもらったんです。明日までに三カ所ばかり納金しておかないと、〝ベリョースカ〟は競売にかけられるせとぎわなんですから」

若い船長は舌打ちし、戦争景気とはどこの世界の話だろうとうたがった。一度でよいから、船倉に金属ラジウムやダイヤ原石を満載して星から星へ飛びまわり、〝今年のシンドバッド賞〟のトロフィーを船長室に飾りたいものだ。——もっとも、堅実が服を着たようなマリネスクに言わせると、一攫千金《いっかくせんきん》の夢を捨てたときに真の大商人への道が開けるそうだが。

いずれにせよ、コーネフは仕事をえらんでいられるような立場ではなかった。自分だけでなく、二〇名の乗員《クルー》も食わせねばならないのだ。

フェザーン本星を出発してから五日後、ベリョースカ号は数万隻の大艦隊に遭遇した。宇宙が広大だといっても、航路に使われる空間はかぎられているから、ありえない偶然ではない。「停船せよ。しからざれば攻撃す」との信号をうけたとき、コーネフたちはすでに包囲されていた。このうえは、指揮官がものわかりのよい人間であることを祈るばかりだった。でなければ、スパイと思われて銃殺される危険すらある。

これはラインハルトと離れて辺境星域の経略《けいりゃく》をおこなっていたキルヒアイスの艦隊だった。通信スクリーンにあらわれたキルヒアイスの顔はおだやかだったので、コーネフは胸をなでおろし、事情を説明した。

「乗っているのは巡礼者たちです。兵士ではありません。老人、婦人、子供が中心です。ごらんいただければわかりますが……」

「いや、けっこう」

キルヒアイスはかぶりをふった。巡礼者たちを見つめる青い瞳に同情の色がある。彼らはいかにも貧しげだった。貨物船に簡易ベッドをとりつけ、携帯食料で三度の食事をとりながら、往路だけで一カ月の旅にたえるのである。貨物船を使えば客船の一〇分の一の旅費ですむ。しかし法的には貨物としてあつかわれるから事故がおきても人命補償の対象にはならない。

「食糧とか医療品とか、不足しているものはないか」

巡礼団の長老に、キルヒアイスは訊ねた。乳児用のミルク、人造蛋白、衣料用洗剤などがたりない、という返事にうなずくと、彼は部隊の物資を供出するよう部下のジンツァー大佐に命じた。

どもりながら礼を言う長老に、気をつけておいでなさい、と笑顔をむけてキルヒアイスは通信画像を消した。マリネスクが感心のあまりはげあがった額をなでまわした。

「いい人ですな、キルヒアイス提督は」

「気の毒にな」

「え、なにがですか」

「いい人間は長生きしないよ、とくにこんなご時勢にはな」

コーネフはマリネスクを見やったが、返事がないので自分の席へ歩いていった。

その後ろ姿を見送りながら、事務長《オフィサー》は首をふった。うちの船長は、必要もないところでかっこうのよい台詞を言いたがる癖さえなければ――そう思ったのである。

地球までは、まだ遠い道程だった。

Ⅳ

当初、ブラウンシュヴァイク公が第三の拠点に想定していたレンテンベルク要塞は、フレイア星系の小惑星ひとつをしめている。イゼルローンの巨大さにはおよばないが、それでも一〇〇万単位の将兵と一万隻以上の艦艇を収容する能力があり、戦闘、通信、補給、整備、医療など多種の機能をそなえ、貴族連合軍にとっては重要な存在だった。

ミッターマイヤーに敗れ、ラインハルトの本隊に追われたシュターデンは、残存兵力にまもられ、かろうじてこの要塞に逃げこみ、傷ついた身体と心を休めている。

それだけなら、ラインハルトはこの要塞を路傍の小石として無視したかもしれない。しかし、この要塞には、多数の偵察衛星や浮遊レーダー類の管制センター、超光速通信《FTL》センター、通信妨害システム、艦艇整備施設などがあり、開戦以前から駐留している兵力も多かった。無視して前進すれば、後背でこうるさく蠢動《しゅんどう》される危険性がある。毒草の芽は早くつんでおくべきであろう。

「全力をあげてレンテンベルクを陥《おと》す」

ラインハルトは決断した。旗艦ブリュンヒルトの艦橋に提督たちを集め、スクリーンに要塞の断面図や平面図を映しながら、それを指令する。

オーディンにおいて軍務省を接収したとき、膨大な量の機密書類もラインハルトの手におちた。レンテンベルク要塞の図面もそのひとつである。その長所と弱点は、ことごとく彼の手のうちにあった。弱点を補強する時間的余裕も敵にはなかったはずだ。

攻略に際して、問題となるのは第六通路である。小惑星をくりぬいて建設された要塞の中心部に核融合炉があり、これが全要塞にエネルギーを供給している。第六通路は、外壁から核融合炉にいたる最短のルートをなし、ここをとおって核融合炉を奪取すれば、要塞の死命を制することができる。だが、火力を集中すれば核融合炉を直撃して誘爆をまねくおそれがあるのだ。

とすれば、白兵戦によって突破するしかない。

三日後、レンテンベルク要塞に迫ったラインハルト軍は、総攻撃を開始した。実戦指揮にあたったのは、ロイエンタールとミッターマイヤーである。

最初の砲戦につづき、レンテンベルク要塞からは駐留艦隊が突出して艦隊戦をいどんだが、ラインハルト軍はその正面を火力にすぐれた戦艦群の長大な壁で防ぎ、高速巡航艦が両側面から襲いかかった。エネルギー・ビームとミサイルが交錯して死の網目をつくり、連鎖する火球は暗黒の空間に無数の宝石細工を描きだす。

一時間たらずの戦闘で、半減した敵は要塞内へ逃げこんだ。ロイエンタールとミッターマイヤーはそれを急追し、味方を撃つことをおそれた要塞の砲手たちが、砲撃のタイミングを失うあいだに、図面から算出された巨砲群の死角にはいりこんだ。

宇宙服を着た工兵たちがレーザー水爆で壁面を破壊すると、要塞の回転速度に同調《シンクロ》した強襲揚陸艦が接舷《せつげん》して、装甲服の兵士たちをつぎつぎと吐きだす。ミッターマイヤーとロイエンタールは、接舷したその一隻のなかに臨時指揮所をもうけ、監視カメラで戦況を観察しながら最前線で作戦指揮をおこなった。

攻略は時間の問題と思われた。だが、ふたりの顔は緊張している。第六通路の防御を指揮するのが、装甲擲弾《てきだん》兵総監オフレッサーと知ったからであった。

装甲擲弾兵総監オフレッサー上級大将は、四〇代後半の巨漢で、たくましい骨格を、ひきしまった力強い筋肉がつつんでいる。闘牛士に挑発された牡牛のように、力感と戦意にあふれた男だ。

　左の頬骨のあたりに、なまなましい紫色の傷あとがある。猛将のシンボルである。かつて自由惑星同盟《フリー・プラネッツ》軍と戦ったとき、敵の兵士に至近距離からレーザーを放たれ、皮膚と肉、骨の一部まで削りとられたのだ。むろん、その兵士は返礼をうけた。巨大な戦斧《トマホーク》の一撃で、頭蓋骨を粉砕されたのである。

　白兵戦に使われる戦斧《トマホーク》は、ダイヤモンドに匹敵する硬度をもつ炭素クリスタルでつくられる。標準型のサイズは全長八五センチ、重さ六キロで、片手でふりまわすのだが、オフレッサーのそれは、全長一五〇センチ、重さ九・五キロ、両手で使うのだ。

　この巨大なサイズに、傑出したオフレッサーの戦闘技術と腕力がくわわるとき、その破壊力は想像を絶する。ヘルメットや装甲服《アーマー・スーツ》がその一撃にたえることができたとしても、なかの人間がたえられない。装甲服につつまれたまま、腕の骨はへし折られ、内臓はつぶされ、生命をまっとうしたとしても戦闘能力は失われてしまう。

「一対一でオフレッサーと出会ったら、卿《けい》はどうする？」

「すっ飛んで逃げるね」

「同感だ。あれは人をなぐり殺すために生まれてきたような男だからな」

　ロイエンタールとミッターマイヤーの会話である。彼らは射撃や白兵戦技にかけても一流の男たちだが、それだけに人間ばなれしたオフレッサーの獰猛《どうもう》さを知っていた。逃げても恥にならない相手というものは、たしかに存在するのである。それをわきまえないのは、無謀か、さもなくば低能というものだ。

とはいえ、部下たちにむかって、「逃げてもかまわんぞ」とは言えないのが、現在の彼らの立場だった。第六通路を、破壊せずに占領しなくてはならないのだ。装甲服にはエア・フィルターがついているから、ガスを流しても意味がなく、手段は白兵戦しかない。

オフレッサーとその一隊のため、第六通路にはラインハルト軍の兵士たちの屍山血河《しざんけつが》がきずかれることになるだろう。ミッターマイヤーにとってもロイエンタールにとっても、いささか気のおもくなる命令をくださなくてはならない。

「どのような犠牲をはらっても、第六通路を確保せよ」

第六通路における原始的で凄惨《せいさん》な戦闘の出現は、こうして約束されたのである。


突進、そして後退。

八時間のあいだに、ラインハルト軍の装甲擲弾兵は九回にわたって第六通路に突入し、九回にわたって撃退された。

ラインハルト派と反ラインハルト派とを問わず、帝国軍の高級士官のなかで、オフレッサーほど多くの人間を直接殺した男はいないであろう。下級貴族として生まれたこの男が、帝国軍の最高幹部たりえたのは、政治力のためではなく、用兵の才のためでもなく、まさに、彼が直接流した血の量によってであった。その男が、第六通路に気体爆薬とも言うべきゼッフル粒子を充満させて、軽火器の使用すら拒否し、ひたすらその肉体と腕力をもって、敵をひとりでも多く死にいたらしめようとしている。

彼の戦斧《トマホーク》は、所有者の血なまぐさい意思をそのままわがものとするかのように、ラインハルト軍の兵士の身体を撃ち砕き、血まみれの肉塊に変えてしまうのだ。

ミッターマイヤーもロイエンタールも、気が弱いなどという表現からほど遠い男である。その彼らにして、片脚をひざから切断された兵士が両手で必死にはって逃げようとするところへ、オフレッサーが歩みより、血に汚れた巨大なトマホークで頭部を撃ち砕いた光景にたいしては、視線をそむけずにいられなかった。

フルフェイスのヘルメットからのぞくオフレッサーの両眼には、嗜虐的《しぎゃくてき》な笑いのさざ波が揺れていた。ミッターマイヤーやロイエンタールが、オフレッサーにたいして全面的な賞賛をためらうのは、勇猛という表現の枠をこえるこの残忍さが、生理的な嫌悪感をそそるからである。

だが、彼らの思いがどうであれ、この猛獣のような男ひとりのために、第六通路の確保が成功せず、作戦全体の進行がとどこおっているのは、否定しようもない事実だった。そして、その事実が、オフレッサーにたいする彼らの怒りを倍加させるのである。

「奴め、生かしておかんぞ」

ミッターマイヤーはつぶやいたが、烈しい眼光と口調にもかかわらず、やや迫力が欠けていた。広大な宇宙空間で大艦隊を指揮する能力においては、全人類のなかでトップクラスに属するふたりだが、ここまで条件と環境が制限されると、原始的な闘争心と腕力のまえに手も足もでない感じだった。

それにしても、たびかさなるラインハルト軍の波状攻撃にたいして、人員の交替もなく、戦いつづけ撃退しつづけるオフレッサー隊の体力と気力は、なんによってもたらされるのか。八時間にもわたって装甲服を着用したまま闘いつづけるなど、常識では考えられない。装甲服は完全な断熱構造になっており、宇宙空間の絶対零度もなかの人間に影響をおよぼすことはない。しかし同時に、人体の発散する熱を外に逃がすこともないので、兵士はたえがたい高温につつまれ、はなはだしく体力を消耗させる。戦闘にさしつかえない小型の温度調節装置では、体温より七、八度C低下させるのがようやくなのだ。

ラインハルトにたいする憎悪と敵意にくるっているとしても、高温とそれ以外のさまざまな不快要素——汗、かゆみ、排泄《はいせつ》の困難、閉塞感《へいそくかん》などにたえうる限度は二時間とされている。それが八時間も保《も》っているというのは——。

「薬物を使用しているな」

そう結論づけざるをえなかった。興奮剤なり覚醒剤なりを使っていればこそ、超人的なはたらきをなしうるのであろう。おりから、戦況報告をもとめるラインハルトの通信がもたらされ、両者はいったん前線からひきあげた。

「オフレッサーは勇者だ。ただし、石器時代のな」

話を聞いたラインハルトは冷笑ぎみに評した。面目なげな両提督を叱責《しっせき》しようとはしない。

「生かしておいても役にたたぬし、だいいち、生きることをあの男自身、のぞむまい。せいぜいはでに殺してやれ」

お待ちください、と、口をはさんできた者がいる。参謀長オーベルシュタインだった。

「生かしたまま捕えていただきたいのです。閣下のお役にたててごらんにいれましょう」

「あの頑迷な男が、私の役にたとうなどという気をおこすかな」

「彼の意思など問題ではありません」

その言葉がラインハルトの眉をしかめさせた。

「……洗脳か？」

化学的あるいは機械的な洗脳にたいして、ラインハルトは好感をもつことができないのである。参謀長は声をたてずに笑った。

「そんなやぼなことはいたしません。ぜひ、おまかせいただきたいのです。貴族どもに相互不信の種をまいてごらんにいれますが」

「よかろう、卿《けい》にまかせる」

ラインハルトが言ったとき、通信士官からの報告がもたらされた。

オフレッサーが通信スクリーンに姿をあらわしたという。勝ち誇ってなにかわめいているとの報に、画面が接続された。

「金髪の孺子《こぞう》、スクリーンをとおしてでもよい、おれの顔をまともに見る勇気があるか」

オフレッサーは装甲服のヘルメットをかぶったまま、その巨体でスクリーンをふさいでいた。装甲服は人血にどす黒く染まり、各処に肉片すらこびりついている。ラインハルトの周囲で、怒りと恐怖のうめき声がおこった。

その姿のまま、装甲服の通話システムをとおして、猛獣めいた巨漢はラインハルトを罵倒《ばとう》しはじめた。帝室の厚恩をふみにじった裏切り者、卑劣漢、背徳者、運がよいだけの未熟者とならべたてたあげくに、

「姉弟そろって色じかけで先帝をたぶらかしたてまつり——」

ラインハルトの秀麗な顔から冷徹な理性の色がはじけとんで、爆発する怒気に座をゆずったのは、その一瞬だった。蒼氷色《アイス・ブルー》の瞳に雷光がきらめき、端整な唇のあいだから歯ぎしりの音がもれた。

「ロイエンタール！　ミッターマイヤー！」

「はっ……」

「あのげす野郎を、私の前にひきずってこい。生かしたままだぞ。手足をちぎっても、けっして殺すな。私自身の手で、奴のけがらわしい口を引き裂いてやる！」

ふたりの提督は目を見かわした。難題である。この人も感情の動物たる人間なのだ、と、いまさらに彼らは確認する思いだった。

V

一〇回めの突撃を敢行しようとするラインハルト軍装甲擲弾兵の前に、屍体のバリケードが

きずかれ、流血と薬物に酔ったオフレッサーの部隊が、ぎらつく目を敵にむけている。

「くるならこい、臆病なねずみども」

兇暴《きょうぼう》な笑い声が炸裂した。

「きさまらの屍体を鍋に放りこんで、フリカッセを大量につくってやるぞ。どうせ身分いやしき者どもの肉、さぞまずかろうが、戦場ではぜいたくも言えん」

「蛮人めが」

ロイエンタールが吐きすてた。

「最高司令官のおっしゃるとおり、奴は石器時代の勇者だ。二万年ばかり、生まれてくるのが遅かったな」

「おかげで二万年後のおれたちが苦労することになる」

ミッターマイヤーはにがにがしく応じると、副官を呼びよせ、装甲服を二着もってくるよう命じた。

「提督がたご自身であの敵にむかわれるので⁉」

「おれたちは囮《おとり》だ。例の罠《わな》をより完全なものにするためのな……そちらの進行状況はどうだ？」

「はい、そろそろよいころかと。それにしても、閣下がたがご自分でなさることはありますまいに」

「おれたちふたりは大将だ。オフレッサーの化物は上級大将。つりあいがとれていていいだろうが」

ロイエンタールとミッターマイヤーがそろってオフレッサーの前にあらわれたとき、彼がどういう反応を示すか。彼のメンタリティからいって、これだけ貴重な獲物を他人にわたすはずがない。石器時代からの伝統を有する〝一騎打ち〟を望んでとびだしてくるのはあきらかだった。

彼らの詭計《トリック》を成功させるには餌が必要だったが、それも美味な餌でなければならない。ラインハルト自身なら条件としては完璧にみえるが、細工がかえって目だつかもしれず、彼らふたりあたりが、もっとも適当であろう。

彼らが装甲服を着て歩みでると、オフレッサーの部下たちのあいだから興奮のささやきがもれた。ふたりの勇名は、広く知られるところで、その生命には千金の値があるのだ。それを制して巨漢がふたりを見すえた。

「ふたりがかりだと、おれに勝てるとでも思っているのか。孺子《こぞう》の知恵はそのていどか」

「やってみなければわかるまい」

ミッターマイヤーが言いはなつ。それを不遜《ふそん》な挑戦ととったオフレッサーは、屍体のバリケードを踏みしめて進みでた。大股に歩みよる。装甲服をとおしてさえ、獰猛な殺意のエネルギーが周囲を圧した。両眼を血の渇望に光らせて、巨漢はふたりに躍りかかった——。

その瞬間、オフレッサーの巨体がちぢんだ。二〇〇センチにとどこうとする彼の頭は、一八四センチのロイエンタールや一七二センチのミッターマイヤーよりはるか下になってしまった。

敵も味方も、魔術を見る思いで声をのんだ。ありうることだろうか——？

床が陥没したのだ。オフレッサーは脇腹のあたりまで巨体を床に埋め、それ以上身体が沈むのを、両手でかろうじて防いだ。彼の分身である両手使いの戦斧《トマホーク》は、一メートルほど離れた床の上に投げだされている。

陥《おと》し穴だった。複合結晶繊維の床にうがたれた穴。正確にはそれは第六通路の下の層から三時間にわたって水素と弗素《ふっそ》の反転分布照射をおこない、繊維の分子結合力を弱め、装甲服を着用したオフレッサーの重量と動作の衝撃にたえられないようにしたのである。

ミッターマイヤーが跳んだ。戦斧《トマホーク》をオフレッサーの手のとどかない場所まで蹴とばす。あまりのことに呆然となっていたオフレッサーの顔が、事態をのみこんだとき、ヘルメットのなかで赤紫に変色した。

ロイエンタールが叫んだ。

「オフレッサーは捕えた。残る奴らに用はない。装甲擲弾兵、全員突撃せよ！」

僚友が蹴とばした戦斧《トマホーク》をひろいあげると、ロイエンタールは獲物に冷笑をあびせた。

「猛獣を捕えるには罠が必要と思ったが、みごとにかかったな。きさま以外の奴はかかるはずもない、けちな罠だが」

「卑怯者！」

「ほめられたと思っておこう」

彼らの傍を、突撃する兵士たちの奔流がかすめてゆく。

指揮官を失ったオフレッサーの部下たちは、勢いづいたラインハルト軍の突進のまえにひるんだ。彼らの、人間ばなれした勇猛な指揮官が失われたとき、彼らの戦意も、烈日のもとの水たまりのように蒸発してしまったのかもしれない。

復讐にたけりくるったラインハルト軍は、オフレッサーの部下たちに肉迫し、戦斧《トマホーク》をふるって殺戮していった。それにたいする反撃の波は二度で潰《つい》えた。

第六通路は制圧された――赤く塗装されて。


二重に手錠をかけられたうえ、電気処刑用のヘルメットをかぶせられ、一ダースもの銃をつきつけられた姿で、オフレッサーは通信スクリーンの前にひきずりだされた。

怒りと憎悪の炎に輝くようなラインハルト、そしてさけがたい死を前にして、オフレッサーは傲然《ごうぜん》と顔をあげている。どれほど欠陥の多い男であるにせよ、この男が臆病者でないことだけはたしかだった。

だが、通信スクリーンはすぐに閉ざされた。ブリュンヒルトの艦橋で、義眼の参謀長が上官に説いたのだ。

「殺すのは簡単ですが、オフレッサーは死をおそれてはおりません。そればかりでなく、いま彼を殺せば、不屈の勇者、ゴールデンバウム王朝の殉教者として名声を高めてやるようなもの。それでは閣下も不本意でいらっしゃいましょう」

「…………」

ラインハルトの蒼氷色《アイス・ブルー》の瞳に、彼の体内を荒れくるう嵐が映しだされていた。やがて、嚙みしめられていた唇が開いて短い質問をおしだす。

「どうするのだ？」

「オフレッサーを貴族どもの本拠地へ送り還すのです。もちろん無傷で」

「ばかな！」

叫んだのはミッターマイヤーである。怒りと興奮に、若々しい顔が上気していた。

「あれだけ苦労して、多くの部下を死なせて、ようやく捕えた猛獣だ。それを自由の身にしてやると卿《けい》は言うのか。どれほど寛大な処置をとっても、つぎの戦場では、奴の戦斧《トマホーク》が味方の血を大量に吸うだろう。賭けてもよいくらいだが、そんな賭けに勝ったところでしようがない。生かしておく必要を認めぬ、即刻、処刑すべきだ」

「同感」

と、短く、だが強くロイエンタールも言う。飼い慣らせぬ猛獣を野に放してどうするのか——そう詰めよったが、参謀長は動じなかった。

「無傷で帰ってきたオフレッサーを見て、貴族どもはどう思うでしょうな。もともと猜疑心《さいぎしん》の強い彼ら、しかも、彼の部下のうち、幹部一六名は銃殺され、その光景は超光速通信《FTL》で貴族どもにも知らされるのです。そこへただひとり、オフレッサーが無傷でもどってきたら……」

「……わかった」

ラインハルトはオーベルシュタインの声をさえぎった。眼光が激情を抑えたものに変わっていた。彼は不満げなふたりの功労者をみた。

「卿らもわかったろう。ここはオーベルシュタインにまかせたい。異存があるか」

「ありません、閣下の御意に」

ロイエンタールとミッターマイヤーは異口同音に答えた。彼らも、オーベルシュタインの意図をさとったのである。いささかにがい表情であったのは、それが彼らの趣味にはあまりあわなかったからであろう。

オフレッサーは釈放され、跳躍《ワープ》能力を有するシャトルまであたえられた。しおらしい謝礼の言葉こそ口にしなかったが、彼が拍子ぬけしたことは事実である。首をかしげながらも、シャトルに乗って要塞を去っていった。

オフレッサーの同僚や部下など一六名は公開の銃殺刑に処せられた。シュターデンは病室のベッドに横たわったまま捕虜となった。彼には会う必要を、若い元帥は認めなかった。

Ⅵ

英雄として、歓呼で迎えられることまでは期待していなかったにしろ、連合軍の本拠地禿鷹《ガイエス》の城《ブルク》に到着したオフレッサーを迎えた情況は、予想外だった。

生還したむねを通信したとき、通信士官の反応はひたすら驚きだったが、入港したシャトルは、花束をささげもった美女ならぬ、武装した兵士に包囲されたのだ。

「レンテンベルクで奮戦なさったオフレッサー上級大将でいらっしゃいますな」

わざとらしい口調で訊ねたのは、ブラウンシュヴァイク公の腹心といわれ、オーディン脱出の計画をたてたアンスバッハ准将だった。

「見てわからぬか、きさま」

「確認しただけです。盟主がお待ちですので、どうぞこちらへ」

広大なホールに、レンテンベルクの英雄は案内された。居並ぶ将兵が彼に視線をむけたが、温かさをこめたものはひとつもなかった。

階《きざはし》の上に豪華な椅子がおかれ、ブラウンシュヴァイク公が腰をおろしている。傲然としているがどこかぎごちなく、見習いの皇帝といった趣《おもむき》があった。

「よく生きて還ったな、オフレッサー」

あきらかに糾問《きゅうもん》の口調である。

「卿《けい》の部下でおもだった者は、ことごとく公開処刑されたというのに、なぜ卿だけが生きて還れたのだ!?」

「処刑された?」

オフレッサーは大きく口をあけた。義歯だらけの口腔《こうこう》は、頰の傷とおなじく、白兵戦の煉獄《れんごく》を生きぬいてきた闘士の証明である。呆然と弛《し》緩《かん》した上級大将の顔に、嘲弄《ちょうろう》まじりの怒号がたたきつけられた。

「うつけ者が！　これを見るがいい」

　壁面にＶＴＲの映像が映しだされた。オフレッサーが低くうなった。彼の見知った顔がならんでいる。ラインハルト軍による、レンテンベルク要塞での公開処刑の情景であった。恐怖と敗北感にうちのめされた、部下たちの表情。それが、レーザー・ビームで脳髄をつらぬかれた瞬間に空白になってゆくのだった。

「どうだ、なにも答えられんか、オフレッサー」

「…………」

「きさまひとり生きて還ったのは、裏切って、金髪の孺子《こぞう》に良心を売りわたしたからだろう。恥知らずの犬めが！　わしの首をもち帰るとでも奴に約束したか」

　オフレッサーの巌《いわお》のような顔に、突然、怒りと理解の表情がひろがり、ふたたび口が開いた。

「罠だ！　これは罠だ。わからんのか、この低能ども！」

　叫びというより、それは咆哮《ほうこう》だった。彼の周囲に壁をつくっていた将兵が、無形のエネルギーに圧倒されて跳びすさる。数本の手が反射的に腰のブラスターに伸びた。

「撃て！　撃ち殺せ！」

　ブラウンシュヴァイク公が叫んだ。その命令は秩序より混乱を呼んだ。ブラスターを抜きはなちはしたものの、群衆のなかで発砲する危険に、各人が思いいたったのである。

　巨大な拳が一閃《いっせん》して、ひとりの兵士のあごを捉《とら》えた。異様な音がして、下顎骨《かがくこつ》を砕かれた兵士の身体は宙を飛んだ。

狂乱した巨漢は、「罠だ」という咆哮をくりかえしながら、階《きざはし》の上に坐《ざ》したブラウンシュヴァイク公めがけて突進した。当人は、話を聞いてもらうつもりだったとしても、他人にはそう見えなかった。アンスバッハ准将の命令が飛ぶと、公とオフレッサーのあいだに、数十人の兵士が立ちはだかり、素手の巨漢にレーザー・ライフルの銃身を撃ちおろした。文字どおりの乱打であった。皮膚が裂けて血が飛散し、骨の陥没する音がひびいた。常人なら昏倒《こんとう》し、そのまま死にいたったかもしれない。しかし、オフレッサーの突進は、そのスピードすらおとさなかった。はね飛ばされ、苦痛の叫びをあげて階段から兵士たちがなだれ落ちる。

血の混じった唾を床に吐き棄てて、アンスバッハ准将が身をおこした。彼もはね飛ばされたひとりだった。乱れた髪を片手でなでつけながら、片手でブラスターを抜きはなつ。呼吸をととのえながら、しかし歩調に乱れはなく、准将はオフレッサーにちかづいた。血まみれの巨像と化した上級大将は、にぶい眼光をあらたな敵にむけ、うなり声をあげながら太い腕を伸ばした。かるくバックステップしてそれをかわすと、准将はすばやく相手の耳に銃口をおしつけ、引金《トリガー》をしぼった。

反対側の耳から、血と閃光がほとばしった。

オフレッサーの巨体に、さざ波のような痙攣《けいれん》がはしった。それがおさまると、生命を失った巨大な筋肉の塊は、数秒間、見えざる神の手にささえられたかのように直立していたが、やがて前のめりに倒れこんだ。額が階段の角にあたると、うつろな音がひびき、血なまぐさい狂騒曲の終章を歌いあげた。その屍体をかこみながら、しばらくは声をだす者もいない。

「裏切者が！」

やがてブラウンシュヴァイク公が高い声でののしったが、顔にはまだ恐怖の薄いベールがはりついたままだった。

「最後に馬脚《ばきやく》をあらわしおった——狂犬めが、よくもわしに危害をくわえようと……」

アンスバッハ准将はせきばらいした。

「ですが、ほんとうに裏切っていたのでしょうか」

「いまさらなにを言う。そう思うなら、なぜ奴を射殺したのだ」

アンスバッハが頭をふると、せっかくなでつけた髪がまた乱れてしまった。

「それは公爵閣下のお生命《いのち》をまもるためです。ですが、あの男が狂乱したのも、うたがわれたのが心外であったのと、自分で言ったように罠にかけられたとさとったためではなかったでしょうか」

「そうかもしれんな。だが、だからどうだと言うのだ。奴は死んで、二度と戦斧《トマホーク》をもつことはできん。その理由が、味方を裏切ったということであっても、わしを傷つけようとしたことであっても、こうなっては区別する意味もない」

「わかりました。で、この処置をいかがいたしますか。つまり、オフレッサー上級大将の死因ですが……」

一連の騒動が、貴族連合軍の秩序と規律にとっては、はなはだ不名誉なものであったので、病死ととりつくろうべきだろうか、と、暗《あん》に訊ねたのである。

ブラウンシュヴァイク公は席からたちあがった。表情にも動作にも、不愉快さが露骨にあらわれていた。彼の神経はもともと弾性にとぼしかったが、いまやそれが切れる寸前であるようだった。

「とりつくろったところで、隠しおおせるものでもないだろう。オフレッサーは味方を裏切った罪で死刑。そう全軍に伝えろ」

一歩ごとに床を蹴りつけながら盟主が去ると、アンスバッハはひとつ肩をすくめ、生前は勇猛さを讃《たた》えられ、兇暴さをおそれられた巨漢の屍体を兵士にかたづけさせた。死者のうつろな目がアンスバッハをにらむと、彼は疲れたようにつぶやいた。

「そううらめしそうな表情《かお》をしなさんな……私だって明日はどうなるか知れないんだ。今日のうちに死ねたことを、卿《けい》は天上《ヴァルハラ》で感謝すべきかもしれんぞ」

准将は身慄《みぶる》いした。奇妙に予言めいたひびきを自分自身で感じたからである。

この事件の後遺症は大きかった。オフレッサーはラインハルト嫌いの急先鋒であったはずだ。それさえ裏切ったとあれば、誰が最後まで志操堅固であることができるのだろう。貴族たちはおたがいに不信のまなざしをかわしあい、なかには自分にたいする自信を失う者さえでてきた……。

オフレッサーの凄惨な死の報は、ラインハルトの気分をいささか晴らした。彼自身のみならず、姉まで侮辱した男には当然のむくいだった。

ラインハルトは、ディッケル中将をレンテンベルク要塞司令官に任命し、ここを根拠地に、あらためてガイエスブルク進攻の作戦を練ることになった。

ラインハルト軍にもたったひとつ後遺症がのこった。ロイエンタールとミッターマイヤーの両提督が、フリカッセを見ると第六通路の屍体の山を連想して、しばらくはそれを食べる気にもなれなかったことである。

第五章　ドーリア星域の会戦

I

　最初、ヤンは、シャンプール星域の動乱など無視して首都ハイネセンに急行し、救国軍事会議の本隊を電撃的にたたきのめすつもりだった。根を断てば枝葉は枯れてしまうものだからだ。それが作戦を変更し、シャンプール星域の敵を撃つことにしたのは、彼らがゲリラ戦法によってイゼルローン要塞とヤン艦隊との連絡・補給ルートを攪乱《かくらん》する危険性に思いあたったからである。彼がシャンプール星域における救国軍事会議の指揮官であれば、討伐部隊がくれば逃げ、去れば追尾してその後背や補給ルートをたたき、それを可能なかぎりくりかえして敵を消耗させるであろう。そんなことをされてはたまったものではない。

「でも、敵の指揮官はヤン・ウェンリーではありませんよ」

　とりこし苦労ではないか、と、ユリアンが意見を述べると、黒髪の司令官はにやりと笑って答えた。

「未来のヤン・ウェンリーがいるかもしれないさ」

誰でも最初は無名の存在なのだ。エル・ファシル以前に、誰がヤン・ウェンリーの名を知っていた？――ヤンはそういった。

「平和な時代なら、まだ私は無名のままさ。歴史学者の卵で、まだひよこにすらなっていないだろう」

それがヤンののぞみなのである。全人類のうち、彼の名を知らない者は少数派になっているような現在だが、それでもまだヤンは、いっかいの学徒でありたいという心情を捨てきれない。不敗の名将と彼は賞賛されているが、誰よりもヤン自身にとってそれは虚像なのである。

歴史上の人物や事件に興味をもったからこそ、歴史学者になりたいとヤンは思ったのだ。彼にとってばかばかしいことは、いまや彼自身が興味と研究の対象になってしまっていることだった。銀河帝国、フェザーン、そして当面の敵である救国軍事会議が、それぞれヤンの用兵を研究している。それどころか、ハイネセンをはじめとする星々では、『ヤン・ウェンリーに見るリーダーシップの研究』だの、『戦略的発想と戦術的発想――ヤン・ウェンリー四つの戦い』だの、『現代人材論Ⅲヤン・ウェンリー』だのといった軽薄な題名と無責任な内容の本やビデオがいくつも出版されているありさまだ。

輝ける現代の英雄。

「ヤン・ウェンリーとかいう奴は、ずいぶんと偉い奴らしいな。あんたと同姓同名で、たいへんな差だ」

鏡を見るたびに、ヤンは、いっこうに偉くなさそうな自分自身に皮肉を言うのである。

「でも、やっぱりお偉いですよ」

ユリアンが熱心に言う。

「どこが？」

「普通だったら、とっくに、自分を見失って、自信過剰になって、客観的な判断ができなくなってますよ、きっと」

ヤンは小首をかしげるようにして聞いていたが、不意に苦笑した。

「面とむかって言わないでくれ。つい、そうか、自分は偉いのか、と納得してしまいそうになる」

それから、まじめな表情になってユリアンに説教した。目上の者を、あまり面とむかって賞めるものではない。相手が軟弱な人物なら、うぬぼれさせてけっきょくだめにしてしまうし、硬すぎる人物なら、目上にこびる奴だとうとまれるかもしれない。注意することだ……。

「はい、わかりました」

ユリアンは答えたが、ヤンの気のまわしようと、彼らしくもない陳腐《ちんぷ》な教訓が、内心おかしかった。

三〇歳になったばかりのヤンは、まだ結婚もしていないくせに、ユリアンにたいして父親ぶっているのである。

……軍情報部のバグダッシュ中佐が、ハイネセンを脱出して、シャトルでヤンのもとに到ったのは、シャンプールが陥落したその日だった。

ヤンは四月二六日にシャンプール攻略を開始し、三日間の戦闘ののちにこれを叛乱部隊から解放したのである。

それほどおもしろみのある戦いではなかった。ハイネセンのような大人口と重武装を有する惑星でもないかぎり、〝上陸〟ならぬ〝降陸〟作戦には一定のパターンがあり、指揮官の個性など発揮する余地はない。衛星軌道上の制宙権を確保し、対空レーダーや防空火器群を宇宙からの攻撃で破壊したあと、護衛艦と大気圏内戦闘艇にまもられた陸戦隊のシャトルを地上へ送りこむのである。そしてたがいに密接な連絡をとりつつ、宇宙と地上の両方向から目標地点を制圧するのだ。

それでも三日で作戦を完了しえたのは、陸戦隊を指揮したシェーンコップの戦術能力がすぐれていたためだろう。凡庸《ぼんよう》な指揮官なら一週間以上かかったかもしれない。その作戦は、火力の集中によって点を確保し、それを装甲車の横列展開でつないで線とし、この線を前進させることで面を拡大するというものだった。

しかし、これを丸一日つづけ、敵がこれに対応する能力を身につけはじめたころ、突如として攻撃パターンをきりかえたのである。確保した点のひとつから、直線的に目標にむかって前進し、無防備の土地を電撃的に突破したのだ。

この横から縦への急速な変化に、叛乱部隊は対応できなかった。本拠地とした同盟軍管区司令部ビルにたてこもったものの、半数以上の兵力を切り離されては、勝敗の帰趨《きすう》はさだまっていた。二時間にわたる銃撃戦と白兵戦のすえ、叛乱部隊の指揮官マロン大佐はブラスターを自分の口にくわえて引金《トリガー》をひき、残る者は白旗をかかげたのである。

「おみごと」

旗艦にもどってきたシェーンコップを、ヤンは賞賛したが、陸戦隊指揮官の顔や手や服についた無数のキスマークにあきれた。半月余の恐怖から解放された現地住民の熱狂が想像できた。

「まあ、これくらいの役得がないとね」

シェーンコップはにやついた――そういう状況のところへバグダッシュ中佐があらわれたのだ。

彼は身もとを確認されると、即座に旗艦ヒューベリオンの艦橋に案内された。誰もが首都の情報に飢えていた。だが、最初に質問する資格は最上席のヤンにある。

全員が注視するなかでヤンが訊ねたのは、誰が粛清されたか、ということだった。

「現在のところ、拘禁された人はいますが、粛清された人はいません。このさきはわかりませんが」

「そうか……」

「それよりも、重大な報告があります。第一一艦隊がクーデターに加担し、こちらへむかっています」

一同は息をのんだ。ヤンは黙ったまま目でつづきをうながした。

「司令官ルグランジュ中将は、正面から堂々と決戦を希み、小細工はしないようです」

「そいつはありがたいな」

べつに皮肉を言うふうでもなく、ヤンはそうつぶやくと、あとの質問の権利を部下たちにゆずった。

フィッシャー、ムライなどから質問の雨をあびながら、バグダッシュは誰かを探すように視線をうごかしていたが、何気なさそうにヤンに訊ねた。

「副官のグリーンヒル大尉がいないようですが……」

「彼女は立場が立場なのでね、イゼルローンに残してある」

ヤンがそう答えたとき、

「あっ」

という叫び声がして、一同はひとしくそちらを見やった。シェーンコップが胸もとにコーヒーをこぼしたのだ。

「やれやれ、せっかくのキスマークが……ちょっと失礼」

ヤンの目を見ながら言うと、会議室をでていった。

廊下にユリアン少年が立っていた。なかにはいる資格はないが、ヤンの声のとどく場所につねにいる彼だった。

「グリーンヒル大尉はどこにいるか知ってるかい？」

「医務室です。今朝から頭痛がするとかで……お気の毒です」

精神的な疲労からということだろう。うなずくと、シェーンコップは医務室にむかった。

キスマークとコーヒーであざやかに彩色された野戦服を見て、小柄な看護婦があきれたような視線を突き刺してきた。

「グリーンヒル大尉がいるだろう」

「いらっしゃいますけど、そんな不潔なかっこうでの入室はおことわりします」

シェーンコップの肩にもとどかない看護婦は、決然として彼の前に立ちはだかったが、べつの声が准将の困惑を救った。

「かまわないわ、どうぞ、シェーンコップ准将」

看護婦は、納得したようにはみえなかったが、黙って彼をとおした。

軍服姿のまま、フレデリカは寝椅子に横になっていたが、すぐおきあがった。シェーンコップは、ドレス姿の彼女を見たいものだと思いながら、簡単に事情を説明した。

「ヤン提督としては、きなくささを感じたんだろう。いまどき脱出者なんてタイミングもよすぎる。提督がそう言ったとき、おれがわざとコーヒーをこぼして声をあげたりしたから、皆の意外そうな顔をバグダッシュは見てないはずだが、この名に心当たりがあるかね」

「バグダッシュ中佐には、一度だけお会いしたことがあります。五年前、父の書斎で。現在の政治体制にたいする不満を述べておいででしたわ」

フレデリカの記憶力には定評がある。

「なるほど、グリーンヒル大尉、お前さんのことを気にしたはずだ。奴はクーデター派の工作員だということだな」

クーデターの首謀者たるグリーンヒル大将も、信頼をおける人間の数はそう多くないということらしい。もしフレデリカの記憶から不審をいだかれたら、早い時期にヤン提督を殺害でもする計画なのだろう。第一一艦隊との交戦中にでもそんなことをされたら、ヤン艦隊は全滅し、クーデターは成功する。暗殺者ひとりが殺されたとしても、安い投資だ。

自由惑星同盟《フリー・プラネッツ》など滅びてもいっこうにかまわないが、ヤンに死なれては、これからの歴史の展開がおもしろくなくなる。シェーンコップはあっさりとある決心をした……。

「バグダッシュ中佐はどうした？」

ヤンが訊ねたのは夕食の前である。

「寝ていますよ」

「なにかやったのか」

予測しているようなヤンの口調だ。

シェーンコップは片目をつぶってみせた。

「特殊な睡眠薬を使いました。二週間は目をさまさないはずです。情報部員などという奴は、たとえ監禁してもおきているかぎり油断できませんからな。この一戦が終わるまで眠っていてもらうのが最上です」

「ご苦労さま」

ヤンの謝辞は苦笑まじりだった。

はりつめた状況のまま、カレンダーは五月に変わった。三〇〇〇光年をこす宇宙空間を、第一一艦隊が接近してきつつある。その点にかんしては、バグダッシュの情報が正しかったことが確認されていた。

II

ヤンはドーリア星系まで艦隊をすすめ、情報の収集と分析に日を送っていたが、五月一〇日、接近するエルゴン星系まで偵察にでた駆逐艦が、大艦隊を発見、急報のあと、通信が途絶した。会戦にさきだつ最初の犠牲だった。ヤンはさらに思考をかさねた。正面から戦っても勝つ自信はあるが、彼は広大な宇宙空間の要所要所にひそめた偵察艇からのある報告を待っていたのだ。短期間に完勝しなければ、クーデター全体を鎮定することは困難になる。

五月一八日、プライベート・ルームのなかで円を描くように歩きまわっていたヤンのもとへ、ユリアンがその日二〇通めの報告書をもってきた。それまでの一九通は、丸めて床に捨てられている。気のなさそうに、ヤンは視線を報告書の文面におとした――。

「やった！　わかったぞ！」

黒髪の若い司令官は跳びあがって叫ぶと、その報告書を天井へ放りあげ、あっけにとられているユリアンの両手をとって、部屋じゅうを踊りまわった。ふりまわされながら、少年はすぐに理解して叫んだ。

「閣下、勝つんでしょう？　勝つんですね!?」

「そうさ、勝つんだ。ヤン・ウェンリーは勝算のない戦いはしない、そうだろう？」

せきばらいの音がした。ヤンは踊るのをやめてそちらを見た。シェーンコップ、フレデリカ・グリーンヒル、フィッシャーの三人が、まじまじと司令官を見つめている。

ユリアンの手を離すと、ヤンはいつの間にかベレーも飛んでしまった頭に手をやり、乱れた髪をなおした。

「喜んでくれ、作戦が決まったぞ。どうやら勝てそうだ」


三〇分後、ヤンが全軍にしめした作戦計画は、つぎのようなものだった。待っていた情報をえたあと、ヤンは驚くほどの短時間で作戦を立案したのである。第一項は、彼が待っていたその情報の内容だった。
一、敵は兵力を二分した。その意図は、ひとつが恒星ドーリアの蝕《しょく》の状態に乗じてわが軍を左側面から攻撃し、他のひとつはわが軍の右後背に迂回《うかい》して、わが軍を挟撃することにあると思われる。
二、これにたいし、わが軍は敵より六時間はやく行動し、敵の分散に乗じて各個撃破する。まず敵の迂回部隊を撃ち、ついで左側面からの攻撃に対処する。
三、グエン・バン・ヒュー提督は先鋒となって、本日二二時に行動を開始、第七惑星の軌道を横断し、その宙域において恒星ドーリアを後背にして布陣する。
四、フィッシャー提督は後衛部隊を指揮し、翌日四時まで現在の宙域にとどまること。その後、第六惑星の軌道を横断してそこに布陣し、左側面からの攻撃をはかる敵に対応する。ただし、現在の陣地および警戒法は、翌日四時まで現状を変えず、敵の偵察と情報収集を注意すること。
五、そのほかの戦闘集団は、グエン・バン・ヒュー提督につづいて移動を開始し、所定の座標にしたがってその左右と後背に布陣する。
六、アッテンボロー提督は砲艦およびミサイル艦の部隊を指揮して第七惑星軌道上に位置し、わが軍とイゼルローン要塞との連絡ルートを確保するとともに、他星系からの遠路の攻撃を早期警戒する。また、敵が他星系への脱出をはかったとき、それを阻止する。
七、ヤン司令官自身は中央戦闘集団の先頭にある。
ヤン司令官からこれらの命令が伝達されると、全艦隊に緊張と興奮がみなぎった。

「私は先日、首都ハイネセンにおもむいたとき、宇宙艦隊司令長官ビュコック閣下に要請して、叛乱がおきたら、それを討ち、法秩序を回復するように、との命令書をいただいてある。法的な根拠をえているのだから私戦ではない」

会議室でヤンにそう言われた幕僚たちは、司令官の予見力に声もなかった。もっとも、当のヤンの気分は、いささかにがい。予測が正しかったといっても、現在の事態を防止できなかったのだから。ハイネセン市内の公園のベンチで、ヤンがビュコックにもとめたものはそれだったのだ。

幕僚たちが散会すると、ヤンはプライベート・ルームにもどってユリアンを呼んだ。

「アムリッツァの会戦にさきだって、ビュコック提督はロボス元帥に面会を申しこんだ。ところが元帥は昼寝中だったので面会できなかった。この話をどう思う?」

「ひどい話ですね、無責任で……」

「そのとおり。ところで、ユリアン」

「はい」

「私はこれから昼寝をする。二時間ばかり誰もとおさないでくれ。提督だろうが将軍だろうがおいかえすんだ」


第一一艦隊の旗艦レオニダスの艦橋――。

「バグダッシュ中佐から連絡はないか」

ルグランジュ中将は情報主任参謀をにらむようにして訊ねた。なし、という返答に眉をしかめたとき、通信士官が司令官を見あげた。

「全艦隊に放送の準備がととのいました。どうぞおはじめください」

中将はうなずき、バグダッシュのことを頭からおいはらいながら草稿《そうこう》を開いた。

「全将兵に告ぐ。救国軍事革命の成否、祖国の興廃は、かかってこの一戦にある。各員は全身全霊をあげて自己の責務をまっとうし、もって祖国への献身をはたせ。この世でもっとも尊ぶべきは献身と犠牲であり、憎むべきは臆病と利己心である。各員の祖国愛と勇気に期待するや切《せつ》である。奮励《ふんれい》し努力せよ」

勝利の信念もかたく、第一一艦隊は虚空を突進する。

かるいあくびとともに、ヤン・ウェンリーはシートの背をおこした。ユリアンが熱いタオルと冷水のコップをさしだす。

「どのくらい眠ってた?」

「一時間半くらいです」

「もう三〇分ほど眠りたかったな。まあ、いまさら寝なおすわけにもいかんか……ありがとう、うまかった」

飲みほしたコップを少年に返すと、ヤンは襟もとのスカーフをかるくなおした。これからまた、ちょっとした演説をしなくてはならない。ヤンにとって好ましいことではないが、これも指揮官の義務である。彼はたちあがり、艦橋にうつった。広い室内の全員が緊張の表情で司令官を迎えた。

「もうすぐ戦いがはじまる。ろくでもない戦いだが、それだけに勝たなくては意味がない。勝つための計算はしてあるから、無理をせず、気楽にやってくれ。かかっているものは、たかだか国家の存亡だ。個人の自由と権利にくらべれば、たいした価値のあるものじゃない……それでは、みんな、そろそろはじめるとしようか」

マイクにむかって彼が言い終えたとき、メイン・スクリーンには不吉な白さに輝く光の雲が生じていた。

第一一艦隊の本隊、七〇〇〇隻の艦列の側面がそこに映っていた。その背後には星々が無限のつらなりを見せている。

「敵艦隊捕捉《ほそく》！　全艦、戦闘態勢をとれ！」

Ⅲ

ヤンはおよそ猛将などというタイプではないが、戦いのときはつねに最前線に位置し、とくに敗戦のときはかならず最後尾にいて味方の退却を援護してきた。

それが指揮官として最低限の義務だ、と、彼は思っていた。そうでなくて、誰が三〇歳になったばかりの青二才に生命をあずけるだろうか。

彼の旗艦の前には、グエン・バン・ヒュー少将の指揮する三〇〇〇隻の集団が息をひそめて攻撃命令を待っている。左右と後背に展開する味方も。

「彼我の距離、六・四光秒、キロにして一九二万……」

オペレーターの声も、ささやくように低い。

「敵はわが軍と垂直方向、右から左へ移動しつつあり、速度は〇・〇一二光速《c》、キロにして一秒間に三六〇〇、恒星系内速度限界にちかし……」

照明の抑えられた薄暗い艦橋内を、オペレーターの声のほかは、わずかな呼吸音だけが支配している。

ヤンがスクリーンに視線をむけたまま、右手を肩の線まであげた。それが、すべてをはじめる合図だった。

「撃て！」

全艦隊の砲手に、その命令が伝達された。

つぎの瞬間、白熱したエネルギーの槍が、数万本、暗黒の宇宙空間をつらぬいた。それは各艦から並行して放たれたものではなく、敵艦隊中央の一点をめざして集中されたのである。

砲戦のとき、ヤンの戦法のいちじるしい特徴は、一点にむけて砲火を集中させ、幾何級数的に破壊力を増大させることにある。昨年のアムリッツァ会戦において、帝国軍を苦しめた理由のひとつもそこにあった。敵の一艦にたいして、味方の数艦の砲火をあびせ、敵の防御レベルをかるがると突き破ってしまうのだ。

「エネルギー波、急速接近！」

第一一艦隊のオペレーターたちが悲鳴まじりの警告を発した。その瞬間に、巨大なエネルギーの塊は最初の一撃で艦隊側面を粉砕していた。

小恒星さながらの熱と光。そのなかで数百艦が消滅し、その三、四倍の艦が爆発した。

核融合爆発の白色光は、一瞬ごとに脈うちながら拡大し、その不気味さはスクリーンじたいを漂白してしまうかのようだった。

ヤンの指揮デスクの傍にユリアンがすわっていた。生まれてはじめて、少年は宇宙空間の戦闘を直視しているのだ。背筋の慄《ふる》えを彼は自覚し、恐怖ではなく興奮のせいだと自分に言い聞かせた。まだまだだ。たったいま、はじまったばかりなのだ。

「グエン・バン・ヒューに連絡……」

ヤンが言う。シートではなく、指揮デスクの上に片ひざを立ててすわっている。行儀の悪いことおびただしいが、彼の部下たちはその姿を見ると、妙におちつくのだ。

「全速前進して敵の側面をつくように」

命令をうけて、グエンはふるいたった。

グエン・バン・ヒューは猛将タイプの男で、総司令部の冷静なコントロールがあれば、絶大な破壊力をふるうことのできる指揮官だった。ラインハルトの部下でいえば、ビッテンフェルトに似ている。

「突撃！」

グエン・バン・ヒューの命令は明快そのもので、部下たちは誤解のしようがない。

「突撃！　突撃！」

司令官を先頭に、グエン・バン・ヒューの戦闘集団は最大戦速で敵艦隊の側面から襲いかかった。開放された砲門からエネルギー・ビームと砲弾がふりそそぎ、発射と爆発の閃光が常闇《とこやみ》の一隅を照らしだす。

いっせい砲撃によってあいた巨大な穴から、グエンの集団は敵の艦列に割りこむことに成功した。

第一一艦隊の幕僚たちは顔色を変えた。グエンにこれ以上の前進を許せば、全艦隊が前後に分断されてしまう。分断されたのを逆利用して、相手を挟撃することも理論的には可能だが、それを成功させるには、よほど柔軟で洗練された戦術能力が必要だった。たとえばヤン・ウェンリーがもっているような。

しかし、彼らにはそこまでの自信はなかったから、常識的な対応をした。命令が飛んだ——全方向から敵を攻撃せよ、一兵一艦も生かして還すな！

たちまち、グエンの集団は、前、上、下、左、右の五方向から殺到する敵の猛攻にさらされた。火球が炸裂《さくれつ》し、震動が艦体をゆるがし、入光量を調整したにもかかわらず、スクリーンは網膜をやきつくすほどの閃光にみたされた。

旗艦マウリヤの艦橋で、グエン提督は陽気な笑い声をあげた。

「こいつはいい、どちらをむいても敵ばかりだ。狙いをつける必要もないくらいだぞ。やってやれ、撃ちまくるんだ！」

指揮官のこの態度を、大胆だと感心した者もいたし、頭のねじがゆるんでいるにちがいないと考えた者もいた。とにかく確実なことは、眼前の敵を殺さないかぎり、彼らには明日がないということだった。戦いの意味、殺しあいの理由などを考える暇はない。

「一〇時方向にミサイル接近！　応射します」

「第四砲塔、出力全開」

うわずった声、おし殺した声が通信回路をみたし、それに衝撃音や妨害電波の雑音《ノイズ》が混入して将兵の聴覚を攻めたてた。艦の外は、無言の世界だというのに。

視覚も攻められる。永劫《えいごう》に凍《い》てついた星々の光を、ミサイルの軌跡が、エネルギー・ビームの硬質のきらめきが、縦横に斬り裂く。そしてそれらのことごとくを消しさる白色光が、圧倒的な量感で視界を占領するのだ。

開戦後三〇分。ヤンの旗艦ヒューベリオンも、第一一艦隊の側面に艦首をおしあてるような状態になっていた。

虹色の霧がヒューベリオンをつつむ。エネルギー中和磁場が、艦体をビームの破壊から防いでいる証明である。

「意外にてまどるな」

スクリーンを見ながらヤンは独語した。第一一艦隊の抵抗はかなり強く、ルグランジュ司令官が無能でないことが知れた。

「バグダッシュの役たたずめ。なんのためにヤン艦隊にもぐりこんだのだ」

指揮をつづけながら、ルグランジュは心のなかで罵《ののし》らずにいられなかった。偽の情報によって敵を混乱させ、それが不可能なときはヤンを射殺する。重大で生命《いのち》がけの任務をおびて潜入したバグダッシュであるはずだが、現在のところ、それが功を奏したとは思えない。それどころか、奇襲とも言うべき側面攻撃をかけられたのはこちらである。挟撃するどころか、各個撃破されてしまうではないか。

やはり看破されたのか。ルグランジュは強く両あごを噛みあわせた。頼むべからざるものを頼んだのかもしれない。不安と後悔が、分厚い彼の胸を見えない手でたたいた。

指示をもとめるオペレーターの声が、彼の意識を現実にひきもどした。

「どうした?」

「中央を突破されました。わが軍は前後に分断され、敵は後部を半包囲しようとしているかにみえます」

グエンの戦闘集団は、苛烈《かれつ》な砲火をあびてかなりの損害をだしたものの、ついに中央突破に成功したのである。そして方向を右に転じ、分断したいっぽうの敵をつつみこむように進行しつつあった。

ルグランジュは黙りこみ、スクリーンをにらんだ。ヤンの意図が読めたのである。なるほど、そうか――彼は舌打ちした。

「奇蹟《ミラクル》のヤンは食えない奴だな、まったく」

つまり、ヤンは戦略レベルで二分した敵のいっぽうを、戦術レベルでさらに二分し、そのいっぽうから完全撃破にかかったのである。

双方の戦力比は、これでほぼ四対一になった。状況がこうなると、総指揮官であるヤンは戦況に一喜一憂する必要はなく、下級指揮官の各個撃破を見まもっていればよい。

ヤンにしてみれば、こんなものは奇略でもなんでもなく、〝敵より多くの兵力で戦うべし〟という用兵学の初歩の原則をまもったにすぎない。魔術だの奇蹟だのと言われるのは心外なことである。

　両軍の主力が接触し、空間における艦艇の密度が高まると、戦闘の様相は砲戦から接近格闘戦へと移行してゆく。単座式戦闘艇スパルタニアンの活躍する場面だ。旗艦ヒューベリオンの飛行隊長ポプラン少佐も、部下をならべて待機していたが、出撃命令がくだると同時に、全員を搭乗させ、母艦から宇宙空間へ躍りだしていった。

「ウイスキー、ウオッカ、ラム、アップルジャック、各中隊は中隊長の指揮にまかせる。シェリーとコニャックはおれにつづけ。編隊をくずすなよ」

　この男は麾下の各中隊に酒の名をつけているのだ。

「人生の主食は酒と女、戦争はまあ三時のおやつだな」とうそぶくポプランらしい命名だった。もっとも、一説には、女性の下着の名をつけようとして、さすがに遠慮したとも言われている。

　ポプランの搭乗するスパルタニアンが、見えざる軌跡を宙に描きつつ突進する。シェリー、コニャックの両中隊が撃墜王《エース》につづき、他の四中隊は敵をもとめて各方向に散った。

　第一一艦隊の各艦も、つぎつぎと単座式戦闘艇を発進させている。

　スパルタニアンどうしの空中戦が、交叉する砲火のなか、各処で展開された。戦闘艇の性能がおなじである以上、勝敗は搭乗員の技倆《ぎりょう》によって決する。戦闘艇のパイロットには職人気質の者が多く、これは願ってもない試練の場と言えた。このとき、当事者たちに、殺しあいをしている自覚はなく、血液が沸きたつような興奮に酔っている。

発進後、二分と経過しないうちに、ポプランは三機の敵を葬っていた。敵ばかりか味方の砲火もかわして、渦まくエネルギーの荒海を猛スピードで泳行してゆく。

ポプランの体内を、充実した生のエネルギーが急スピードで循環している。反射神経が最大限にとぎすまされ、全身の細胞が躍動するようだ。

戦艦ユリシーズも乱戦のなかにいた。艦体の外壁をエネルギーの剣で斬り裂かれ、内部の緩衝材が露出してちぎれ飛び、白い雲につつまれているようにみえる。このため後部砲塔は視界がきかなくなり、センサーも役にたたず、兵士たちは、神と悪魔をののしったあげく、攻撃をうけた方角にたいして応射する以外のことをあきらめてしまった。


死力をつくしての戦闘は、終熄《しゅうそく》するまでに八時間を要した。

ヤン艦隊は第一一艦隊の中央を突破し、その後方部隊を破壊してから、ルグランジュ提督のいる前方部隊を全兵力をもって包囲し、一艦また一艦とたたきつぶしていった。ほとんどの艦が降伏を拒否して狂信的なまでに抵抗をつづけたので、そうせざるをえなかった。

ヤンにとって気のおもい撃滅戦も、ルグランジュ提督の自殺によって終わった。彼は、残存兵力が旗艦以外数隻になるまで、執拗に抵抗したのである。

「小官にとって最後の戦闘が、名だたるヤン提督相手のものであったことを名誉に思う。軍事革命万歳」

それが、旗艦の通信士官からもたらされた、ルグランジュの最後の言葉だった。

参謀のパトリチェフが、肺を空《から》にするような大きなため息をついた。

「やれやれ、たいへんな戦いでしたな」

だが、どれほど激烈な戦闘であっても、この場の勝敗じたいは、かなりはやく決してはいたのだ。

ヤン艦隊は数的に敵の二倍であり、しかも側面をついて分断することに成功していた。圧倒的に有利な態勢から、勝利を完成させるまでに時間がかかったのは、ルグランジュの勇猛な指揮ぶりのもとに、第一一艦隊が善戦した証明であった。ヤンに言わせれば、無意味な善戦である。はやく両手をあげてくれればよいものを……。

「ルグランジュ提督が無能者だったら、敵味方の死者はもうすこしすくなくてすんだでしょうな」

シェーンコップが言うと、ヤンは黙然とうなずいた。戦闘が一段落したとたん、彼は疲労感にとらわれたようだった。

けっきょく、ヤン艦隊はこの人ひとりか。シェーンコップはそう思う。若い司令官の智略をのぞけば、ヤン艦隊はけっして強くない。もともと敗残兵と新兵の、かがやかしからざる混成部隊である。それが司令官の不敗の名声にひきずられて戦いつづけ、勝ちつづけ、今日の武勲をきずいたのだ――とすれば、ルグランジュの件はヤンにとって他人《ひと》ごとではない。ヤンが無能な指揮官であったら、この艦隊はまだ小規模のうちに一戦にして敗滅し、そのかわり多くの敵兵が生きて故郷に還れたであろうから。

それは過去のこととしておくにしても、未来に問題がある。この銀河系には、不敗の名声を誇るべつの人間がいるのだ。

ローエングラム侯ラインハルト。彼とヤンが全面的に、全能力をあげて戦う日がかならずやってくる。運命だの宿命だのと言うより、急速に収斂《しゅうれん》する歴史の歩みがそうさせるのだ。そのときヤン艦隊はラインハルト軍に勝てるか。というより、ヤンの部下はラインハルトの部下に勝てるだろうか。

むずかしいな、と、シェーンコップは思う。彼が知るだけでも、キルヒアイスは能力的にもラインハルトの分身であり、ミッターマイヤー、ロイエンタールらの作戦指揮能力もきわめて高い。グエン・バン・ヒューなどでは対抗できないだろう。

それにしても、勝って憮然としているヤンの姿を見ると、有利な情報をえて喜びのあまりダンスを踊った人物と、同一人物とは思えない。不敵な戦争の芸術家としての資質と、きまじめで良心的な歴史学の学徒としての資質とが、ヤンの内部ではつねにせめぎあっており、戦いが終わったあとは、後者の気分が彼を支配するようである。

「ヤン司令官！」

黒髪の青年司令官をふりむかせた声の主は、副官のフレデリカ・グリーンヒル大尉だった。

「まだ敵は半分残っています。私たちがてまどったぶん、フィッシャー提督に負担がかかっているでしょう。ご指示を願います」

彼女の発言は的確だった。ヤンは二度ほどまばたきすると、背筋を伸ばした。

「全艦隊整列！　反転して第七惑星軌道方面にむかう」

そのころ、ヤンがいるはずの宙域を急襲して空撃に終わった第一一艦隊の別動隊では、激論が戦わされていた。反転してヤンと戦うべし、と一派は主張したが、もう一派はつぎのように言う。

この際、急戦を断念して、一時、ドーリア星系の外に離脱し、ヤン艦隊がハイネセンを包囲するのを待ってその後背を襲うべきではないか。〝処女神《アルテミス》の首飾り〟がある以上、ヤンといえども短時日でハイネセンを攻略するのは不可能である。そこを後背から襲えば、あるいは勝てるかもしれない。

両派のあいだで、真剣な議論がつづいた。早急な決断がくだせなかったのは、あきらかに、最高責任者が明確にさだめられていなかったゆえの欠陥であった。

けっきょく、ヤン艦隊を捕捉して戦いを挑むことに決し、彼らは全艦の方向を転じて移動を開始した。この間の、時間の空費によって、ヤンの計算ちがいは相殺《そうさい》されたようなものだ。

だが、そのとき敵別動隊の移動を監視していたフィッシャーは、太陽風の流れにさからった敵の艦列が秩序を乱すのを確認すると、砲撃の命令をくだしたのである。

フィッシャーの砲戦も、ヤンにならって局部への集中砲火を特徴とする。思いもかけぬ側面からエネルギー・ビームの豪雨をあびて、救国軍事会議はしたたかに損害をこうむった。

フィッシャーは艦隊運用の名人であり、彼がいるかぎり、どれほど遠く長い征途につこうと艦隊がみずからの位置を見失ったり、艦艇が脱落して艦隊としてのかたちをなさなくなったりする心配はない。いっぽう、戦闘指揮官としては、どうにか水準というところであろう。だが、彼は自分の力量を正確に把握して、過信するということがなかった。

彼は、第一一艦隊の本隊を撃破したヤンが急行してくるまで、味方の損害を最小限度にくいとめつつ時間をかせごうとはかった。それは成功をもってむくわれた。第一一艦隊別動隊は、損害を無視できず、フィッシャー艦隊との交戦を試みた。するとフィッシャーは後退する。別動艦隊が前進すると、後方からおいすがって攻撃をかける。これをくりかえすうち、あらたな戦場をもとめるヤンの本隊が出現し、前後から敵を挟撃する形勢が生じたのである。

ルグランジュもなく、指揮系統の統一もない別動艦隊は、勇敢だが無益な戦闘ののち、敗滅した。ヤンは接近戦を回避し、徹底的な集中砲火によって敵を分断し、各個撃破をくわえ、ほとんど損害をうけることなく勝利をおさめたのである。

Ⅳ

「第一一艦隊敗北す。ルグランジュ提督は自殺」

「ヤン艦隊は補給と整備ののち、ハイネセンへ進攻するかまえ」

「各惑星の警備隊および義勇兵は、続々とヤン提督のもとに結集しつつあり」

それらの報告がもたらされると、首都ハイネセンの救国軍事会議は重苦しい空気につつまれた。

「内憂外患とはこのことだな」

誰かがつぶやく。彼らは首都に戒厳令をしき、政治、経済、社会の各方面を軍事力によって統制運営しようとしたが、混乱は防ぎようがなかった。外出禁止令によって一般犯罪と事故は減少したが、まず物価の騰貴《とうき》がはじまり、消費物資の不足が目だってきた。市民の不満と不安が高まるのをおそれて、救国軍事会議は調査にのりだし、フェザーンからきた商人の意見をきいたりした。

「あなたがた軍人には、経済というものがわかっていない」

商人の発言は、手きびしいものだった。

「ハイネセンはほかの星域と隔絶された状態にある。閉鎖され、それじたいで完結する一個の経済単位になっているが、それは生産より消費がはるかに多い畸型《きけい》的なものだ。である以上、市場経済体制をとっているかぎり、物価が高騰するのは当然のことだ。まず流通機構の統制をやめ、報道管制を緩和して人心の安定をはかることだ。でなくて経済も社会も健全なものになりえない」

話を聞いたのは、経済統制を一任されていたエベンス大佐だったが、彼にとってこの正論はまったくありがたみがなかった。救国軍事会議の少人数で惑星ハイネセンを支配するには、通信、運輸、流通の統制が不可欠なのであり、経済の健全化などどうでもよいことだった。軍人が経済政策を考案すると、多くは統制と管理による国家社会主義《ナショナル・ソーシャリズム》になってしまう。大佐も例外でないことをフェザーンの商人は知った。

「経済とは生物《いきもの》だ。統制したところで、予定どおりにはけっしてうごかない。軍隊では、上官が部下をなぐってでも命令をきかせますが、そういう感覚で経済を論じられてはこまりますな。いっそ吾々《われわれ》フェザーンにおまかせくだされば……」

「よけいなことを言うな」

大佐はどなった。

「吾々は銀河帝国の専制主義者どもを打倒して、人類社会に自由と正義を回復する。そのあかつきには、きさまらフェザーンの拝金主義者どもにも、正義のなんたるかを教えてやるぞ。金銭で人の心や社会を支配できるなどと思いあがるなよ」

「名台詞ですな」

商人の目に、おだやかな嘲弄の波が揺れていた。

「しかし、すこし変えたほうがよろしいでしょう。金銭というところを暴力とね。思いあたることが多々おありかと思いますが」

エベンス大佐は激怒してブラスターに手をかけたが、さすがに思いとどまり、兵士に命じて商人をオフィスから放りださせるにとどめた。だが、物価高騰、消費物資不足という事実は放りだすわけにいかない。けっきょく、彼がやったのは、幾人かの悪徳商人を逮捕することと、徴発した物資を放出することで、なんら根本的な解決に寄与するものではなかった。奇妙で、しかも深刻な噂も流れはじめていた。救国軍事会議の内部に、トリューニヒト政府への通報者がいるというのである。

そもそも、トリューニヒト議長は、どうやって逃げることができたのか。クーデターの直後から、その疑問は誰もが感じていた。統合作戦本部長代行も宇宙艦隊司令長官も拘禁されたのに、議長だけがなぜ、襲撃をさけることが可能だったのか。

トリューニヒトはクーデターの情報をつかんでいたのではないか。それも内部に通報者がいて、クーデター発生の日時まで教えたとしか思えない。でなくて、測ったように官邸から姿を消せるわけがない。宇宙艦隊司令長官ビュコック提督も、漠然たる情報をどうやら手にしていたらしいが、それでもなすところがなかった。それからしても、トリューニヒトはよほどのことを知っていたにちがいない。

その議論を、ベイ大佐という男に命じてグリーンヒル大将は抑えさせた。数すくない同志がたがいに猜疑しあっても有益なことはない。そう思ったからだが、不審の声は低くなっただけで消えはせず、陰湿な雰囲気が彼らのあいだに漂いはじめた。

焦慮と不安のうちに幾日かがすぎ、事態はいっこうに改善されぬまま――。

ひとつの破局がおとずれた。後世に言う〝スタジアムの虐殺〟がそれである。

ハイネセン記念スタジアムは、それがある惑星とおなじく、建国の父の名をとってつけられた。たびたび国家的な式典がおこなわれる場所であり、国家意識の高揚をはかるうえからもこの名称があたえられたのである。独創性に欠ける名もまたやむをえない。

その日、六月二二日。

三〇万人の観客を収容する大スタジアムに、市民たちが集合した。人々の流れは朝からはじまり、正午には二〇万人に達した。

戒厳令は、多人数の集会を禁止している。公然とそれを無視する行動に、救国軍事会議は驚き、集会の目的を知って今度は怒りに青ざめた。〝暴力による支配に反対し、平和と自由を回復させる市民集会〟というスローガンの、なんと大胆で挑戦的なことであろう。

首謀者は誰か――。

それをさぐった結果、彼らはうなり声をあげた。

「あの女か!」

ジェシカ・エドワーズ。テルヌーゼン星区選出の議員で、反戦派の急先鋒。かつて公衆の面前で、当時のトリューニヒト国防委員長を弾劾し、戦争と軍隊の愚劣さを批判してやまない女性なのだ。戒厳令にもかかわらず、それまで拘禁されずにいたのは、政府と軍部の最高幹部をとらえるまでが実際の限界で、議会内の野党勢力にまで手がまわらなかったからである。

集会を解散させ、エドワーズ議員を拘禁すべし。その命令をうけ、三〇〇〇の武装兵をひきいてスタジアムに急行したのはクリスチアン大佐だったが、この人選を、後刻、救国軍事会議の幹部たちは後悔することになる。

最初から、クリスチアン大佐は、群衆をおだやかにさとす気がなかった。

武装兵をひきいてスタジアムにのりこみ、入口をかため、銃で群衆を威圧すると、クリスチアン大佐はジェシカを探しだしてつれてくるよう部下に命じた。

ジェシカは自分から大佐の前にあらわれ、妥協のない口調で、なぜ武装兵が平和的な市民の集会を邪魔するのか、と訊ねた。

「秩序を回復するためだ」

「秩序ですって？　暴力によって秩序を乱したのは、もともとあなたがた――救国軍事会議の人たちではありませんの？　いったい秩序とはなにをさしておっしゃるのですか」

「秩序のなんたるかは吾々が決定する」

クリスチアン大佐は傲然と言いはなった。無制限の権力と権威を手中にした、と信じる者の狂気が両眼にやどっていた。

「衆愚政治のもとでたがのゆるんだ同盟の社会を、吾々は正常化させねばならない。無責任な平和論をとなえる奴らが、生命《いのち》がけでものを言っているかどうか、たしかめてやるのだ。誰でもいいから、一〇人ばかりここへならべろ」

命令をうけた兵士たちが、一〇人前後の参加者をひきずってきた。スタジアムに閉じこめられた市民たちのあいだから、抗議の声があがったが、大佐はそれを無視した。彼は腰のブラスターをこれみよがしに抜きはなつと、さすがに青ざめている男たちの前に立った。

「高邁《こうまい》なる理想をいだく市民諸君……」

嘲弄しつつ一同を見わたす。

「平和的な言論は暴力にまさるというのが、諸君の主張だそうだが、まちがいないかね」

「そうだ」

ひとりの青年が、震える声で応じた。その一瞬、大佐の手首がひらめき、ブラスターの銃床が青年の頬骨を砕いた。

「つぎの男……」

声もなく倒れる青年に目もくれず、大佐は、やせた中年の男に訊ねた。

「あんたも、おなじことをまだ主張するのかね」

大佐はブラスターをつきつけた。その銃床についた血の色が、男を恐怖させたようである。彼は全身をわななかせ、冷たい汗の粒を土色の顔に浮かべて哀願した。

「許してくれ、私には妻子がいるんだ。殺さないでくれ……」

高笑いしたクリスチアン大佐は、ブラスターをふりかざすと、男の顔面を銃床でしたたか殴りつけた。上唇が裂け、前歯のかけらと血が飛び散った。悲鳴をあげて倒れようとする男の襟もとをつかむと、大佐は、さらに一撃をあびせた。鼻骨の砕ける音がひびいた。

「死ぬ覚悟もないくせに、でかい口をたたきやがって……さあ、言ってみろ、平和は軍事力によってのみたもたれる、武器なき平和などありえない、とな。言ってみろ。言え！」

「およしなさい！」

倒れた青年の頭をささえていたジェシカが、青年をそっと横たえてたちあがった。怒りの炎が両眼にきらめくのを大佐は見た。

「死ぬ覚悟があれば、どんな愚かなこと、どんなひどいこともやっていいというの？」

「黙れ、この……」

「暴力によってみずから信じる正義を他人に強制する種類の人間がいるわ。大なるものは銀河帝国の始祖ルドルフ・フォン・ゴールデンバウムから、小は大佐、あなたにいたるまで……あなたはルドルフの不肖の弟子よ。それを自覚なさい。そしている資格のない場所からでておいき！」

「……この女！」

あえいだ瞬間、理性の糸が音もなく切れた。すでにふたりの血にまみれたブラスターが、ジェシカの顔にたたきつけられた。三度、四度、力まかせになぐりつける大佐の両眼からは正気の光が失われていた。皮膚が裂け、血が飛んで点々と大佐の軍服をいろどる。

市民たちも兵士たちも、大佐の狂乱を呆然とながめていたが、鮮血にまみれて倒れたジェシカの顔を、大佐がさらに軍靴で踏みつけたとき、爆発するような叫びがおこって、ひとりの市民が大佐に身体をぶつけた。大佐はよろめき、怒りに頬をゆがめながら、男の背に銃をふりおろす。鈍い音は、だが、無数の怒号と、暴れだした人々の足音にかき消された。本格的な衝突になった。大佐の姿は群衆の足もとに消えた。

兵士たちはビーム・ライフルの条光で市民をなぎ倒したが、ライフルのエネルギーが切れたり、市民にそれをうばわれたりすると、怒りくるう人海の前になすところがなかった。なぐり倒され、踏みつけられる。

スタジアムの騒乱を知った救国軍事会議は、驚いてそれを静めようとしたが、数十挺のライフルが市民に奪われたと判明すると、対話の余地なしとして、力ずくの鎮圧にうつった。

多量の無力化ガス弾がスタジアムに撃ちこまれた。ガスじたいは殺人の能力をもたなかったが、ガス弾の直撃をうけてすくなからぬ死者がでた。ガスを吸って倒れた人々を、救国軍事会議は戒厳令違反で逮捕して刑務所に放りこんだが、それでもかなりの人々が逃亡に成功した。それを追跡逮捕するには人員が不足しており、治安警察は協力どころかサボタージュのうごきをみせ、報道管制をしても人々の口をすべてふさぐことは不可能である。事後処理は困難をきわめた。死者だけでも、市民が二万人余、兵士が一五〇〇人にのぼったのである。

「全市、全星がいっせいに蜂起したらどうなるのか。とても吾々の手にはおえない。まさか皆殺しにもできんし……」

自分たちが市民の支持をうけない少数派であることを、救国軍事会議のメンバーは、いまさら思い知ったのである。

V

睡眠薬で眠らされていたバグダッシュが、ようやく目をさました。事情を知らされた彼は、しばらく唖然《あぜん》としていたが、なにを思ったか、ヤンに面会をもとめてきた。

ヤンは食後の野菜ジュースをしぶしぶ飲み終えたところだった。紅茶とことなり、野菜ジュースにブランデーをたらすわけにもいかない。そこへシェーンコップにともなわれてあらわれたバグダッシュは、自分の任務が最終的にはヤンの暗殺にあったことをあっさり認め、さらに語をついだ。

「私がクーデターに参加したのも、勝算ありと思ったからです。とんでもない誤りだった、とは言えないでしょう。あなたの智略が、吾々全員の予測をこえていたのですから、これはしかたない」

ヤンは黙って紙コップの底を見ていた。

「まったく、あなたさえいなければ万事うまくいったのです。よけいなことをしてくださった」

心からくやしそうに言う姿を見て、ヤンは苦笑せずにいられなかった。

「で、貴官が面会をもとめてきたのは、私に不平を言うためか」

「ちがいます」

「ではなんのためにだ」

「転向します。あなたの下で使っていただきたいので……」

空になった紙コップを、ヤンは手のなかで意味もなくくるくるまわした。

「そう簡単に主義主張を捨てて転向できるものかね」

「主義主張なんてものは……」

臆面《おくめん》もなく言いはなつ。

「生きるための方便です。それが生きるのに邪魔なら捨てさるだけのことで」

こうしてバグダッシュは投降者として遇されることになり、旗艦ヒューベリオンの一室に軟禁されたが、その態度は大きなもので、食事にワインがつかないと文句をつけたり、その食事をはこぶ兵士を女性、それもとびきりの美人にしてほしいと希望したりした。監視役の士官が腹をたて、その態度をヤンに訴えたが、「けしからん」とは黒髪の若い司令官は言わなかった。

「まあ、いいさ。女性兵はともかく、ワインぐらいつけてやってもかまわんだろう」

悪びれない、ずうずうしい男にたいする寛大さは、どうやらラインハルトとヤンの、奇妙な共通点であるらしかった。
二、三日たって、バグダッシュは、また、ヤンの前にあらわれた。ヤンはプライベート・ルームで、会戦の事後処理や今後の作戦、部隊の再編など、デスクワークに忙殺されていた。
「正直なところ、私も無為徒食にあきましたのでね。仕事をしたくなったのです。なにか任務を、私にあたえてくださいませんか」

「あわてることもないだろう。そのうち役にたってもらうさ」

ヤンはデスクの抽斗《ひきだし》から銃をとりだした。

「私の銃だ。貴官にあずけておこう。私がもっていても役にたたないんでね」

ヤンの射撃がまずいことには定評があるのだった。

「これはどうも……」

つぶやいて銃をうけとったバグダッシュは、エネルギー・カプセルが装塡されているのを確認すると、書類に視線をおとしているヤンに目をすえて、静かに銃口をむけた。

「ヤン提督！」

その声に目をあげたヤンは、自分にむけられた銃口を見ても、べつに表情を変えるでもなく、また目を書類にむけた。

「銃を貴官に貸したということは内密だ。ムライ少将などが口やかましいからな。それだけ心得ておいてくれればいい。いずれ貴官の身分が確定したら正式に銃を供与する」

バグダッシュは短く笑うと、銃を胸の内ポケットに目だたないようしまった。ヤンに敬礼して、ドアのほうにむきなおる。そこで、はじめて表情を硬化させた。

ユリアン・ミンツ少年がするどい視線をバグダッシュの顔に射こんでいる。手には銃があって、正確に彼の心臓を狙っていた。

バグダッシュは大きくせきばらいすると両手をふってみせた。

「おいおい、そんな怖い顔をしないでくれ。見ていたならわかるだろう。冗談だよ。おれがヤン提督を撃つわけがない。恩人をな」

「一瞬でも、本気にならなかったと言えますか」

「なに？」

「ヤン提督を殺せば歴史に名が残る——たとえ悪名であっても。その誘惑にかられなかったと言えますか」

「おい……」

バグダッシュはうめいた。ユリアンのかまえに隙《すき》がないので、指一本もうごかすことができず、立ちすくんだままである。

「ヤン提督、なんとか言ってくださいよ」

ついに彼は救いをもとめた。ヤンが答えないうちに、ユリアンが叫んだ。

「提督、ぼくはこの男を信用していません。いまは忠誠を誓っているとしても、将来はどうか、わかったものじゃありませんよ」

ヤンは書類を放りだすと、両脚をデスクの上に投げだし、腕をくんだ。

「将来の危険などは、いま殺す理由にならないぞ、ユリアン」

「わかっています。ちゃんと理由はあります」

「どんな?」

「捕虜の身でありながら、ヤン・ウェンリー提督の銃を奪い、それで提督を暗殺しようとしました。死に値します」

容赦のないユリアンの表情を見つめるバグダッシュの顔に、汗の粒が浮かんだ。ユリアンの主張は、万人を納得させるだろう。自分が、想像もしなかった窮地にたたされたことを、バグダッシュはさとった。

ヤンが笑い声をあげた。

「もういい、それくらいで許してやれ。バグダッシュも充分、胆が冷えたろう。気の毒に、この横着な男が汗をかいているじゃないか」

「でも、提督……」

「いいんだ、ユリアン。それじゃ、中佐、もうさがってよろしい」

ユリアンは銃をおろしたが、バグダッシュを見つめる瞳は、あいかわらずきびしくするどいものだった。中佐は肩で息をした。

「やれやれ、顔に似ずこわい坊やだ。きみの目がいつもおれの背中に光っていることを忘れないようにするよ」

言い捨ててバグダッシュがでていくと、ユリアンはいささか不満そうに保護者のほうにむきなおった。

「提督、ご命令いただいたら、あの男をでていかせはしませんでしたのに」

「あれでいいんだよ。バグダッシュはきちんとした計算のできる男だ。私が勝ちつづけているかぎり、裏切ったりはしないさ。さしあたっては、それで充分だ。それに……」

デスクにあげていた脚をヤンは下におろした。

「なるべく、お前に人殺しはさせたくないよ」

それが自分のエゴであることを、ヤンは知っている。他家の息子たちには人殺しをさせているのだから。だが、やはり、ヤンの正直な心情はそこにあったのだ。

首都ハイネセンにおける〝スタジアムの虐殺〟の報が、報道管制の網の目をくぐってヤンのもとにとどけられたのは、七月にはいってからである。ジェシカ・エドワーズの死を知ったヤンは、それについて一言も発しなかった。ただ、サングラスをかけて表情を隠し、その日一日それをはずさなかった。翌日はもう平常とことならない態度だった。

完全に後方環境を整備したヤンが、バーラト星系第四惑星ハイネセンにむかい、艦隊をうごかしはじめたのは七月末のことである。この出戦によって内乱に結着がつくであろうことはあきらかであり、ヤン以外の誰もが緊張の色を隠せなかった。

第六章　勇気と忠誠

I

ラインハルトと離れ、別動隊を指揮して辺境星域を経略していたジークフリード・キルヒアイスのもとに命令がもたらされたのは七月にはいってほどなくである。

キルヒアイスは、用兵についても、占領地の行政についても、自由な裁量をまかせられていた。きわどい冗談だが、〝辺境星域の王〟と彼を呼ぶ者もいるほどだ。むろん、面とむかってではないが。

若い帝国元帥の全面的な信頼をうけて、赤毛の若者は着実に辺境星域を平定していった。大規模なものはなかったにせよ、六〇回をこす戦闘にことごとく完勝し、占領した惑星は民衆の自治に委ねるとともに、惑星間の治安をまもることに腐心《ふしん》した。略奪の厳禁も、貴族たちとの差を民衆に知らせるうえで大きな効果があった。

あらたにラインハルトが命令をだしたのにには理由がある。

命令書を読むと、キルヒアイスは、ふたりの副司令官、アウグスト・ザムエル・ワーレンとコルネリアス・ルッツを呼んだ。

彼らはキルヒアイスより年長である、というより、ラインハルト自身とキルヒアイスより若い提督など、帝国にも同盟にもいない。

「なにごとですか、司令官」

「ローエングラム侯よりのご命令です」

年長者にたいして、赤毛の若者は言動がていねいだった。

「敵の副盟主リッテンハイム侯が、ブラウンシュヴァイク公と確執のあげく、五万隻の艦隊をひきいて、こちらにむかっているそうです。辺境星域を奪回するという名目ですが、事実上の分派行動と言ってよいでしょう。それと戦って撃破せよ、ということです」

ルッツとワーレンは緊張した。今度の内戦で、はじめて大軍と相まみえるのだ。

活発な情報収集がおこなわれ、やがて、リッテンハイム軍がキフォイザー星域に進駐したことがわかった。その星域には帝国軍の要塞ガルミッシュがある。そこが彼らの根拠地となったのだ。

「決戦はキフォイザー星域ということになるでしょう。その際、私は本隊として八〇〇隻をひきいます」

「わずか八〇〇隻?」

ワーレンもルッツも目をみはった。平然として、キルヒアイスは点頭《てんとう》してみせた。

敵は総数五万隻といっても、それを機能別に配置しているわけではなく、雑然とならべているだけである。高速巡航艦《ハイスピード・クルーザー》の隣に砲艦《ガン・シップ》が、大型戦艦《バトル・シップ》の隣に宙雷艇《トルペッド・ボート》が、というぐあいで、火力も機動性もことなる艦艇が無秩序にいりまじっている。これは敵の戦術構想と指揮系統に一貫性が欠けていることを意味する。

「要するに烏合《うごう》の衆です。おそれるべきなにものもありません」

断言するキルヒアイスである。

ルッツとワーレンは敵の正面に展開する。横一線ではなく、左翼のルッツが突出し、右翼のワーレンはさがって、斜線陣を形成するのだ。敵がいっせいに攻撃してくれば、まずルッツがそれと戦闘状態にはいる。ワーレンが敵と衝突するまでの時差を利用して、高速巡航艦八〇〇隻を指揮するキルヒアイスは、敵の右側面にまわりこむ。そして、ワーレンが戦闘状態にはいったとき、いっきょに敵の中枢部へ突進し、打撃をあたえて左側面へぬける。敵が混乱した隙に、ルッツとワーレンは全力をあげて攻勢にうつる。

「たぶん、これで勝てるでしょう。あとは深追いをさけるだけです」

赤毛の若い提督は、微笑をたたえてふたりの副司令官を見た。ルッツとワーレンは驚愕をおし隠すのに苦労しなくてはならなかった。この一見おとなしやかな若者は、司令官自身の陣頭指揮による一撃離脱戦法という、おそるべき用兵案を彼らにしめしつつ、緊張の色もみせずに笑っているのだ。

さすがにローエングラム侯の無二の腹心である——彼らはそう思った。幼友達というだけで重用されているのではないことを、すでに承知してはいたが、あらためて感銘したのである。

キルヒアイスの作戦案は、全艦隊を高速機動集団と後方支援集団とに分けるというヤン・ウェンリーの構想を、戦術レベルにおいてもっともシャープなかたちでもちいたことになるのだった。

キフォイザー星域の会戦は、リッテンハイム軍の主砲斉射によって幕をあけた。数万本の光条が、暗黒の虚空に光の橋をかけ、キルヒアイス軍の張りめぐらすエネルギー中和磁場に襲いかかる。粒子の共食《ともぐい》現象が生じ、虹色の霧がキルヒアイス軍をつつんだ。

キルヒアイス軍は注意深く斜線陣形をたもって前進する。やがて突出したルッツの左翼艦隊が、六〇〇万キロの距離で砲門を開いた。

圧倒的なエネルギーの豪雨が、リッテンハイム軍の艦艇にふりそそぐ。交叉する光のモザイク模様のなかで、爆発物がことなる模様を描く。やがてルッツ艦隊は敵と戦線を接触させ、それまでの砲戦いっぽうから、ワルキューレによる接近格闘戦もくわえての戦いになっていた。

ワーレン艦隊はまだ敵との距離が遠く、砲戦も本格的なものではない。

キルヒアイスは旗艦バルバロッサの指揮シートからたちあがり、八〇〇隻の直属高速艦隊に進撃命令をくだした。前進をつづけるワーレン艦隊の蔭《かげ》に隠れるように彼らはすすみ、タイミングを測ってそこから躍りだすと、弧を描いてリッテンハイム軍の側面をついた。

前方に展開する敵の大艦隊にむけて突進していたリッテンハイム軍は、思わぬ方向からの砲火にうろたえた。応戦の指令が飛び、この奇襲隊にたいして艦首をむけなおそうとする。だが、今度は前方から、おびただしいビームとミサイルが襲いかかってきた。射程距離内にはいったワーレン艦隊が攻撃を開始したのだ。

どちらの敵に対応するべきか。リッテンハイム軍は混乱した。一瞬の混乱。だが、キルヒアイスにはそれで充分だった。

旗艦バルバロッサの主砲が三連続で斉射され、光の剣がリッテンハイム軍の艦列を切り裂く。一連の爆発光が消えさると、各艦にスピード差のある敵艦隊の中央部に空間が生じた。その空洞から、バルバロッサは敵中に突入した。八〇〇隻がそれにつづいた。

リッテンハイム軍の中央部に、巨大な楔《くさび》が打ちこまれた。しかも、この楔は高速で移動することができるのだ。リッテンハイム軍の提督たちは、侵入してきた敵を包囲しようと試みたが、そのスピードと可変性に富んだうごきに対応できず、損害を大きくするだけだった。一度、左側面へ抜けた。一撃離脱戦法はそこで成功したが、方向を転じてふたたび敵中に再突入する。キルヒアイスは八〇〇隻の高速艦で、螺旋《らせん》状に大軍の内部をかきまわした。

混乱が拡大し、艦隊外縁部にそれが波及したとき、ルッツとワーレンは全兵力をあげて敵に突進した。内からの混乱と外からの混乱が結合した瞬間、リッテンハイム軍は敗北に直面していた。しかも、旗艦オストマルクは至近距離でバルバロッサの発見するところとなった。

「あれがリッテンハイム侯の旗艦だ。急追して戦乱の元兇《げんきょう》をとらえろ！」

キルヒアイスの命令が超光速通信《FTL》にのって飛ぶと、全艦隊は勝利をより完全なものとするために、敵の旗艦へむけて突進した。

リッテンハイム侯はたじろいだ。スクリーンのなかで、味方の戦艦が集中砲火をあび、白熱した雲と化して消滅した。それが旗艦のすぐ傍にいたものと知ったとき、たじろぎは恐怖に変わった。悲鳴にちかい司令官の命令で、オストマルクはくるったように針路を転じ、逃走にうつった。

キルヒアイスと戦う前に、リッテンハイム侯は言ったものである――どうせ孺子《こぞう》と戦うなら、金髪のほうを相手にしたかった。赤毛の子分では不足だが、この際しかたあるまい。

その大言壮語を、リッテンハイム侯は戦場のどこかに投げ捨ててしまっていた。やがて逃走するさきに、無数の光点が出現した。味方の輸送艦隊が、長期戦となったときの補給のため、後方にひかえているのだ。だが、いまのリッテンハイム侯にとって、それは退路をはばむ邪魔者でしかなかった。

「砲撃しろ!」

命令を聞いた砲術士官は己れの聴覚をうたがった。

「ですが、閣下、あれは味方の輸送艦隊です。それを撃つなど……」

「味方なら、なぜ私の逃げ――転進するのを邪魔するか。かまわぬ、撃て! 撃てというのに」

こうして、キフォイザー会戦におけるもっとも悲惨な局面が生まれることになった。

非武装の輸送艦隊が、逃亡ルートを確保しようとする味方によって砲撃されたのである。それは戦争それじたいの不条理さを、グロテスクに象徴するできごとだった。

輸送艦隊は、味方が敗走してくるのを知って、緩慢に方向を変えようとしていた。だが、そのさなかに、オペレーターたちが驚愕の悲鳴をあげた。

「エネルギー波、およびミサイル、急速接近！　回避不能！」

「敵か」

士官たちが叫んだのは当然である。戦場から離れた後方にいると思っていたのに、ちかくに敵が隠れていたのか。

「ちがいます、味方が――」

言い終えるよりはやく、閃光がすべてを消しさった。

最初に味方の砲火の犠牲となった船はパッサウ3号だった。磁力砲《レール・キャノン》で中性子弾頭を撃ちこまれたのだ。

荒れくるう中性子の嵐が一瞬で船内をみたし、すべての乗員を文字どおりなぎ倒した。ほとんどが即死であった。ただひとり、船内中央部の倉庫で貨物保管システムの点検をしていたクーリヒ軍曹だけが、厚い内壁と貨物にかこまれて、数十秒だけ長生きすることができた。

起《た》つ力を失い、床に崩れおちながら、軍曹は自分の身になにが生じたか理解できないでいた。前面にいるのは味方ではなかったのか。何者に攻撃されてこんなことになったのだろう。それとも事故でもおこったのだろうか。

とにかく、起ちあがらねばならない。外へでて、なにごとがおこったか確認するのだ。生きて還るために。妻と双生児の赤ん坊が家で彼を待っているのだ。

だが、彼は起てなかった。壁にすがった軍曹の手の甲に紫色の斑点が生じ、拡大して皮膚をおおい、しだいに泡だって生体組織を侵していった。

輸送艦デューレン8号の副長リンザー大尉は、爆発の瞬間、壁にたたきつけられた。つづいて右腕にするどい灼熱《しやくねつ》感をおぼえて意識を失った。

気がついたとき、周囲は煙と屍体でみたされていた。せきこんでから、起ちあがろうとしてバランスをくずした。彼は自分の身体を見おろし、右腕に視線を固定させた。彼の右腕は肘から下がなくなっていたのである。

爆発のとき、機器の破片が飛んできて腕を切断したのであろう。ただ、それが高速であったため、瞬間的に筋肉が収縮し、出血や痛みも意外にすくなかったのだ。

「誰かいないか」

床にすわりこんだまま、リンザー大尉は叫んだ。三度叫んだとき、弱々しい返事がして、小柄な人影がよろめきながら歩みよってきた。

リンザーは眉をあげた。黄金色の髪が乱れ、顔は血と煤《すす》で汚れていたが、相手の顔はまだほんの少年のものだったのだ。

「子供がなぜこんなところにいるんだ？」

「……幼年学校の生徒です。上等兵待遇でガルミッシュ要塞に配属される途中でした」

「ああ、そうか。何歳になる？」

「一三歳です——あと五日で」

「世もすえだな、子供が戦場にでてくるなんて」

大尉はため息をついたが、世がすえであろうとなかろうと、自分と少年の傷の治療はしなければならなかった。彼は救急セットのある場所を指示して、少年に取ってこさせた。

冷却スプレーで痛覚神経をマヒさせ、消毒し、保護フィルターでつつむ。少年のほうは打撲傷と擦過《さっか》傷、それに軽度の火傷《やけど》で、運命にひいきされたようだった。少年が、破損をまぬかれたスクリーンのひとつを見やって息をのむ。

「敵がちかづいてきたみたいです」

「敵?」

大尉は聞きとがめた。

「敵とは誰のことだ。おれたちをこんな目にあわせてくれたのはな——」

バランスをとるのに苦労しながらたちあがると、リンザーは緊急信号弾発射システムの動力をいれ、緑色のボタンをおした。

「われ降伏す。負傷者あり、人道にもとづいて救助されたし」

人道か——大尉は唇をゆがめた。敵を救うのが人道なら、味方を殺すのはなんと呼ぶべきだろう。

「降伏するんですか?」

「いやかね、坊や」

「坊やはよしてください。コンラート・フォン・モーデルというりっぱな名があります」

「ほう、そいつは奇遇だな。おれもコンラートさ。コンラート・リンザーだ。で、お若いコンラートくんは、降伏がいやならどうする気かね」

年長のコンラートが、からかうように言うと、少年は困惑の色を浮かべた。

「わかりません。降伏はいやだけど、これじゃとても戦えないし、どうしたらいいかぼくにはわからないんです」

「だったら、おれにまかせておけ」

左手だけで不器用に消毒用アルコールの瓶をあけながら、リンザーは言った。

「きみより一四年も長生きしているからな、多少は知恵がまわる。もっとも、自分のつかえる司令官の正体を見ぬくこともできんていどの知恵だがな」

酒がわりに消毒用アルコールを飲む若い大尉の姿を、もうひとりのコンラートはなかばあきれ、なかば心配して見まもった。

「なんだ、そんな表情《かお》をするな。こいつは薬用だ。人体に悪いはずがないさ」

大尉の語尾にブザーの音がかさなった。救援が来たのである。

敵の救援が。

Ⅱ

　球型の人工惑星ガルミッシュ要塞に逃げこみはしたものの、リッテンハイム侯の艦隊は、ほぼ全滅状態であった。五万隻の艦艇中、司令官にしたがってガルミッシュに逃げこみえたのは三〇〇〇隻にみたず、五〇〇〇隻は戦場を離脱したあと、あてもなく何処へか逃げさった。一万八〇〇〇隻が完全破壊され、残余はことごとく捕獲されるかまたは降伏した。味方を撃ってまで逃走したリッテンハイム侯の醜態が、将兵の戦意をそいだことはうたがいない。

　キルヒアイスはガルミッシュ要塞を包囲し、攻略戦の準備をすすめたが、そこへ捕虜のひとりが面会をもとめてきた。まだ二〇代の青年士官は義手がまにあわず、服の右袖《そで》がだらりとさがったままだった。リンザー大尉である。

「閣下のお役にたてると思います」

　開口一番、大尉はそう言った。

「どんなふうに？」

「おわかりでしょうに。私はリッテンハイム侯が逃走のために部下を殺したという事実の生証人ですよ」

「なるほど、輸送船団にいたと言ったな」

「この腕は、味方の砲撃で吹き飛ばされたのです。そのことを要塞にいる連中に伝えましょう」

「リッテンハイム侯にたいする忠誠心は、もうないわけだね」

「忠誠心ですか」

　リンザーの声に皮肉な波動がある。

「美しいひびきの言葉です。しかし、つごうのよいときに濫用《らんよう》されているようですな。今度の内戦は、忠誠心というものの価値について、みんなが考えるよい機会をあたえたと思いますよ。ある種の人間は、部下に忠誠心を要求する資格がないのだ、という実例を、何万人もの人間が目撃したわけですからね」

　キルヒアイスは大尉の正しさを認めた。たしかに忠誠とは無条件に発揮されるものではない。それをうける者には、当然、それなりの資格が必要であるはずだった。

「では、卿《けい》の協力を頼もう。ガルミッシュむけの超光速通信《FTL》で将兵に降伏を呼びかけてもらう」

「もっともね……」

　大尉の目に複雑な思いが光となって錯綜《さくそう》している。

「もし私とおなじ心情の者が要塞内に五人もいたら、リッテンハイム侯の首はいまごろもう胴から離れていると思いますよ」

ガルミッシュ要塞全体に、息をひそめているような空気があった。司令官リッテンハイム侯自身が恐怖と敗北感にうちのめされている。それにくわえ、自分の行為にたいする羞恥心《しゅうちしん》や、ブラウンシュヴァイク公にたいする面子《メンツ》などで混乱した心理におちいり、酒に逃避するありさまだった。

だが、リッテンハイム侯が逃げこんでから半日後、ようやくキルヒアイス軍の追撃からのがれえた一隻の戦艦が要塞にたどりつき、ひとりの士官が侯爵の前にあらわれた。

その士官は頭部に血のにじんだ包帯をまき、右肩に人間の身体をのせていた。いや、正確には半身というべきであろう。その人間には腰から下がなかったのだ。

異様な沈黙のなかを、大男の士官は平然と歩いて、衛兵たちの前に立った。

「ウェーゼル狙撃兵大隊のラウディッツ中佐だ。リッテンハイム侯にお目にかかりたい」

衛兵長は唾をのみくだした。

「ご用とあれば、お取りつぎいたしますが、その汚い血まみれの屍体はなんとかしていただかないと……」

「汚いだと⁉」

中佐の両眼が危険な光をおびた。ひと呼吸のあと、怒声がひびきわたった。

「汚いとはなんだ！　これは侯の忠臣の遺体だぞ！　侯のために生命《いのち》がけで敵と戦いながら、司令官が逃げだしたために死んだ、おれの部下だ」

中佐が大きく一歩を踏みだすと、衛兵たちは左右に跳び分かれた。中佐の表情と、なによりも右肩の屍体に威圧されたのである。

ドアが開くと、テーブルのむこうにすわっているリッテンハイム侯の姿が見えた。

「なにをしにきた、無礼な奴め……」

テーブルの上には、酒瓶とグラスが林立していた。侯爵の皮膚は一日前の張りと艶を失ってどす黒く、両眼は充血し、ののしる声にも生気が欠けている。

「パウルス一等兵……お前が生命《いのち》を捨ててまもってさしあげたリッテンハイム侯はこのかただ。忠誠へのほうびに、せめて感謝の接吻でもしていただけ！」

言うがはやいか、中佐は右肩にかついだ兵士の屍体を、力まかせに、彼らの司令官めがけて投げつけたのである。

「……！」

よける暇もなかった。反射的に両腕をあげたリッテンハイム侯の動作は、飛びきたった兵士の上半身だけの屍体を、むしろ抱きとめるかたちになった。

当人にも理解不能な絶叫をあげて、リッテンハイム侯は豪華な椅子ごと床に横転した。倒れてもなお、兵士の屍体をかかえこんでいたが、それに気づくと、異様な叫びをあげて、放りだした。中佐が大声で笑った。

「殺せ！　この無礼者を殺してしまえ」

リッテンハイム侯はわめいた。

中佐は逃げようともせず、その場にたたずんでいる。乾いた血と油がこびりついた顔に奇妙な微笑がたゆたっていた。数挺のブラスターが彼にむけられた……。

艦橋にいた全員が、メイン・スクリーンに視線をむけた。

画面の中央に、ガルミッシュ要塞が銀灰色の球体として浮かんでいる。その外壁の一部が白い閃光を発して砕け散ると、今度は赤と黄色の光芒がにぶく、しかし量感をともなってあふれだしてきた。

「……爆発しました」

オペレーターは事実を正確に報告したのだが、スクリーンの映像の前には、いかにも間が抜けて聴こえた。

「あれは司令官室の付近です」

リンザー大尉が、なぜとはなく声を低めた。

「そうか、よし」

キルヒアイスは、あたえられた機会をのがさなかった。全艦隊に指令を発して包囲網を縮め、砲撃ののち、揚陸艦をくりだして装甲兵を送りこむ。

抵抗はあったが、散発的なものだった。戦意を喪失した兵士たちは、士官の怒号を無視して、つぎつぎと武器を棄てた。士官たちもやがて無益な抗戦をあきらめ、両手をあげた。

キルヒアイスは要塞を占拠した。正確には、爆発をまぬがれた四分の三を、である。リッテンハイム侯は屍体すら発見できず、ゼッフル粒子の引火によって生じた、おそらくは人為的な爆発事故のため、その肉体は四散したものと思われた。

貴族連合軍は、副盟主と、全兵力の三割を失った。

Ⅲ

「貴族連合軍は戦意過多、戦略過少」

金銀妖瞳《ヘテロクロミア》の持ち主、オスカー・フォン・ロイエンタールは、かつてそう評したことがある。血の気ばかり多い低能ども――辛辣きわまる評価だが、それまでの戦いはロイエンタールの評価の正しさを証明するように、彼と同僚たちに多くの武勲をもたらしてきた。

ところが、勝ちすすんでシャンタウ星域で敵の大軍と相まみえたとき、ロイエンタールは、それまでとことなるものを見いだして、考えをあらためる必要に迫られた。

あいかわらず血の気は多い。しかし、それが効率よく組織され、たくみにコントロールされていることを、彼は認めないわけにいかなかった。三波にわたる敵の攻勢を、ロイエンタールはすべて撃退したが、攻撃に際しての粘りと、統一のとれたうごきが彼を驚かせた。こうむった損害も意外に大きく、ロイエンタールとしては思案のしどころにたたされることになった。

敵のうごきがよくなった理由は、ロイエンタールにはすぐわかった。指揮官が変わったのである。おそらくメルカッツが前線にたったのであろう。彼以外に、これほどよく兵をうごかす者は貴族連合軍にはいない。

とすれば、兵力の差だけロイエンタールが不利になる。彼は幻想家ではなく、敵の力量を正当に評価することができた。

「ここは退《ひ》くか」

後退すべきときに後退を決断できる能力も、名将の資格であった。

シャンタウ星域を放棄しても、戦略的にはさして問題はない。作戦全体に不可欠な星域というわけではなく、勢力拡大にともなって確保しただけの場所である。この際、敵にくれてやってもいっこうにかまわないのだが、ロイエンタールが即断をためらったのは、敵味方にあたえる心理的効果をおもんぱかったためであった。

シャンタウ星域を獲得することは、貴族連合軍にとっては、開戦以来はじめての勝利の象《かたち》となる。これまでは敗北と後退の連続だったのだから。貴族連合軍は士気おおいにあがり、勢いにのってつぎの戦いに臨むかもしれない。味方の勢いが、敵の緻密な作戦を圧倒して勝利を呼んだ例は、いくらでもあるのだ。

……考えこんでいたロイエンタールは、不意に人の悪い微笑を黒と青の瞳に浮かべた。

「よし、ここは後退だ。多大の犠牲をはらってまで、死守する価値はない。奪回するのはローエングラム侯にやっていただこう」

部下が占領した星域を上官が失えば、上官の立場がない。だが、その逆に、部下が失った星域を上官が奪回するのは、上官が部下より卓越した能力を有することを証明する結果になる。

一時的な敗北で上官は不快にかられるかもしれないが、

「私の手にはおえません。どうか用兵の真価をおしめしください」

と言えば、長期的にはむしろ上官の自尊心を満足させ、心証をよくすることになるのだ。

ロイエンタールはそう計算した。圧倒的な勝利がのぞむべくもない以上、それがもっとも賢明な方法であろう。強いだけの単純な武人にできる計算ではない。

決断すると、ロイエンタールは後退の準備にとりかかった。相手がメルカッツであるからには、これは容易なことではない。用兵家としての正念場であった。

七月九日、ロイエンタールは全戦線にわたって攻勢にでた。数カ所のポイントに兵力を集中して投入し、いたるところで敵に損害をあたえた。

だが貴族連合軍はそれまでのように混乱することなく、整然として迎撃し、やがてロイエンタール軍の戦線が限界までのびたタイミングをとらえて反撃に転じた。メルカッツが指揮官としていかに有能であるか、この一事だけでもあきらかであった。

ロイエンタールは敵の反撃にたいして再反撃しようとせず、中央部隊を後退させた。そのいっぽう、左右両翼の部隊は、微妙に角度を変えつつ横へ展開させた。これらのうごきをたがいに連動させつつ、しかも敵に見せびらかすようにしたのである。これを天頂方向から俯瞰すると、ロイエンタール軍は、全軍を凹形陣形に編成し、敵を突出させておいて三方からたたきのめそうとはかっているように見えた。

メルカッツの参謀たちも、そう考えた。彼らは司令官にたいし、味方の進攻スピードをおとして敵の作戦にのらないようにすべきである、と進言した。

旗艦の艦橋で、メルカッツは腕をくんだ。彼の目には、ロイエンタール軍のうごきが不自然なものに映っていたのである。屈指の用兵家であるロイエンタールが、なにかとんでもない詐《トリ》術《ツク》を考えているのではないか。たとえば、戦うとみせて逃げるというような……。

だが、けっきょく、メルカッツは参謀たちの意見を採用した。味方に血の気が多すぎることは、つねにメルカッツの頭痛の種で、そのために彼の用兵はどうしても慎重をだいいちにせざるをえなかったし、ロイエンタールが逃走を目的としているなら、これ以上血を流すことなくシャンタウ星域を確保することができるのである。相手がラインハルト本人ならともかく、そうでない以上、危険な賭けは回避したかった。

貴族連合軍は追撃のスピードをゆるめた。ロイエンタールはそれを確認したが、なお油断せず、凹形陣形を柔軟に運動させつつ用心深く後退した。やがてシャンタウ星域の外縁部に達し、敵味方の距離が開くと、すばやく全軍を球型陣に再編し、最大限のスピードで逃走した。

シャンタウ星域は貴族連合軍の手におちた。


「ロイエンタールの奴、おれに宿題をおしつけたな」

報告を聞いて、ラインハルトは苦笑した。あえてシャンタウ星域を死守しなかったロイエンタールの心理が、彼には手にとるように理解できたのである。

むろん、ラインハルトにとっては、戦術レベルでしか事態を把握できない単純な武人より、思考の枠と視野のひろいロイエンタールのような男のほうが好ましい。このような男には無償の忠誠心を期待することはできず、上官は才能と器量において彼の上官にふさわしいということを、つねにしめさねばならない。しかし、そういう上下の緊張感が、ラインハルトは嫌いではなかった。であればこそ、オーベルシュタインのように人好きのしない男も、彼のもとで働くことができるのである。

そのオーベルシュタインが言った。

「メルカッツ提督は、閣下がお生まれになる以前から軍人として名声のあった人です。彼に自由な手腕をふるわせては、事態がいささか面倒になるでしょうな」

「自由な手腕か。そこが問題だ。メルカッツにそうさせるだけの器量が、ブラウンシュヴァイク公にあるとも思えないな」

「御意。メルカッツ提督を相手にするより、その背後にいて彼を悩ませる輩《やから》をこそ相手にするべきでありましょう」

Ⅳ

狂喜する貴族たちから、あらんかぎりの美辞麗句が、ガイエスブルクにもどったメルカッツにあびせられたが、彼は微笑のかけらも浮かべなかった。

「これはわが軍が獲得したというより、敵が放棄したもの。自分たちの力を過信するのは禁物です」

自分ながら陳腐な説教だ、と、メルカッツは思うのだが、大貴族たちのあやうさを見ていると、初歩から固めていかなくてはどうしようもない、という気がしてくるのだ。

「そうか、提督は慎重だな」

いささか鼻白んでブラウンシュヴァイク公は言った。おもしろみのない男だ、と思ったにちがいない。そう思われても、それは事実だから、メルカッツはなんとも感じなかった。この性格が損か得か、彼にはわからない。多くの武勲にもかかわらず、いままで元帥になれないでいたのは、おもしろみのない性格のためであろう。しかし、陰謀の横行する宮廷で、おとしいれられることもなく今日までできたのも、この性格ゆえではあるまいか。

ガイエスブルクに、ラインハルトからの、古典的な決戦状が送られてきたのは七月末だった。

その決戦状なるものは、VTRで貴族連合軍幹部たちの前に再現されたが、彼らの激怒をまねくのに充分以上の効果があった。

ラインハルトは言う――蒙昧《もうまい》にして臆病なる貴族どもよ、ねずみの尻尾の先ほどでも勇気があるなら、要塞をでて堂々と決戦せよ。その勇気がないなら、内実のない自尊心など捨てて降伏するがよい。生命を救ってやるばかりか、無能なお前たちが食うにこまらぬていどの財産をもつのも許してやる。先日、リッテンハイム侯は、卑劣な人柄にふさわしいみじめな最期をとげた。おなじ運命をたどりたくなければ、ない知恵をしぼって、よりよい道を選択することだ……。

「おのれ、孺子《こぞう》、よくも言いたいことを！」

若い貴族たちは怒りで発狂しかねないほどだった。ラインハルトの注文どおりである。このていどで理性を失う相手には、このていどの挑発をすれば充分なのだ――メルカッツはにがにがしく認めざるをえない。若い貴族たちのなかには、兵士を電気鞭でなぐって怒りを発散させる者すらいた。この青年は、幼児のころから、父親の領地の農奴を鞭でなぐって、気ばらしをしていたのである。

やがて、ラインハルト軍の先鋒ミッターマイヤーの艦隊が、ガイエスブルクの周囲に出没しはじめた。あきらかに挑発している。要塞砲の射程外で行進をしてみせたり、接近しては遠ざかり、遠ざかっては接近してみせるのだ。

メルカッツは出撃を固く禁じた。児戯《じぎ》にしかみえないミッターマイヤーの行動の裏には、おそるべき詐術《トリック》がひそんでいるであろう。そう貴族たちにも説いたが、彼らは納得しない。

三日め、ついに彼らは激発した。一団の若い貴族たちが、禁止命令を破り、出撃してミッターマイヤー艦隊に襲いかかったのである。

ミッターマイヤー軍は油断していたのか、もろくも潰乱《かいらん》し、司令官のミッターマイヤーは、かなりの量の軍需物資を放棄して逃走した。すくなくとも、若い貴族たちの目にはそう映った。

「逃げ足の速い奴だ。疾風《ウォルフ・デア・シュトルム》ウォルフの疾風とはそういう意味か」

「なにが詐術だ。そんなもの、ありはしなかったではないか。メルカッツ提督も慎重の度がすぎるというものだ」

艦艇や軍需物資を大量に奪いとって、若い貴族たちは胸をそらしながら凱旋《がいせん》してきた。だが勝ち誇る彼らを待っていたのは、きびしい通達だった。

「司令官が出撃を禁止したにもかかわらず、その命令を破り、敵と交戦した罪は重い。軍規をもって処断する。階級章と銃をさしだし、軍法会議に出頭する用意をせよ」

メルカッツの通達は、軍組織の秩序をまもるうえで当然のことだった。結果が勝利に終わったとはいえ、司令官の命令が無視されたのでは、今後に支障がある。

しかし、若い貴族たちはむろん不平満々である。彼らはすでに勝利に陶酔し、英雄きどりだった。少将の階級をもつフレーゲル男爵などは、みずから階級章をむしりとって床にたたきつけると、古典悲劇の主役さながらに叫んだ。

「死をおそれはしない。だが、敵と戦って戦場で倒れるのではなく、勇気と自尊心を知らない司令官によって処断されるのはたえがたい苦しみだ。軍法会議など不要、この場で自殺させてくれ」

「フレーゲル少将のおっしゃるとおりだ」

若い貴族たちが口をそろえる。

「彼だけを死なせるわけにはいかない。吾《われ》ら全員、この場で自殺し、帝国貴族の誇りを後世にしめそうではないか」

自己陶酔のきわみである。ブラウンシュヴァイク公はそれをたしなめもしなかった。

「これは戦闘のことではないからな。盟主たる私が最終的に決断をくだすのは当然の権利であり義務でもあろう」

リッテンハイム侯の死を知って以来、彼の盟主ぶりは、メルカッツなどには鼻につくいっぽうになっている。彼は、興奮する青年たちの前にでていき、よくとおる声で演説した。

「諸君の勇気と自尊心は、帝国貴族精神の精華を万人に知らしめたものであり、思いあがった平民どもに鉄槌《てっつい》をくわえたと言える。ミッターマイヤーはおろか、侯爵や元帥を僭称《せんしょう》する金髪の孺子《こぞう》も、おそれる必要はない。吾々は勝利する。そして勝利することによって正義の実在を証明するであろう。帝国万歳！　帝国万歳！」

「帝国万歳！」

熱狂的な叫びで、若い貴族たちは応じた。それを見ていたメルカッツは、もはや一言も発しなかった。彼の失望が絶望に転化したのは、あるいはそのときであったかもしれない。


「そろそろいいだろう、オーベルシュタイン」

ラインハルトが言う。

いいでしょう、と、義眼の参謀長もうなずいた。

提督たちが旗艦ブリュンヒルトに集められた。精密な指示があたえられ、提督たちは艦隊をひきいてそれぞれの戦区へ進発していった。

V

「ミッターマイヤー艦隊、来襲せり」

八月一五日。ガイエスブルクにその報がもたらされた。以前とことなり、この日のミッターマイヤーは長距離用のレーザー水爆ミサイルを撃ちこみ、積極的に攻撃してくる。

「敗軍の将が、こりもせずまたのこのこと負けに来たぞ。何度戦っても、勝てない奴は勝てないのだ、と教えてやる」

メルカッツの命令や軍規など、すでに彼らは歯牙《しが》にもかけなくなっていた。乗艦にとびのり、管制官の指示もまだるっこしく、われさきにと出撃してゆく。

ミッターマイヤーはミッターマイヤーで、嘲笑を禁じえない。

「貴族のばか息子どもが、穴のなかにひっこんでいれば長生きできるものを、わざわざ宇宙の塵となるためにでてくるとはな」

年齢的に、彼は〝ばか息子ども〟と同世代である。だが、戦歴と武勲では比較にならない。彼にしてみれば、前回の敗走が擬態だということすら看破できないような連中と戦うのは、ほとんどばかばかしくさえあるのだった。

だが、この日は、盟主ブラウンシュヴァイク公も出撃してきていることが確認されていた。

彼の責任は重大なものだった。二度や三度負けてみせるぐらいのことは、たえなければなるまい。

両軍は激突した。

無数の火砲が無数の光条を吐きだす。指向性のエネルギーがたがいの艦艇をたたきのめし、撃ち砕き、湧きおこる爆発の光芒を、あらたな光が切り裂くのだ。

だが、それも長くはつづかない。ミッターマイヤー軍はしだいに後退をはじめ、それと見た連合軍が総力をあげて攻勢にでると、抵抗もせず敗走にうつった。

「見ろ、あの醜態を。いちど逃げぐせがつくと、恥を恥とも思わなくなるのだ。いっきょに奴を葬り、金髪の孺子《こぞう》もとらえて絞首刑にしてやる」

貴族たちは歓声をあげ、さきをあらそって乗艦を突進させた。

だが、ミッターマイヤーのもろさに不審をいだく人物もいる。ブラウンシュヴァイク公とメルカッツの両者に等距離をたもっているファーレンハイト中将は、ラインハルトやメルカッツとおなじ戦場にたったことのある熟練した提督だったが、

「深追いするな、罠かもしれんぞ」

血気にはやる若い味方に注意を呼びかけた。

充分にありうることだ。貴族たちは猪突《ちょとつ》をやめ、味方の態勢をととのえようとした。

だが、貴族連合軍の追撃のスピードがゆるむと、すかさずミッターマイヤーは反撃に転じてくる。再反撃すれば、戦いつつ後退して連合軍の前進をうながす。それが幾度もくりかえされ

た。ミッターマイヤーのタイミングは絶妙をきわめている。

こうして貴族連合軍は、ラインハルトとオーベルシュタインが緻密につくりあげた縦深陣《じゆうしん》の奥へ奥へとさそいこまれていったのである。戦線は前後に細長くのび、味方どうしの通信にも弊害《へいがい》があらわれてきたころ、またしてもミッターマイヤーが反撃にでた。

例のパターンか、と、かるくみた貴族たちが再反撃を試みようとしたとき、ミッターマイヤー軍は、信じがたいスピードと圧力で連合軍に肉迫し、最初の一撃で先頭集団を粉砕したのである。

なにごとが生じたか理解できないまま、多くの貴族たちが乗艦ごと火球と化していた。第一撃をまぬがれた各艦のオペレーターたちが、戦況の急変を叫んだとき、すでに彼らの周囲は破壊と殺戮《さつりく》の展示場になっている。ビームの直撃をうけて四散する戦艦の破片が、あらたなビームの光彩をうけてステンドグラスのようにきらめき、核融合爆発のエネルギー波が艦艇を揺動《ようどう》させた。

「見たか、ばか息子ども。戦いとはこういうふうにやるものだ。きさまらの猿にも劣る頭で、憶えておけるかぎりは憶えておけ」

復讐の楽しみを、ミッターマイヤーはほしいままにした。若い貴族たちの拙劣《せつれつ》さにくらべれば、彼の戦闘指揮は芸術品とさえ言える。

貴族連合軍は艦列を乱した。統一された指揮系統は、その以前に失われている。ミッターマイヤーの巧妙をきわめる戦術にたいし、彼らは各艦ごとの各個撃破に命運を託するしかなかった。

むろん、そんなことで対抗できるはずはない。一艦、また一艦と、血祭りにあげられてゆく。

「後退しろ、後退だ。味方にかまっている暇はない、逃げろ」

戦況不利とみたファーレンハイトが、みずから急速後退しつつ指示し、貴族たちもそれにしたがった。

だが、戦闘宙域に味方をおき捨てて逃走する連合軍の両側面から、あらたな砲火が襲いかかってきた。左からケンプ、右からメックリンガーの両提督が、膨大な兵力をいっきょにたたきつけてきたのである。

連合軍は一秒一分ごとに味方を撃ち減らされていった。その艦列はしだいにやせ細り、密度を薄めてゆくのだ。

貴族連合軍は敗走する。ようやくケンプたちの猛攻をふりきったと思ったとき、さらにビッテンフェルトとミュラーの艦隊が両側から殺到してきた。うろたえる貴族たちの艦艇は、たちまち金属の残骸と化して宙を漂いはじめる。

旗艦ブリュンヒルトの艦橋で、ラインハルトは会心の笑みをたたえていた。

それは辛辣をきわめる戦法であった。敵の逃走ルートを想定して、そこに多数の兵力を伏せておく。この場合、逃走ルートは最初の進撃ルートと同一であるから、想定は容易である。そしてこのとき、逃走する敵の前面にたちふさがって、その必死の反撃を招来するようなことはしない。敵の先頭をやりすごして、側面または背後から攻撃する。これは位置的に有利であるだけでなく、戦闘より逃走に注意が集中している敵を、心理的にも圧倒できるのだ。

「生死は問わぬ。ブラウンシュヴァイク公を私の前へつれてこい。成功した者は、一兵卒でも提督に昇進させてやるぞ。それに賞金もだ。機会をつかめ」

ラインハルトが味方を励ました。

戦意は欲望によって加速された。闘志を失って逃走する貴族連合軍は、いまや狩の獲物でしかなかった。各処でおいつめられ、捕捉され、短い絶望的な反撃のすえに破壊されてゆく。

ブラウンシュヴァイク公が気づいたとき、旗艦の周囲には味方の一艦もなく、背後にはミッターマイヤーとロイエンタールの艦隊が無数の光点となって迫っていた。激しい衝撃が艦をゆるがす。磁力砲《レール・キャノン》の一弾で後部砲塔が吹き飛んだのだ。つづいてエネルギー・ビームの光の槍が艦体を擦過し、外壁をけずりとって金属の塵をまきあげる。見えざる巨大な死の手が旗艦をつかみかけていた。

そのとき、前方に巨大な光の壁が出現した。後衛にひかえていたメルカッツが、急追してくる敵に近距離から主砲斉射をあびせたのだ。

この猛烈な、しかも整然とした砲火によって、ラインハルト軍の先頭集団はすくなからぬ損害をこうむった。

ミッターマイヤー、ロイエンタールらが、いそいで後退するよう指示したが、突進する勢いの激しさと、将兵の多くが戦意ありあまって冷静さに欠ける精神状態にあったため、その命令は徹底しなかった。

敵が混乱するのを見て、メルカッツは、万全の出撃態勢にあった直属艦隊に命令をくだした。これは大型戦艦は保有していないが、軽快な運動性をもつ駆逐艦、宙雷艇、そして単座式戦闘艇ワルキューレからなる接近戦むきの部隊であった。

これらが混乱するラインハルト軍に襲いかかり、密集態形を余儀なくされた艦艇を、正確きわまる狙撃でつぎつぎと破壊していった。いまや火球となって炸裂するのは、ラインハルト軍の先頭集団のほうが多く、追撃どころか自己防御に専念しなくてはならなかった。

ロイエンタールもミッターマイヤーも、ここまでおいつめながら敵将ブラウンシュヴァイク公を逸したくやしさと、味方の醜態にたいする怒りとで歯ぎしりした。しかし、彼らは戦場で感情に身をまかせる愚かさを知っていた。ともすれば崩れかける艦列を、激しく叱咤《しった》してささえ、後退と再編を同時に並行させる。凡庸な指揮官には、とうてい不可能な難事であった。

メルカッツに充分な兵力があれば、ふたりの勇将を完敗においこむことができたかもしれない。しかし彼の兵力はすくなく、彼自身にもその意図はなかった。ブラウンシュヴァイク公をまもって、やがて彼は退去した。

「メルカッツめ、だてに年齢《とし》はくっていないな。たっしゃなものだ」

若い元帥は敵将をたたえた。どうせ敵はガイエスブルクにおいこまれたのだ。あわてる必要はすこしもなかった。

Ⅵ

「なぜ、もっと早く救援にこなかった⁉」

　メルカッツと再会したとき、ブラウンシュヴァイク公が発した、これが第一声であった。

　歴戦の名将は顔色も変えなかった。むしろ予期すらしていたような表情で、だまって頭をさげたが、側にいたシュナイダー少佐が両眼に怒気をひらめかせて一歩前にでた。その腕を、彼のつかえる上官がつかんだ。

　別室に退くと、メルカッツは、怒りに慄える副官に、さとすように言った。

「あまり怒るな。ブラウンシュヴァイク公は病人なのだ」

　シュナイダーはかるく目をみはった。

「病人ですって？」

「精神面のな」

　メルカッツの考えるブラウンシュヴァイク公の病理は、無意識の、傷つきやすい自尊心だった。本人はそれと気づかないだろうが、自身をもっとも偉大で無謬《むびゅう》の存在であると信じているため、他人に感謝することができず、自分とことなる考えの所有者を認めることもできないのだ。彼とことなる考えをもつ者は反逆者にしか見えず、忠告は誹謗としか聴こえない。したがって、シュトライトにせよ、フェルナーにせよ、彼のために策をたてたにもかかわらず、容れられることなく、かえって彼の陣営を去らねばならなかったのだ。

当然ながら、このような気質をもつ者は、社会に多種の思想や多様な価値観が存在することも認めない。

「その病気を育てたのは、いつかもいったが、五〇〇年におよぶ貴族の特権の伝統だ。公爵は、むしろその被害者なのだ。一〇〇年前ならあれでつうじたのだがな。不運な人だ」

まだ若いシュナイダーは、上官ほど寛容な、あるいは諦観《ていかん》する気になれなかった。メルカッツの前からさがり、エレベーターで要塞の展望室にあがる。半球面をなす透明な外壁のむこうに、かさなりあう恒星群の無機的なかがやきが遠かった。

「なるほど、ブラウンシュヴァイク公は不運な人かもしれない。だが、その人に未来を託せねばならない人々はもっと不運ではないのか……」

若い士官の憮然たる問いに、星々はただ沈黙をまもっていた。


ガイエスブルクに、ブラウンシュヴァイク公らと反対方向から逃げこんできた者がいる。ブラウンシュヴァイク公の甥で、伯父にかわって惑星ヴェスターラントの防衛と統治にあたっていたシャイド男爵だった。

ヴェスターラントは緑と水のとぼしい乾燥性の惑星だが、二〇〇万人の人口は、辺境としては多いほうである。地味は肥えているので、数すくないオアシスで集約的な農料と希土《きど》類元素の採取がおこなわれていた。平和な時代であれば、ほかの惑星から何兆トンもの水がはこばれ、開発が進んだことであろう。

シャイド男爵はかならずしも無能な統治者ではなかったが、若さのせいもあろう、施策に柔軟さが欠けていた。また、伯父ブラウンシュヴァイク公を背後から援助しようという意図から、民衆にたいする搾取《さくしゅ》が激しくなった。

いままではそれで通用した。だが、ラインハルトの急激な擡頭《たいとう》によって大貴族支配体制の箍《たが》がゆるみ、内戦にまで発展したことを、民衆も知っている。反抗の気運が生まれた。驚き怒ったシャイドは、それを弾圧した。反抗は内圧を高める。

幾度かそれがくりかえされたあと、ついに民衆は大規模な暴動をもってシャイドの圧政に酬《むく》いた。少数の警備兵は、民衆の洪水にのみこまれ、シャイドは単身、シャトルを駆って逃亡したが、重傷をおっており、ガイエスブルクに到着後、ほどなく死亡した。

「身分いやしき者どもが……よくも汚れた手で甥を殺したな」

特権をもつ者は、それをもたない人々の全存在、全人格を容易に否定することができる。ブラウンシュヴァイク公は、民衆に、圧政に反抗する権利どころか、大貴族の許可なしに民衆が生きる権利すら認めていなかった。民衆のなかの病人や老人など、貴族に奉仕することのできない者は、家畜より無益で、したがって生きる価値もない——そう確信している。

そのような身分いやしき者どもが、大貴族に反抗し、あまつさえ彼の甥までも殺したのである。ブラウンシュヴァイク公は怒りくるい、みずからの怒りを正当なものと信じた。

〝恩知らずの者どもに正義の刃をくわえてやる〟ことを彼は決意した。

「ヴェスターラントに核攻撃をくわえる。身分いやしき者どもをひとりも生かしておくな」

さすがに、全員が賛成はしなかった。核攻撃といえば熱核兵器を使用することであり、多量の死の灰《フォール・アウト》をまきちらすその攻撃法は、かつて地球が死に瀕《ひん》した〝一三日戦争〟以来、タブーになっていたということもある。思慮深いことで知られるアンスバッハ准将は、冷静さを欠く盟主を説得した。

「お怒りはごもっともですが、ヴェスターラントは閣下のご領地、そこに核攻撃をくわえますのはいかがかと」

「…………」

「それに、ローエングラム侯と対陣しているいま、よぶんな兵力をさくわけにはまいりません。そもそも、全住民を殺すとおっしゃるのはご無理、首謀者を処罰すればよろしいではありませんか」

「だまれ!」

公は一喝した。

「ヴェスターラントはわしの領地だ。当然、わしにはあの惑星を、身分いやしき者どももろとも吹き飛ばす権利がある。ルドルフ大帝は、かつて何億人という暴徒を誅戮《ちゅうりく》あそばし、帝国の基礎をお固めになったではないか」

説得を断念したアンスバッハは、盟主の前から退出すると、ため息まじりに独語した。

「ゴールデンバウム王朝も、これで終わった。みずからの手足を切りとって、どうして立っていることができるだろう」

それを密告した者がいる。ブラウンシュヴァイク公は激怒し、アンスバッハを捕えさせたが、彼の功績と人望を考慮し、殺すことなく監禁するだけにとどめた。

メルカッツは公に面会をもとめ、ヴェスターラント核攻撃計画の中止とアンスバッハの釈放を訴えようとしたが、公は面会を拒否した。

ブラウンシュヴァイク公の復讐は実行にうつされた。

Ⅶ

ヴェスターラント出身の一兵士が、ガイエスブルクを脱出して、ラインハルトの陣営に身を投じたのは、核攻撃が実施される前日のことである。

話を聞いたラインハルトは、艦隊をヴェスターラントに派遣して攻撃を阻止しようとしたが、オーベルシュタイン参謀長がそれをとめた。

「いっそ、血迷ったブラウンシュヴァイク公に、この残虐な攻撃を実行させるべきです」

冷徹な参謀長は言う。

「そのありさまを撮影して、大貴族どもの非人道性の証とすれば、彼らの支配下にある民衆や、平民出身の兵士たちが離反することはうたがいありません。阻止するより、そのほうが効果があります」

恐怖を知らない金髪の若者が、このときはさすがにひるむ色をみせた。

「二〇〇万人を見殺しにするのか。なかには女子供も多くいるだろうに」

「この内戦が長びけば、より多くの死者がでるでしょう。また、大貴族どもがかりに勝てば、このようなことはこのさき何度でもおこります。ですから、彼らの兇悪さを帝国全土に知らしめ、彼らに宇宙を統治する権利はない、と宣伝する必要があるのです。ここはひとつ……」

「目をつぶれというのか」

「帝国二五〇億人民のためにです、閣下。そして、より迅速な覇権確立のために」

「……わかった」

ラインハルトはうなずいたが、その表情には、彼独特の華やかさが欠けていた。傍にいるのがキルヒアイスであれば、絶対にそんなことは勧めないであろう。

ヴェスターラントには五〇にあまるオアシスが散在している。それをのぞけば、赤茶けた岩山と灰黄色の砂漠、白い塩湖などが地平線までひろがり、ひとりの人間も居住していない。つまり、オアシスごとに核ミサイルをたたきこめば、惑星の全住民二〇〇万人を、文字どおり皆殺し《ジェノサイド》できるのだ。

その日、オアシスのひとつでは、集会がおこなわれていた。貴族の支配を実力で排除したものの、将来の計画はたっていない。これからどうすればよいのか。いかにして住民の平和と幸福を確保すべきなのか、それが議題である。貴族統治のもとで、自主的な討議をおこなうことがひさしくなかった人々にとって、集会は一大事業であり、記念すべき祭典ですらあった。

「ローエングラム侯は平民の味方だそうじゃないか。あのかたにまもっていただこう」

そういう意見がでると、賛同の声がおこった。実際問題として、それ以外に途はないのである。話がまとまりかけたとき、

「母さん、あれ、なに?」

母親に抱かれた幼児のひとりが、天の一画を指さした。灰青色の空を、一条の軌跡がななめに走るのを人々は見た。

純白の閃光が、すべての光景を脱色した。

その直後、真紅の半球が地平線上に浮かび、加速度的に膨張しつつ一万メートルもの高所に達してマッシュルーム型の異様な雲をかたちづくった。

爆風が殺到する。秒速七〇メートル、温度八〇〇度Cをこす熱気の津波が、表土を灼き、とぼしい植物を灼き、建物を灼き、人々の身体を灼いた。着ている服や頭髪が燃えあがり、焼けただれた皮膚が水泡をうみ、ケロイドとなって盛りあがる。

生きたまま焼き殺される幼児の悲鳴が、熱風のなかをただよって、たちまち細く低くなっていった。子供の名を呼ぶ母親の声や、家族を案じる父親の声も、ほどなくとぎれた。

吹きとばされて高空に舞いあがった大量の表土が、砂の滝となって地上にふりそそぎ、死者

たちの焼けただれた身体を埋葬してゆく。

モニターTVの画面を見ていた若い士官が、蒼白な顔で座席を離れると、床にうずくまって胃液を吐きはじめた。誰もそれをとがめようとしない。監視衛星から送りこまれる画像に視線を吸いつかせ、全員が声ひとつたてえなかった。彼らはいまさらに知ったのである。強い人間が弱い人間にたいして一方的にくわえる暴虐ほど、宇宙の法則をけがすものはない、ということを。

「この映像を帝国全土に流すのです。貴族どもと吾々のどちらに正義があるか、幼児でも理解するでしょう。貴族どもは自分で自分の首を絞めたのです」

オーベルシュタインは冷静な口調で解説したが、それにたいして即座の反応はなかった。

「いかがなさいました。元帥閣下」

ラインハルトの表情は重苦しい。

「卿《けい》は私に目をつぶれと言った。その結果がこの惨劇だ。いまさら言ってもしかたないが、ほかに方法はなかったのか」

「あったかもしれませんが、私の知恵では他の方法は見つけることができませんでした。おっしゃるとおり、いまさら言ってもしかたのないこと。このうえは、状況を最大限に利用すべきです」

ラインハルトは参謀長を見すえた。蒼氷色《アイス・ブルー》の瞳に浮かんだ嫌悪の色は、相手にたいするものか自分自身にたいするものか不分明だった。

ヴェスターラントの惨劇は、超光速通信《FTL》の映像によって帝国全土に流された。それは各地に怒りと動揺を生んだ。民心は加速度的に、大貴族による旧体制から離れはじめ、貴族たちも、ブラウンシュヴァイク公に未来なし、との見かたを強めていった。

辺境星区を完全に平定したキルヒアイスは、ラインハルトと合流すべく、ガイエスブルクにむかって艦隊をすすめていた。彼もその映像を見て、大貴族にたいする怒りをあらたにしたが、ある日、ワーレンの艦隊が一隻のシャトルをとらえた。それにはひとりの兵士が乗っていたが、ブラウンシュヴァイク公の部下であったその兵士は、ヴェスターラント核攻撃に参加させられたものの、途中で逃亡したという。それはよいが、発言のなかに聞き捨てならぬものがあり、キルヒアイスは耳をうたがって問いかえした。

「何度でも言いますよ。惑星ヴェスターラントで貴族連合軍が二〇〇万人の住民を虐殺するという情報は、ローエングラム侯の耳にとどいていた。侯はそれを無視し、住民を見殺しにしたのです。政治的な宣伝のためにね」

「それは情報をお信じにならなかったからだろう。侯が故意にヴェスターラントの住民を見殺しにしたという証拠でもあるのか」

「証拠？」

兵士は冷笑して言う——あのような映像の存在じたいが証拠ではないか。偶然に撮影したとでもいうのか。あれは成層圏あたりの近距離から地上を映したものだ。

キルヒアイスはだまってその兵士をさがらせ、部隊に箝口令《かんこうれい》をしいた。信じられぬことであり、信じたくないことでもあった。はたしてそれは真実なのだろうか。

「ラインハルトさまには、もうすぐお目にかかれる。そのとき真偽のほどを直接確認すればいい」

だが、たしかめてどうする。虚報であれば、それでよい。しかし、もし真実だったらどうするのか。

キルヒアイスは自問した。明快な答えはでてこなかった。

これまで、ラインハルトの正義はキルヒアイス自身の正義でもあった。それが一致しなくなる日がくるのだろうか。離反して、たがいに生きていける自分たちではないはずなのに……。

第七章　誰《た》がための勝利

Ⅰ

　フェザーンの若き独立商人ボリス・コーネフは、不機嫌を隠しようもなかった。戦場を通過する危険をおかして地球教徒の巡礼団をはこんだのだが、利益は微々たるもので、借金を清算し、部下たちに給料を支払いベリョースカ号をドック入りさせたら、生活費のほかに残ったのは、宇宙船の外殻を一〇平方センチも買えるかどうかという金額でしかなかったのだ。

「機嫌が悪そうだな」

　デスクの前の人物が太い声で言うと、コーネフはあわてて弁解した。

「いえ、いつもこんな顔ですので。けっして閣下の前だからではありません」

　後半はあきらかによけいな発言で、言った当人もはなはだ後悔したが、言われたほう——自治領主《ランデスヘル》ルビンスキーは、気分を害したふうもなかった。

「きみは地球教の信者を聖地《テラ》へはこんだのだったな」

「はい」

「彼らについてどう思う？」

「よくわかりませんが、宗教一般についていえば、貧乏人が神の公正さを信じるなんて、ひどい矛盾だと思います。神が不公正だから、貧乏人がいるんでしょうに」

「一理あるな。きみは神を信じないのかね？」

「まったく信じていません」

「ほう」

「神なんてしろものを考えだした人間は、歴史上最大のペテン師ですよ。その構想力と商才だけは見あげたものです。古代から近代にいたるまで、どこの国でも金持ちといえば貴族と地主と寺院だったじゃありませんか」

自治領主《ランデスヘル》ルビンスキーは、興味をこめて若い独立商人を見やった。コーネフはいささかむずがゆい気分である。自治領主は、四〇代前半の精悍そうな男だが、頭には一本の毛もない。この異相の男に見つめられると、美女に見つめられたような気分にはなれないのが当然ではある。

「なかなかおもしろい意見だが、それはきみ自身の独創によるものかね」

「いや……」

コーネフはいささか残念そうに否定した。

「だとしたらいいんですがね、大部分は受け売りです。子供のころのね。もう一六、七年昔になりますか」

「ふむ……」

「私は父親について、星から星へ、旅をしながら育ったんですが、あるとき似たような境遇の子供と知りあって、相手が二歳上でしたが、仲良くなったんです。二、三カ月のつきあいでしたが、じつによくものを識《し》って、よく考える奴でした。そいつが言ったことなんですよ」

「名はなんといった？」

「ヤン・ウェンリーです」

コーネフの表情は、あたらしい秘芸に成功した奇術師のものだった。

「いま奴は軍人なんていう下等な職業についているそうで、自由人の私としては同情を禁じえませんがね」

若い船長は、いささか落胆した。自治領主が、それほど驚いたようにはみえなかったからだ。数瞬の沈黙ののち、ルビンスキーはおもおもしく口を開いた。

「ボリス・コーネフ船長、自治領《ラント》政府からきみに重大な任務をあたえることにする」

「は？」

コーネフがまばたきしたのは、驚きよりも用心のためであった。〝フェザーンの黒狐〟と、帝国からも同盟からも呼ばれているこの自治領主は、幅と厚みのあるたくましい肉体のなかに、打算と策略を、パイの皮のように幾重にもつめこんでいる——世間ではそう噂していた。コーネフ自身、その噂を否定する材料を、まったくもちあわせていなかったのだ。だいいち、いっかいの商人が、なぜ自治領主に呼ばれたのかもわからない。思い出話をきくためでもあるまい。どんな任務をあたえるというのだろう。

……やがて政庁のビルを出ると、コーネフは大きく両腕をふりまわした。目に見えない鎖をふり切ろうとでもするかのように。

老婦人につれられた小犬が甲高くほえたてた。コーネフは小犬にむかってげんこつをふりあげてみせると、老婦人の非難の声をＢＧＭにして、なんとなくふてくされたような足どりで歩きさった。

船にもどると、事務長《オフィサー》のマリネスクが、老けた顔いっぱいに笑みを浮かべていた。今後いっさいベリョースカ号は燃料の心配をしなくてよい、との通達がエネルギー公団からあったのだという。

「いったいどんな魔法を使ったんです？　うちみたいな零細商船には、まったく奇蹟みたいなものだ」

「政府に身売りしたのさ」

「え？」

「畜生、あの黒狐め」

あわてて周囲を見まわしたのは事務長のほうで、当人は声をおさえようともしなかった。

「なにかよからぬことを企んでいるにちがいない。善良な市民をまきこみやがって」

「いったいどうしたんです？　政府に身売りしたというと、ええと、公務員になったんですか」

「公務員!?」

なんともユニークな事務長の表現をきいて、コーネフは怒気をそがれたような表情になった。

「公務員にはちがいないな。情報工作員になって自由惑星同盟《フリー・プラネッツ》へ行けとさ」

「ほほう」

「コーネフ家はな――」

若い船長はどなり声になった。

「この二〇〇年間、犯罪者と役人を身内からだしていないのが自慢だったんだ。自由の民だ。自由の民だぞ！　それがなんだ、よりによってスパイだと！　いっぺんに両方か！」

「情報工作員ですよ、情報工作員」

「言いかえればいいってものじゃない！　ガンを風邪と言いかえたら、ガンが風邪になるのか。ライオンをねずみだと言ったら、かまれても死なずにすむか？」

マリネスクは返答しなかったが、心のなかで、ひどいたとえだと思った。

「おれが子供のころ、ヤン・ウェンリーと知りあってたなんて、とうに調べあげてあったんだ。おもしろくもない。いっそヤンになにもかもぶちまけてやるか」

「でも、それは無理でしょう」

「なぜ？」

「だって、そうですよ。あなたを工作員にして、それで万事終わりってことにはなりません。背後に監視の目がつきますよ。監視プラス制裁の目がね」

「…………」

「まあ、ひとつくわしく話してくださいよ」

マリネスクはコーヒーをいれた。いやに酸味が強くて、安物であることは訊かずともわかる。コーネフの二倍も時間をかけて、だいじそうにそれを飲みながら、マリネスクは事情をきいた。

「なるほどね、ですが、言わせていただければね、船長、自治領主《ランデスヘル》閣下の前でヤン・ウェンリーの名なんぞだす必要はなかったんですよ。もっとも、船長がおっしゃらなきゃ先方が話をもちだしたでしょうがね」

「わかっている。口はわざわいのもとだ。以後すこしつつしもう」

にがにがしく、コーネフは自分の失敗を認めた。とはいえ、それはルビンスキーの命令を正当化し、うけいれることにはならない。目に見えずとも、鎖は鎖であり、それにつながれる不愉快さは、金銭《かね》もうけのできないことの比ではなかった。

ボリス・コーネフという人間になんらかの存在価値があるとすれば、独立不羈《ふき》の自由人であるということだ。フェザーン自治領主ルビンスキーは、その誇りを、かるがると踏みにじってくれた。しかも性質《たち》の悪いことに、当人はむしろ恩恵をほどこしたつもりでいるのだ！

権力をもった人間は、市民が権力機構の一端にかかわるのを、よほどの特権と思うものらしい。ルビンスキーほどの男でも、その錯覚からのがれられないとみえる。

では――その錯覚を、しばらくは真実だと思わせておいてやろうではないか。コーネフは薄く笑った。

マリネスクが、考え深そうな目で若い船長を見ながら、ケトルをとりあげた。
「どうです、コーヒーをもう一杯」

Ⅱ

八月にはいって、バーラト星域外縁部に達したヤン・ウェンリーは、艦隊を布陣してハイネセン進攻の機会をうかがっていた。

ハイネセンまでの距離は六光時、約六五億キロメートルである。恒星間を航行する宇宙艦隊にとっては、指呼《しこ》の距離といってよい。

この距離にまでヤンが進出してきたのは、軍事的なものだけでなく、政治的な意味もあるのだった。

ハイネセンを占拠する救国軍事会議は、バーラト星域すら実効支配できない惑星レベルの政治勢力にすぎないこと。第一一艦隊の敗北により、彼らは宇宙空間における戦力を喪失したこと。以上により、救国軍事会議の全面敗北、クーデターの失敗、同盟憲章秩序の復活は時間の問題であること――それらの諸点を、行動によって全同盟に誇示してみせたのである。

効果は絶大だった。ヤンの名声――本人に言わせれば虚名――も、それを増幅させたのはむろんである。それまで、評議会政府とクーデター派のいずれを支持するか、決断をくだせずにいた者まで、つぎつぎと旗色《きしよく》を鮮明にして、ヤンのもとに参集してきた。各惑星の警備隊《ガーズ》、地方駐留の巡視艦隊《パトロール》、退役の将兵などから、義勇隊への参加を希望する民間人まで。

もっとも、義勇隊の編成は、順調にはいかなかった。ヤンは民間人を戦争にまきこむことを嫌ったし、ありていに言えば、戦争に参加したがる民間人の精神構造をうたがいたい気分だったのだが、彼らの自発的な意思を拒否することはできなかった。彼らは同盟憲章の条文にある〝抵抗権〟――人民が権力の不正にたいして実力で抵抗する権利――までもちだして、しぶる青年司令官をおしきったのである。

そこでヤンは義勇隊の参加資格に、年齢制限をくわえることにした。一八歳未満と五六歳以上の人間を排除しようとしたのだが、どうみても八〇歳より若くは見えない老人が、自分は五五歳だ、と主張するいっぽう、ユリアンの姿を見た一七歳の希望者が、彼はどうみても自分より年長とは思えない、と、係官にくってかかったりして、

「楽ではありませんわ」

と、フレデリカ・グリーンヒル大尉を苦笑させた。

ヤンを喜ばせたのは、故郷に引退していた前《さき》の統合作戦本部長シドニー・シトレ元帥が来て支持を声明してくれたことだった。彼はヤンが士官学校の学生だった当時の校長でもある。ヤンは彼を尊敬するいっぽうで、くえない人だ、との印象をいだいてもいる。だが、それだけに、敵にまわさずにすむことはうれしかった。まったく、そんなことはグリーンヒル大将だけでたくさんだ。

以前は救国軍事会議に同情的な言動のあった人々も、多く参加してきた。〝スタジアムの虐殺〟が知られたあとでもあったが、クーデター派を非難する彼らの声はひときわ大きかった。きまじめなムライ参謀長などは、彼らの変節や日和見《ひよりみ》の態度を手きびしく批判したが、ヤンは言うのだった。

「人間は誰でも身の安全をはかるものだ。この私だって、もっと責任のかるい立場にいれば、形勢の有利なほうに味方しよう、と思ったかもしれない。まして他人なら、なおさらのことさ」

歴史をみても、動乱時代の人間というものはそういうものだ。それでなくては生きていけないし、状況判断能力と柔軟性という表現をすれば、非難することもない。むしろ、不動の信念などというしろもののほうが、往々にして他人や社会に害をあたえることが多いのである。民主共和制を廃して銀河帝国皇帝となり、専制政治に反対する人民四〇億人を殺したルドルフ・フォン・ゴールデンバウムなど、信念の強さでは誰もおよばない。現にいま、ハイネセンを占拠しているクーデター派の連中も、信念によって行動しているはずだ。

人間の歴史に、〝絶対善と絶対悪の戦い《ハルマゲドン》〟などなかった。あるのは、主観的な善と主観的な善とのあらそいであり、正義の信念と正義の信念との相克である。一方的な侵略戦争の場合ですら、侵略する側は自分こそ正義だと信じているものだ。戦争が絶えないのはそれゆえである。人間が神と正義を信じているかぎり、あらそいはなくなるはずがない。

信念と言えば、ヤンは、〝必勝の信念〟などという台詞をきくと、鳥肌がたつのである。

「信念で勝てるのなら、これほど楽なことはない。誰だって勝ちたいんだから」

ヤンはそう思っている。彼に言わせれば、信念とは願望の強力なものにすぎず、なんら客観的な根拠をもつものではない。それが強まれば強まるほど、視野はせまくなり、正確な判断や洞察が不可能になる。だいたい信念などというのは恥ずかしい言葉で、辞書にのってさえいればよく、口にだして言うものではない。ヤンがそう言うと、

「それが閣下の信念なんですね」

と、ユリアンなどはおかしがる。

もっとも、口でなんと反応しようと、この少年はヤンの言いたいことはすべてのみこんでいるのである。

それにしても、建国の父の名をあたえられた惑星ハイネセンを武力攻撃する、歴史上はじめての人物は、帝国人ではない。

「なんと、このヤン・ウェンリーなのさ」

ユリアンにむかってヤンは声をたてずに笑ってみせた。彼としては、笑うしかないという気分である。民主政治をまもるという信念のもとには、涙をのんで故郷を攻撃することもためらわない――などという悲壮感の美学は、ヤンには無縁だった。へたになぐさめようとはせず、ユリアンが答える。

「銀河帝国の首都を攻撃なさるのは、ぼくが一人前になってからにしてください。はやくそうなりますから」

「オーディンか？　そちらはお前にまかせるよ。私はハイネセンだけでたくさんだ。さっさと引退して、あこがれの年金生活にはいりたいものさ」

「あ、それじゃ、ぼく、軍人になっていいんですね」

ヤンはあわてて前言をとり消した。ユリアンは、大艦隊をひきいる宇宙の軍人を志望しているのだが、彼はまだその件にかんして結論をだせないでいるのだ。

ユリアンのこととはべつに、大艦隊どうしの決戦による覇権争奪、その形式じたいが古いのではないか。ヤンはこのごろそう思うようになっている。

要は、必要な時間に必要な空間を確保しておくことである。一定の宇宙空間を、一定の時間、使用できればそれでよいのだ。恒久的なスペースの確保をねらうから、おのずと航路帯も限定され、戦場もかぎられ、戦わざるをえなくなる。しかし、敵のいない場所を、敵がいないあいだだけ使えればよいはずではないか。

この戦略思想を、さしあたってヤンは〝宙域管制《スペース・コントロール》〟と名づけ、それまでの艦隊決戦によるものを〝宙域支配《コマンド・オブ・スペース》〟として、それよりいちだんと柔軟で合理的な戦略思想として体系化してみたいとも思っているのだ。シェーンコップにからかわれるのも無理はない。ヤンは戦争を嫌っているくせに、知的ゲームとしての戦略戦術に、無関心ではいられないのである。

そのころ、惑星ハイネセンの地下深くで、ひとりの男が同志をはげましている。

「まだだ――まだ吾々《われわれ》には〝処女神《アルテミス》の首飾り〟がある。これあるかぎり、ヤン・ウェンリーといえどもハイネセンの重力圏内に突入することはできない」

グリーンヒル大将は、力強く言った。一同の顔にわずかな光がさしたのを見て、彼はくりかえした。

「吾々はまだ負けてはいないのだ」

Ⅲ

「吾々はまだ勝ってはいない」

スクリーンに浮かびあがる翡翠《ひすい》色の美しい惑星に視線を投げながら、ヤンは思った。

〝アルテミスの首飾り〟のことは、彼の念頭にない。どれほど強力なものであれ、兵器や要塞などのハードウェアをおそれたことは一度もない。〝アルテミスの首飾り〟を無力化する手段など、いくらでもある。

有人惑星を武力占領するのは本来、容易なことではない。それじたいが巨大な補給・生産基地であり、それを攻撃する側は大量の軍需物資を必要とする。

アムリッツァ会戦の初期において、同盟軍が多くの有人惑星を占領しえたのは、帝国軍の戦略的後退の結果であり、いわば罠への道に餌をばらまかれ、みさかいなく喰いついたものである。

ハイネセンの場合はそうはいかない。だが、ハイネセンの弱点は、〝アルテミスの首飾り〟というハードウェアにたいする信仰にある。信仰の対象を砕いてしまえば、同時に抵抗の意志もくじけるだろう。

三六〇度、全方向にたいして攻撃能力を有する一二個の軍事衛星。レーザー砲、荷電粒子ビーム砲、中性子ビーム砲、熱線砲、レーザー水爆ミサイル、磁力砲《レール・キャノン》その他ありとあらゆる兵器を装備し、太陽光によって半永久的に動力を補給する、準完全鏡面装甲の一二個の球体。銀色をベースに淡い虹色にかがやく、高貴なほどに美しい、大量殺人のシステム。

だが、それは一度の武勲も誇ることなく、ヤン・ウェンリーの手で破壊されるだろう。

彼がおそれているのは、民間人と軍人とをとわず、惑星ハイネセンにいる一〇億人の人間の存在だった。彼らはすべてクーデター派にとって貴重な人質となりうるのだ。

もしクーデター派が、全住民もろとも惑星ハイネセンを自爆させる、と脅迫してきたら……。あるいは、ビュコック提督の頭部にブラスターをつきつけて交渉をもとめてきたら……。ヤンは両手をあげるしかない。

グリーンヒル大将がそこまでやるとは思いたくない。だが、彼がクーデターの首謀者のひとりだということじたい、ヤンの想像をこえていたではないか。

これにたいして、ヤンはなんらかの手をうたなくてはならなかった。彼らの執念に打撃をあたえ、無益な抵抗をさせないようにするには、どうしたらよいのか。

このクーデターが、当人たちの意思はともかく、銀河帝国のローエングラム侯ラインハルトによって計画されたということをあきらかにするのだ。物的証拠はない。だが、現に帝国内で大規模な内戦が発生している。それをもって状況証拠とすることは可能であろう。あるいは、クーデター鎮定のあと、物的証拠が見いだせるかもしれない。とにかく、必要なのは、それを証言する人物である。

ヤンはひとりをえらんだ。

呼びだされたバグダッシュ中佐は、足どりもかるくヤンの部屋へやってきた。副官のフレデリカに座をはずさせて、ヤンはきりだした。

「貴官にやってもらいたいことがある」

「なんなりと」

答えながら、バグダッシュは室内を見わたし、ユリアンがいないことを確認して安心した。あの美しい少年に、どうにも苦手意識をおぼえるというのは、本人にとってもばかばかしいことだが、一度機先を制されると、その記憶は尾をひくものらしい。

「で、なにをすればいいのです？　ご命令とあらばハイネセンへの潜入でも……」

「そして、グリーンヒル大将のところへ駆けこむか」

「や、これは心外なことを」

「冗談だ。じつは証人になってほしい」

「証人？　なんの？」

「今回の救国軍事会議のクーデターが、銀河帝国のローエングラム侯ラインハルトに使嗾されたものだ、ということの証人にだ」

何度か、バグダッシュはまばたきした。ヤンの言う意味を理解したとき、口が大きく開いた。別人を見るような目で、バグダッシュは若い司令官を注視した。

「とほうもないことを考えつかれましたな……」

クーデターの正当性を、完全にたたきつぶすための宣伝工作——バグダッシュはそううけとった。たしかにそうにはちがいないのだ。

「事実だ。物的証拠はいまのところない。だが事実なんだ、それは」

ヤンは言ったが、バグダッシュの表情からは驚きと疑惑の色が消えなかった。さらに言おうとして、ヤンは相手に納得させるのをあきらめた。

「まあいい、信じられないのも無理はない」

いささか投げやりな気分だった。バグダッシュでなくとも、ヤンの言葉を信じるかどうか、あやしいものだった。信じてくれるのは、実際にクーデターがおこる以前にヤンから話を聞いたビュコック、それにユリアンくらいのものだろう。シェーンコップやフレデリカでも、はたしてどうか。シェーンコップなど、人の悪い微笑を浮かべて言うかもしれない。

「よくできた話だが、ストレートすぎますな。すこし甘くて八〇点というところですか」

フレデリカは抗議するかもしれない。

「そこまで父をおとしめないでください。父が帝国の手先になるはずはありません」

……ヤンは頭をひとつふって、脳裏に浮かんだいくつかの顔をおいはらった。

「とにかく、証言はしてもらう。くわしい台本や物的証拠が必要なら、つくってやってもいい。アンフェアなことは承知のうえだ。どうだ、やれるか」

ヤンの表情も声も、とくに冷厳になったわけではない。だが、バグダッシュは、抵抗しがたいものを相手のなかに感じた。

「わかりました。私は転向者だ。なんでもお役にたちますよ」

すくなくとも、当面、バグダッシュの運命はヤンにゆだねるしかないのである。

バグダッシュをさがらせると、ヤンは、かるい自己嫌悪を感じながら、フレデリカ・グリーンヒル大尉を呼んだ。

「〝処女神《アルテミス》の首飾り〟を攻撃する方法について、技術上の問題をつめたい。みんなを会議室に集めてくれ」

「はい」

フレデリカは全身に緊張の色をたたえた。強力無比をうたわれる一二個の軍事衛星を破壊する困難さが、彼女をそうさせた。どれだけの犠牲がでるのか、想像もつかない。だが、ヤンはそれを察したように言った。

「心配ない、グリーンヒル大尉。〝処女神《アルテミス》の首飾り〟を破壊するのに、一隻の戦艦もひとりの人命も犠牲にしないことを約束するよ」

そんなものが免罪符になるなどとは思わないヤンではあったが……。

通信スクリーンにバグダッシュ中佐があらわれたのは、窮地にたった救国軍事会議のメンバーたちにとって、不快きわまる驚きだった。彼は、ヤン・ウェンリーを暗殺するという重要な任務に失敗し、味方を危地においこんだあげく、いま、クーデターがローエングラム侯ラインハルトの策謀によってひきおこされた、と、とほうもない証言をし、彼らの大義を全面的に否定してのけたのだ。

「バグダッシュ、恥知らずの裏切り者、よくも人前に顔をだせたものだな」

ほとばしった怒声には、陰惨なかげりがあった。この裏切り者にたいして、報復する手段がもはや存在しないことを、彼らは知っていたからである。〝アルテミスの首飾り〟でさえ、最終的な敗北をさきにひきのばすだけの効果しかないことを、彼らは承知せざるをえなかった。

いまや、〝救国軍事会議〟が支配しているのは、惑星ハイネセンの地表と地下の一部だけであった。他の三次元的空間は、ことごとく敵の手中にある。

敵――ヤン・ウェンリーという青二才の司令官。彼が、クーデターを失敗させた。彼は第一一艦隊を撃破し、救国軍事会議がただひとつもっていた宇宙戦能力をうばい、クーデターの成果をハイネセン一星だけに封じこめ、去就《きょしゅう》をさだめかねていた人々を自軍にひきこんでしまった。みごとな力だ。だが、ひとつ、グリーンヒルはヤンにたいして言うべきことがあった。

「ヤン・ウェンリーという男を見そこなっていたかもしれない。吾々が帝国の手先だなどと、あんな見えすいた政治宣伝をするとはな。ああも吾々をおとしめる必要はあるまい」

一同が大きくうなずく。それを見ながら、グリーンヒルはつづけた。

「これは吾々自身の意思によってはじまった。リンチ少将が帝国から帰還し、みごとな作戦計画をもたらしてくれたからこそだ。ローエングラム侯など関係ない。そうだろう、リンチ少将」

リンチは酔いに濁った目を赤く光らせると、なにかにかられたような表情をつくった。

「おほめいただいて恐縮だが、あの作戦をたてたのはおれじゃない」

「なに!?」

グリーンヒル大将の顔を、不吉な疑惑がななめによぎった。彼は数秒間ためらったあと、質問した。

「では誰だ。誰があれだけの作戦をたてた?」

質問と応答とのあいだに、かなりの沈黙がつづいた。

「銀河帝国元帥、ラインハルト・フォン・ローエングラム侯爵」

あらためて一同の頭上におちかかった沈黙は、無言の悲鳴にみちていた。どの顔にも血の気がない。

「なんだと……」

「ヤン・ウェンリーは正しかったのさ。このクーデターは、ローエングラム侯、あの金髪の孺子《こぞう》の頭脳から生まれたものだ。奴は内戦で貴族どもをかたづけるあいだ、同盟にうちわもめさせておきたかったのさ。あんたらは利用されたんだ」

「貴官はローエングラム侯の掌のうえで、吾々に道化のダンスを踊らせたというのか」

問う声はかすれ、ひびわれていた。

「ああ、みんな、なかなかうまく踊ってくれた。クリスチアン大佐のような低能もだが、グリーンヒル大将、あんたもね」

毒々しい嘲笑。アルコールくさい息にのって、目に見えない小鬼が室内を飛びまわり、人々の心臓をちくちくと槍で刺してまわった。誰かが、うめき声をあげた。

「これを見るんだな。ローエングラム侯が、おれにしめした作戦計画だ」

リンチの手から、小さな薄いファイルが飛んで、デスクの上で乾いた音をたてた。ひったくるように、グリーンヒルがそれをとりあげてページをめくる。

辺境の惑星で騒乱をおこす。それも一カ所でなく多くの場所で。それによって首都の兵力を分散させ、真空状態をつくりあげ、その状態に乗じて政治・軍事上の要地を占拠する……。グリーンヒルはあらい呼吸をするとファイルを投げだした。

「そこまではシナリオどおりはこんだ。だが、そのさきは八方ふさがりになってしまった。演技者であるあんたたちに実力がなかったからだ」

「リンチ少将、ローエングラム侯の策略にのったのはなぜだ。よほど魅力的な条件をあたえられたからか。帝国軍の提督にしてやるとか……」

「それもあった……」

リンチの声は高低がさだまらない。不意に高くなったり低くなったりする。彼自身、声をコントロールする努力をみせなかった。

「だが、それだけではない。誰がどうこうと言うわけではないが、自己の正しさを信じてうたがわない人間に、弁解しようのない恥をかかせてやりたかったのだ。もう出世など、人生など、どうなろうとかまわん」

一同が慄然とする光を、リンチの赤い目はたたえていた。

「どうだ、グリーンヒル大将、救国軍事会議とかいうごたいそうなしろものが、帝国の野心家の道具でしかなかったと、わかった気持ちは」

語尾は笑いに変わった。リズム感を欠く、異様な笑い声が、人々の心を酸のように侵蝕《しんしょく》した。エル・ファシルでの逃亡で、過去の人生を汚泥にひたし、弁解の余地もなく酒びたりの九年間をすごしてきた彼は、そのあいだ、誰にむけようもない怨念《おんねん》でみずからの身を灼きつづけてきたのだろうか。

「議長！　敵の攻撃がはじまりました」

オペレーターをつとめる士官が、こわばった声を投げかけた。それが、一同の凍結を溶かした。グリーンヒルがむきなおり、悪夢からさめたような声をだした。

「一二個の衛星のうち、どれに攻撃をしかけてきたのだ」

返答には困惑のひびきがあらわだった。

「それが……一二個すべてに同時になのです」

一同は視線をたがいに交錯させた。驚きというよりとまどいが彼らの表情にある。軌道上を自由にうごく一二個の衛星は、たがいを防御、支援するよう機能する。である以上、複数の衛星を同時攻撃したほうがよいが、戦力が分散する危険もある。一二個の衛星すべてを同時に攻撃するとは、常識をはずれていた。ヤン・ウェンリーはなにを考えているのか。

スクリーンが作動し、衛星にむかって宇宙空間を直進する物体をとらえた。その正体が判明したとき、室内をざわめきがはしった。

「氷……」

グリーンヒル大将はうめいた。それは巨大な――戦艦よりはるかに巨大な氷の塊だった。

Ⅳ

三〇〇年前。銀河帝国。

酷寒のアルタイル第七惑星で、奴隷にひとしい鉱山労働に従事させられていた共和主義者の青年がいた。名をアーレ・ハイネセンという。

彼は、この惑星を脱出して、遠い星々の彼方に共和主義者の新国家を建設したいと念願していた。だが、ネックは、人々を乗せる宇宙船を建造する材料だった。

ある日、ハイネセンは、子供が小舟をつくって遊んでいるのを見た。その小舟は氷でできていた。青年は啓示をうけた。

彼は、アルタイル第七惑星に無尽蔵にある天然ドライアイスで宇宙船をつくり、時間にして五〇年、距離にして一万光年におよぶ長い長い旅にのりだしたのだ。

自由惑星同盟《フリー・プラネッツ》の父、ハイネセンの、それがかがやける伝説であった。

「この作戦は、建国の父ハイネセンの故事にならった」

ヤンがそう言ったのは、誇ってのことではなく、にがいユーモアとしてである。その作戦はつぎのようなものだった。

バーラト星系第六惑星シリューナガルは、寒冷な氷の惑星である。ここから、一ダースの氷塊を切りだす。一個の氷塊は、一立方キロメートル、質量にして一〇億トンとする。

切りだした氷塊を無重力の宇宙空間にはこぶ。宇宙空間は絶対零度、マイナス二七三・一五度Cであるから、氷が溶けることはない。

ここで、それぞれの氷塊に航行用エンジンをとりつける。氷塊を円筒型にし、その中心線をレーザーでつらぬき、バサード・ラム・ジェット・エンジンを装着するのだ。

このエンジンは、前方に巨大なバスケット型の磁場を投射し、イオン化されて荷電《かでん》した星間物質をからめとる。それは氷塊にちかづくにつれ、極小時間のうちに圧縮され、加熱され、エンジン内で核融合の反応条件に達し、前方からはいってきたときより、はるかに巨大なエネルギー量で後方に噴きだす。

この間、氷の無人宇宙船は休むことなく加速をつづけ、スピードが光速にちかづけばちかづくほど、星間物質を吸入する効率は高まる。こうして、氷の船は亜光速をえることができる。

さて、ここで、ごく初歩の相対性理論を思いだしてみよう。それはこうである——光速にちかづくにつれ、物質の実効質量は増大する。

たとえば、光速の九九・九パーセントのスピードで航行する船の質量は、もとの質量の約二二倍にふえる。光速の九九・九九パーセントだと、七〇倍になり、九九・九九九パーセントだと、二二三倍となる。

一〇億トンの氷塊が、二二三倍になれば、その質量は二二三〇億トンに達する。六〇階建ビルを三〇〇〇万個も集めたほどの巨大な氷塊が、亜光速で衝突すればどうなるか。〝アルテミスの首飾り〟をかたちづくる軍事衛星など、ひとたまりもなく粉砕されてしまうだろう。

ただ、その氷塊が、ハイネセン本星に突入したりすることのないよう、発進角度は慎重にさだめなければならない。一二個の衛星も無人、一二個の氷塊も無人である以上、一滴の血も流れないことはたしかだ。

「……なにか質問は？」

それに応じて、かるく挙手したのはシェーンコップだった。

「一二個すべてを破壊してしまって、かまわんのですか？」

のちのちのため、いくつか残しておいたほうがよくはないか、と、皮肉っぽくただしたのである。

「かまわない、全部こわしてしまおう」

ヤンはあっさり言ってのけた。クーデターなどが成功するという妄想を一部の人間にいだかせた原因のひとつは、この〝処女神《アルテミス》の首飾り〟にあるのではないか、と、ヤンは思っている。

他の星系、他の惑星がすべて敵に制圧されても、ハイネセンだけは生き残る、というあさましい思想のシンボルがこれだ。だが、ここまで敵が攻めてくるということは、戦争が敗北寸前にあるということを意味する。敵をここまで侵入させねばよいのだし、そもそも戦争を回避する政治的・外交的な努力をすることが先決であろう。

軍事的ハードウェアに平和の維持をたよるのは、硬直した軍国主義者の悪夢の産物でしかなく、思考のレベルで言えば、幼児向きの立体TV《ソリビジョン》アクション・ドラマとことならない。ある日、突然、宇宙の彼方から醜悪で好戦的なエイリアンが理由も原因もなく侵略してきたので、平和と正義を愛する人類はやむをえず抵抗する。そのためには強大な兵器や施設が必要だ——というわけだ。

美しい惑星をとりまく衛星の一群を見るたびに、ヤンは、女神の咽喉にからみつく蛇を連想して、いやな気分になるのだった。

要するに、ヤンは、〝アルテミスの首飾り〟なるしろものが、昔から気にいらなかったので、ハードウェア信仰にたいするショック療法もかねて、この際ぶっこわしてやろう、と考えたのである。〝アルテミスの首飾り〟を無力化する方法はいくつも考えた。そのなかで、ヤンが、もっともおおげさな手段をえらんだのは、そういう理由からだった。

作戦は実行された。

一二個の巨大な氷塊は、一二個の軍事衛星めがけて突進してゆく。

それは想像を絶する光景だった。スピードが上昇するにつれ、氷塊は質量をまし、その大きさと重量じたいを武器として強化させてゆくのである。

衛星にそなわったレーダー、センサーなどの索敵システムは、急接近する氷塊をキャッチする。だが、それはエネルギー波でも金属体でもなく、水素と酸素の化合物であり、それじたいはなんら危険のないものである。それでも、その質量とスピードを危険因子とみなして、衛星のコンピューターは作動する。

レーザー砲が氷塊に照準をさだめ、超高熱のエネルギーの円柱を吐きだした。

氷塊の壁に、直径三メートルの正円形の穴があいた。しかし、高出力のレーザー砲でも、この氷を貫通することはできなかったのだ。レーザー特有の徹底した指向性が、逆にわざわいして、破壊を拡散させることができなかったばかりではない。氷の一部は蒸発し、大量の水蒸気を発生させてレーザーの熱エネルギーをうばった。しかも、水蒸気は絶対零度の真空のなかで、発生した直後に急冷却され、こまかい氷の雲と化すると、そのまま慣性の法則によって亜光速で突進をつづける。ミサイルが発射され、爆発光が氷塊をかざった。それも目に見えるほどの効果はない。

ヤンの旗艦ヒューベリオンの艦橋では、人々が声もなくその光景を見まもり、オペレーターは質量計が表示する数字の激変に目をまわさんばかりだった。氷塊のスピードが光速にちかづくほど、その質量はふくれあがり、より巨大になってゆくのだ。

衝突した。

氷塊はくだけた。衛星も。氷片が乱舞し、太陽光と惑星光を反射して、めくるめく光彩を周囲の空間に投げかけた。氷片のひとつひとつは数百トンの質量をもっている。だが、スクリーンのなかで美しくきらめくそれは、雪のひとひらよりもかろやかに思えるのだった。衛星の破片などすでに区別がつかなかった。

V

「全滅……アルテミスの首飾りが……一個のこらず……全滅……」

オペレーターは放心状態で〝全滅〟という言葉をくりかえした。救国軍事会議のメンバーたちは、塩の柱と化したように立ちつくしていた。

おなじ言葉だけが無限に彼らの耳のなかで反響をつづけるかと思えたころ、なにか重いものを投げだすような音がした。グリーンヒルが椅子にくずれこんだのである。集中する同志たちの視線のなかで、彼はかすれた声をふりしぼった。

「すべては終わった。軍事革命は失敗した。吾々は負けたのだ。それを認めよう」

数秒の間をおいて、反対する叫びがおこった。エベンス大佐が声をはりあげ、同志たちをはげました。

「いや、まだ終わってはいません。吾々には人質があります。ハイネセン一〇億の住民すべて、まだ吾々の手中にあるのです」

　大佐は、掌をテーブルにたたきつけながら主張した。

「それに統合作戦本部長も、宇宙艦隊司令長官も、吾々がとらえています。条件によっては交渉が成立する可能性もありますぞ。まだあきらめるのは早い」

「やめるのだ。これ以上の抵抗は無益なだけでなく、国家と国民の再統合に害をもたらす。もう終わったのだ。せめて、いさぎよく終幕をむかえようではないか」

　大佐の肩がおち、色あせた唇のあいだから弱々しい声がもれた。

「では吾々はこれからどうするのです。降伏して裁判をうけるのですか」

「そうしたい者は、そうするがいい。私はべつの途をえらぶが、その前にやっておかねばならないことがある。吾々の崇高な蜂起が、帝国の野望家の策略に踊らされたものだった、などという証拠と証人を残してはならんのだ」

　グリーンヒルの目が、いとわしげにリンチを見つめた。

「リンチ少将、私は昔から貴官に期待していた。士官学校で貴官が二級下だったころからだ。九年前、エル・ファシルの事件がおこったときは残念だった。だからこそ、今度は貴官の名誉を回復できると思い、かばってもやったのだが……」

「あんたに見る目がなかったのさ」

　アルコールづけのもと少将は冷然として事実を指摘した。グリーンヒル大将の顔色が一変した。怒り、絶望、敗北感、憎悪――それらが渾然《こんぜん》一体となって、彼の体内で爆発したかと思えた。

閃光が二条、室内をはしった。一条はグリーンヒルの眉間《みけん》に吸いこまれ、他の一条はリンチの左耳をかすめて、皮膚と筋肉の一部を切り落とした。叫び声につづいて、複数の光条が前後左右からリンチの身体に、細い灼熱したトンネルをうがった。グリーンヒルに数秒おくれて、彼も床に倒れこんだ。

「ばかどもが……」

リンチ少将は血の泡とともに、最後の笑いを吐きだし、彼を撃った士官たちを見まわした。

「おれはグリーンヒルの名誉を救ってやったのだぞ。そう思わんか……生きて裁判にかけられるより、奴は死んだほうがましだったろう……ふふん、名誉か、くだらん」

血の泡がはじけて、開いたままの両眼に膜がかかりはじめた。歩みよってその顔に唾を吐きかけると、エベンス大佐はどなった。

「このけがらわしいファイルを燃してしまえ。リンチの屍体も始末するのだ。吾々の大義をけがすおそれのあるものは、すべてかたづけろ」

「ヤン提督の艦隊が軌道上に展開し、降下作戦をはじめようとしていますが、どうしましょう」

オペレーターの声がうわずっている。エベンスは眉をしかめたが、やがて決心したようにうなずいた。

「通信回路を開け。おれがヤン提督と話す」

やがて、スクリーンに、黒い軍用ベレーをややななめにかぶった若い提督の姿があらわれた。背後には彼の幕僚たちがひかえていたが、なかにグリーンヒル大将の娘の顔が見えたので、エベンスはかるくたじろいだ。

「救国軍事会議議長代行として、同盟軍大佐エベンスが話をしたい。攻撃は無用だ。吾々は敗北を知り、無益な抵抗を断念するにいたった。すべてが終わったのだ」

「それはけっこうだが……」

当然ながら、ヤンは不審をいだいた。

「救国軍事会議議長のグリーンヒル大将はどうなさった。お姿が見えないが」

ひと呼吸おいてエベンスは答えた。

「閣下は自殺された。みごとな最期だった」

それを聞いて、フレデリカ・グリーンヒル大尉が、低い叫び声をあげ、片手で口をおさえた。小さく肩が慄えた。

「ヤン提督、吾々の目的は民主共和政治を浄化し、銀河帝国の専制政治をこの世から抹殺することにあった。その理想が実現できなかったのは残念だ。ヤン提督、貴官は結果として専制の存続に力を貸したことになるのだぞ」

「専制とはどういうことだ？　市民からえらばれない為政者《いせいしゃ》が、権力と暴力によって市民の自由をうばい、支配しようとすることだろう。それはつまり、ハイネセンにおいて現に貴官たちがやっていることだ」

「…………」

「貴官たちこそ専制者だ。そうではないか」

ヤンの声はやわらかいが、言うことには容赦がない。

「ちがう！」

「どうちがう？」

「吾々がもとめているのは自己の権力ではない。これは一時の方便だ。腐敗した衆愚政治から祖国を救い、帝国を打倒するまでの、かりの姿だ」

「一時の方便ね……」

ヤンはほろにがくつぶやいた。自己正当化には、どんな口実でもつかえるものだ。それにしても、一時の方便とやらが、どれほど多くの犠牲を要求したことであろう。

「では問うが、吾々は一五〇年の長きにわたって帝国と戦い、打倒することができなかった。今後また一五〇年をついやしても打倒できないかもしれない。そうなったとき、貴官らは権力の座にずっとしがみつき、市民の自由をうばいつづけて、一時の方便となおも主張するつもりか」

エベンス大佐は返答につまった。しかし、方向を変えて反論してくる。

「いま、政治の腐敗は誰でも知っている。それを正すのに、どんな方法があった？」

「政治の腐敗とは、政治家が賄賂《わいろ》をとることじゃない。それは個人の腐敗であるにすぎない。政治家が賄賂をとってもそれを批判することができない状態を、政治の腐敗というんだ。貴官たちは言論の統制を布告した、それだけでも、貴官たちが帝国の専制政治や同盟の現在の政治を非難する資格はなかったと思わないか」

「吾々は生命と名誉をかけていた……」

大佐の声は、かたくなだった。

「その点にかんして、何者にも誹謗はさせん。吾々は正義を欠いていたわけではない。運と実力がほんのすこしたりなかった。ただそれだけだ」

「エベンス大佐……」

「軍事革命、万歳！」

通信スクリーンの画面は灰色に変わった。

ムライ参謀長がため息をついた。

「最後まで自分の誤りを認めませんでしたな」

「人それぞれの正義さ」

憮然としてヤンは答え、シェーンコップに上陸の用意をするよう言った。

こうしてヤン艦隊は、ハイネセンの地上に無血上陸をはたしたのである。


ヤンはその地位や立場にくらべると、非常識なまでに容儀《ようぎ》がかるく、ひとりでさっさとうごきまわるので、部下たちは護衛に気をつかうのである。まして、いまは、クーデター派の残党が、どこにひそんでいるか判断しがたい。

ムライ少将が口やかましく用心を言いたてるのを聞きながして、ヤンはみずからの足で宇宙艦隊司令部へおもむき、投降した下士官から、ビュコック提督の監禁されている場所を聞きだした。すぐに釈放させ、病院にはこばせる。

四カ月をこす長い監禁生活で、老提督は肉体的には弱っていたが、目には強い光があり、話しぶりも明晰で、ヤンを安心させた。

「面目ないことだ、わしはまったく貴官の役にたてなかった。せっかく、情報をもらっておったというのにな」

「とんでもない。私こそ、遅くなってご迷惑をかけました。なにか、ご入用のものはありませんか」

「そうさな、さしあたって、ウイスキーを一杯ほしいもんだな」

「すぐに用意させましょう」

「グリーンヒル大将はどうした」

「亡くなりました」

「……そうか、また老人が生き残ってしまったか」

グリーンヒル大将に、人質の高官や市民を道づれにしない良識があったことを、ヤンは感謝した。もっとも、統合作戦本部長代行を解放したときは、それほどでもなかったが。

事後処理しなければならないことは山のようにヤンの前にたちはだかっていた。

クーデターの失敗と、憲章秩序の回復を全国に伝え、被害状況を調査し、救国軍事会議の生存者を逮捕し、グリーンヒル大将やエベンス大佐などの死者についても検死報告をつくらせなくてはならない。考えれば、あと、いくらでもあるだろう。ヤンは頭が痛くなった。

こういうとき、副官フレデリカ・グリーンヒルの有能ぶりは目をみはらせるものがあった。父親の死を知ったあと、彼女はヤンに言ったのだ。

「一時間、いえ、二時間だけいただけますか。わたしは、自分がたちなおれることを知っていますけど、でも、いますぐはだめです。ですから……」

ヤンはうなずいた。ジェシカ・エドワーズが虐殺されたと知らされたとき、彼も自分がたちなおれるまでの時間を測らずにはいられなかったのだ。

ヤンは、彼女の父親が自殺したとは思っていない。眉間に銃口をあてて自殺するなどありえないのだ。たぶん、他者によって射殺されたのだろう。しかし、それは口外する必要のない考えだった。

フレデリカがさがろうとすると、若い提督は言った。

「ええと……大尉、その、なんというか……気をおとさないように」

彼は宇宙の戦場では、一〇〇万、一〇〇〇万の大軍を自在に指揮することができる。だが、いっぽうでは、舌ひとつ自由にうごかせないときもあるのだった。

二時間がすぎて部屋からでてきたフレデリカは、流れるようなスピードで仕事を処理していった。ヤンの手もとには、〝処理済〟とサインされたファイルが山をなしていく。ヤンが感心しながらそのページをめくっているあいだに、戦勝パレードのコースまで選定し、時刻までも決めてしまうあざやかさだった。彼女にとっては、激務が救いとなったのかもしれない。

市街地のパトロールにでかけていたシェーンコップから連絡がはいった。ユリアンが、事件の最高責任者を発見した、というのである。誰のことか、といぶかるヤンに、

「名前を聞くのもいやでしょうが、最高評議会議長ですよ」

たしかに聞くのもいやな名前だった。

クーデター発生以来、行方不明になっていたトリューニヒトが、姿をあらわしたというのである。ビュコック提督の入院につきそったユリアンが、ヤンのもとへもどる途中、古い建物のそばで地上車《ランド・カー》を呼びとめられたのだ。

「あなたは……」

相手を見て少年は口ごもった。彼の保護者が、この世でもっとも嫌っている人物が笑っている。

「私を知らないはずはないだろう。きみたちの国家元首だよ」

自由惑星同盟《フリー・プラネッツ》最高評議会議長ヨブ・トリューニヒトは、やわらかな口調で言った。ユリアンは背筋に寒けを感じた。少年の感性は、おおいにヤンの影響をうけていた。

「きみはユリアンくんだな、ヤン提督の被保護者の。将来有望な少年だと噂に聞いている」

ユリアンは無言で、かたちだけ会釈《えしやく》した。自分の存在を知られていることについて、驚きより警戒心をいだかずにいられない。

トリューニヒトの背後に、四、五人の男女がいた。表情に愛敬のない人々だった。

「こちらは、私をかくまってくれた地球教徒の人々だ。私は彼らの地下教会にこもって、非道な軍国主義者を打倒すべく、長いあいだ、努力していたのだよ」

努力？　なにを努力していたのか。安全な場所に隠れて、すべてが終わってからはいだしてきただけではないか。そう言いたかったが、ヤンの立場を考えて、ユリアンはだまっていた。

「さあ、私を官邸へつれていってくれ。私が無事なことを全市民に知らせて、喜んでもらわなくてはならんからな」

しかたなく、ユリアンは議長を乗せて地上車《ランド・カー》を走らせ、官邸前にいたシェーンコップとその部下たちに彼をおしつけたのだった。

「やれやれ、一難さってまた一難か」

ことのしだいを聞いたヤンは、元首を〝災難〟よばわりして肩をすくめたが、笑いきれないものを感じずにいられなかった。地球教の信者にトリューニヒトは救われ、長いあいだかくまわれたという。かつて〝憂国騎士団〟がそうだったように、地球教徒たちもトリューニヒトに利用されているのだろうか。

それとも……。

第八章　黄金樹《ゴールデンバウム》は倒れた

I

人が誰でも心のなかに神聖な規範をもっているとすれば、ジークフリード・キルヒアイスの場合、それは、一一年前に黄金色の髪をもつ少女がけぶるような微笑とともに言った言葉だった。

「ジーク、弟と仲よくしてやってね」

当時一五歳だったアンネローゼから、そう言われたことを、赤毛の少年はどれほど誇らしく思ったことだろう。健康な少年は、夜、熟睡できないことはほとんどなかったが、その日ばかりは、夜中になっても、ベッドのなかで眠れぬままに寝返りをくりかえしながら、姉弟の忠実な騎士《ナイト》となることを自分に誓ったのだった。

ラインハルトは、黄金色の巻毛で、色白で、翼を隠した天使のように美しい少年であったから、おとなしくふるまっていれば、同年輩の少年少女のアイドルに祭りあげられたにちがいない。しかし彼は、顔に似あわず不遜で好戦的ですらあり、たちまち多くの敵をつくることになった。町の少年たちのなかで、実力と人望をかねそなえたキルヒアイスがついていなければ、道を歩くことさえできたかどうか。

ラインハルトやキルヒアイスより一歳年長で、体格も腕力も群をぬく少年がいた。一対一で闘って勝てるのは、天性けんか巧者《こうしゃ》のキルヒアイスだけしかいなかった。その少年が、キルヒアイスのいないときに、生意気なラインハルトに制裁をくわえようとした。美しい金髪の少年を、屈伏させて自分の手下にしたかったのかもしれない。

威嚇の言葉をならべたてる相手の顔を、ラインハルトは凍てついた宝石のような蒼氷色《アイス・ブルー》の瞳でながめていたが、いきなり相手の股間を蹴りつけ、前のめりになったところを、石をつかんで容赦なくなぐりつけた。戦意を喪失し、血まみれになった相手が悲鳴をあげてもやめなかった。キルヒアイスがべつの少年の通報で駆けつけ、ようやく引き離した。

ラインハルトはけがひとつなく、態度も平然として悪びれていなかったが、服に血がついていることをキルヒアイスに指摘されると、急に元気をなくした。姉に知られるとこまるのだ。アンネローゼは叱りつけたりはしない。ただ、優しい瞳に悲しみをこめて見つめる。それがラインハルトにはこのうえなくこたえるのだ。

ふたりは相談したすえ、公園の噴水に服を着たままとびこんで、ラインハルトの服についた血を洗い流した。ひどいけんかをしたというより、噴水に落っこちたというほうが、まだしも穏当《おんとう》であろう。

考えてみれば、キルヒアイスまで水びたしになる必然性はまったくなかったのだが、中古の洗濯ロボットが存在意義を声高に主張するあいだ、ラインハルトとおなじ毛布にくるまって、アンネローゼのいれてくれた熱いチョコレートを飲むのは、心地よい体験だった。

心配なのは、ラインハルトに返り討ちされた少年が親に言いつけることだったが、日ごろ、腕力を誇示していたてまえ、体面が許さなかったらしく、少年は親をこの件に介入させてこなかった。ただ、復讐される危険性はあったので、以後、キルヒアイスはラインハルトの傍を離れなかった。相手が集団でくれば、ラインハルトひとりの手にあまる。だが、けっきょく、それは杞憂《きゆう》におわった。ラインハルトだけならともかく、キルヒアイスまで敵にまわす無謀さは、悪童たちにもなかったのだ。

それからほどなく、アンネローゼは少女の身で皇帝フリードリヒ四世の後宮におさめられ、ラインハルトは幼年学校にはいり、キルヒアイスを迎えにきた。古い日の終わりだった。以後、ラインハルトは一直線に野望への階段を駆けあがり、自分についてあがってくることを、赤毛の親友にも要求した。

キルヒアイスはそれに応えた。彼の生涯は、この金髪の姉弟とともにあったのである。彼はそれに深い充実感と幸福をおぼえていた。また、彼以外の何者が、ラインハルトの、空を翔けるような足どりについていけただろう。

「キルヒアイス、ご苦労だった」

再会したとき、ラインハルトは輝くような笑顔で言った。

別動隊を指揮して帝国各地を転戦したキルヒアイスは、ラインハルトの分身としての任務を完璧にはたしていた。貴族連合軍の副盟主リッテンハイム侯を宇宙の塵とし、降伏した兵力を吸収してあらたに編成しなおし、辺境を平定しつくして、彼はラインハルトの本隊と合流したのである。

「キルヒアイス提督の武勲は巨大すぎる」

ラインハルトの司令部で、昨今はそういうささやきすら生じている。それは賞賛であると同時に、ねたみであり、警戒ですらあった。

ラインハルトが、ブラウンシュヴァイク公ひきいる貴族連合軍の本隊との戦いに専念できたのは、キルヒアイスが周辺を経略し、安定させたことが重要な一因であった。そのことは万人が認め、ラインハルト自身が人に語っている。キルヒアイスの武勲がどれほど巨大であれ、ラインハルトのためにたてられたものであることを、彼は知っているのだ。

「疲れたろう。まあすわれ。ワインとコーヒー、どちらにする？　姉上のりんごタルト《アップフェル・トルテ》でもあればいいのだが、前線ではぜいたくも言えないな。帰ってからの楽しみだ」

「ラインハルトさま、お話があります」

好意を感謝しながらも、キルヒアイスは一刻も早く、ことの真偽を確認せずにいられなかった。

「なんだ?」

「ヴェスターラントで二〇〇万人の住民が虐殺された件です」

「それがどうした?」

ラインハルトの秀麗な顔を、不快そうな表情が一瞬だがかすめた。キルヒアイスはそれを見のがさなかった。心に冷たいものがしたたるのを、赤毛の若者は感じた。

「ラインハルトさまが、その計画を知りながら、政略的な理由で黙認した、と申す者がおります」

「………」

「事実ですか」

「……そうだ」

いやいやながら、ラインハルトは認めた。昔からアンネローゼとキルヒアイスにだけは、嘘をつけない彼だった。

キルヒアイスの表情はきびしいほどに真剣で、ことをなあなあですませるつもりがないのは明白だった。彼は全身で吐息した。

「ラインハルトさまが覇権をお求めになるのは、現在の帝国——ゴールデンバウム王朝に存在しえない公正さに拠《よ》ってこそ、意味があると私は考えていました」

「そんなことはお前に言われるまでもない」

ラインハルトは不利を自覚していた。一対一というのが、よくないのかもしれない。対等だった少年の日にもどってしまう。そうであるようのぞみ、それが当然だと思っていたラインハルトだが、こういうときは一喝して部下をしりぞけることのできる上下関係のほうが好ましかった。むろん、そう思わせたのは、ヴェスターラントの虐殺にたいして彼がいだいている後ろめたさなのである。

「大貴族たちが滅亡するのは、いわば歴史の必然、五〇〇年来のつけを清算するのですから、流血もやむをえないことです。ですが、民衆を犠牲になさってはいけません。あたらしい体制は、解放された民衆を基盤として確立されるのです。その民衆を犠牲にするのは、ご自分の足もとの土を掘りくずすようなものではありませんか」

「わかっていると言ったろう」

ラインハルトはグラスのワインを一息にほして、赤毛の友を不快そうににらんだ。

「ラインハルトさま」

赤毛の若者の声に、小さな怒りと大きな哀しみのひびきがあった。

「相手が大貴族どもであれば、ことは対等な権力闘争、どんな策《て》をおつかいになっても恥じることはありません。ですが、民衆を犠牲になされば、手は血に汚れ、どのような美辞麗句をもってしても、その汚れを洗いおとすことはできないでしょう。ラインハルトさまともあろうかたが、一時の利益のために、なぜご自分をおとしめられるのですか」

金髪の若者は、いまでは青白い顔になっていた。主張の正しさにおいて、自分が敗北に直面していることを、彼は認めざるをえなかった。そして、その認識が、不条理で、それだけに強烈な反発を生んだ。反抗的な子供のような目つきで、彼は赤毛の友をにらんだ。

「お説教はたくさんだ！」

ラインハルトは叫んだ。その瞬間、自分の行為に恥ずかしさをおぼえ、それを打ち消そうとして、いちだんといきりたつ結果になってしまった。

「だいいち、キルヒアイス、この件にかんして、おれがいつお前に意見をもとめた？」

「…………」

「いつお前に意見をもとめた、と訊いている」

「いえ、お求めになっていません」

「そうだろう。お前はおれがもとめたときに、意見を言えばいいんだ。すんだことだ、もう言うな」

「ですが、ラインハルトさま、貴族たちは、やってはならないことをやりましたが、ラインハルトさまは、なすべきことをなさらなかったのです。どちらが罪が大きいのでしょうか」

「キルヒアイス！」

「はい」

「お前はいったい、おれのなんだ？」

青ざめた顔色と、熾烈《しれつ》な眼光が、ラインハルトの怒りを物語っていた。それだけ、彼は赤毛の友に痛いところをつかれたのであり、それを相手に覚《さと》られないためにも、より激しく怒ってみせねばならなかったのである。

ラインハルトの問いがそういうものである以上、キルヒアイスも、つっぱらざるをえなかった。

「私は閣下の忠実な部下です、ローエングラム侯」

この問いと、この答えによって、なにか目に見えない貴重なものが、音もなくひび割れたことを、ふたりとも悟っていた。

「わかっているんだな、それならいい」

しらじらしく、ラインハルトは言った。

「お前のために部屋が用意してある。命令があるまで、ゆっくり休め」

黙然と一礼して、キルヒアイスは退室した。

自分がどうすればよいのか、じつのところ、ラインハルトにはわかっていた。キルヒアイスのところへおもむいて、自分の行為を謝罪し、

「あんなことは一度きりだ、今後、絶対にしない」

と言えばよいのである。他人の見ている前でやる必要はなく、ふたりきりの場でよい。それだけで、すべてのわだかまりが氷解するはずだった。ただそれだけで……。

だが、ただそれだけのことが、ラインハルトには不可能だったのである。

キルヒアイスも、わかってくれてよさそうなものだ。その思いがラインハルトにはある。無意識の甘えであったろう。

子供のころ、何度キルヒアイスとけんかしたことか。原因はいつもラインハルトにあり、笑って許してくれるのはキルヒアイスだった。

だが、今回もはたしてそうだろうか。ラインハルトは妙に自信を失っていた。

Ⅱ

人工天体ガイエスブルク要塞は孤立し、包囲のなかにある。

人々は信じられぬ思いだった。つい半年前、この地には、数千の貴族とその軍隊が参集し、銀河帝国の首都が移転してきたかのような活気があふれていたではないか。それが現在、あいつぐ民衆の反抗、兵士の離反、軍事的な敗北によって、それは貴族たちの巨大な柩《ひつぎ》と化そうとしている。

「なぜこうなったのだ?」

貴族たちは呆然とせざるをえない。

「これからどうなる? 盟主はどうお考えなのだ?」

「なにもおっしゃらぬ。そもそも、考えがおありかどうか」

盟主ことブラウンシュヴァイク公の、権威と人望の失墜は、はなはだしいものがあった。それまでは見えなかった、あるいは、見えても無視するにたりた欠点のかずかずが、いまでは拡大されて人々の目に映っている。判断のまずさ、洞察のとぼしさ、統率力の不足。いずれも非難の対象として充分すぎるほどだった。

もっとも、ブラウンシュヴァイク公をあまりにおとしめると、その彼に盟主の座をあたえ、その主導下に内戦に突入した自分たちをも、同時におとしめることになる。けっきょく、貴族たちは、盟主を責めるのをやめ、自分たちの選択を呪い、残りすくない選択肢のなかから、最小の不幸をさぐりだすしかなかった。

戦死、自殺、逃亡、降伏。この四つのうちから、どれをえらぶべきであろうか。

前二者のうち、どちらかをえらぶことに決した者には、悩みはすくない。彼らは、勇敢だが無益な死にむかって、それぞれの準備をすすめている。生をえらびたい者が、迷いの海のなかに思考の小舟を漂わせているのだった。

「たとえ降伏といったところで、金髪の孺子《こぞう》――いや、ローエングラム侯がうけいれてくれるだろうか。いままでがいままでだからな」

「そう、手ぶらではおぼつかん。だが、手みやげがあれば……」

「手みやげ？」

「盟主の首だ」

彼らは声をひそめ、周囲を見まわした。自分たちの考えていることに、さすがに後ろめたさを感じずにはいられなかったからである。

すでに自殺者がではじめていた。年老いた貴族や、内戦で息子に先立たれた貴族たちである。彼らのある者は、すべてをあきらめて毒をあおぎ、またある者は、ラインハルトにたいする憎悪と呪詛《じゅそ》をならべたてながら手首の血管を切って古代ローマ人にならった。

自殺者がひとりでるごとに、生き残った者は凋落《ちょうらく》の思いを深くした。

ブラウンシュヴァイク公は酒におぼれた。彼自身は知るはずもなかったが、それはリッテンハイム侯最後の日に酷似していた。ただブラウンシュヴァイク公のほうが、かつての競争者よりは陽性であった。彼は、若い貴族たちを集めて大騒ぎをし、アルコールの力を借りて精神を奮いたたせ、なりあがり者の金髪の孺子《こぞう》を殺して、その頭蓋骨で酒杯《さかずき》をつくってやる、とどなるのだった。心ある人々は眉をひそめ、将来にたいしてますます悲観的になった。

いまだ闘志を失っていないのは、フレーゲル男爵らをはじめとする若い貴族たちであった。ことに彼らの一部は、とほうもなく楽天的だった。

「一戦して金髪の孺子の首をとればよいのだ。それで歴史は変わり、過去の敗北はつぐなわれる。最後の一戦をいどむのだ。それ以外に途はない」

彼らはそう主張し、酒の席で盟主ブラウンシュヴァイク公を説得して、残余の兵力を整備し、起死回生の決戦を準備したのである。

旗艦にとどいた手紙の最初の一通を見て、若い帝国元帥は微笑した。

「ほう、伯爵令嬢《フロイライン》マリーンドルフからの手紙か」

ヒルダことヒルデガルド・フォン・マリーンドルフの、知性と活力に富んだ瞳のかがやきを、ラインハルトは思い浮かべた。それは不快からはほど遠い印象だった。

カセットを機械にかけると、伯爵令嬢の生々《せいせい》とした映像が彼に語りかけてきた。

ヒルダからの手紙は、たいはんが、帝都オーディンにおける、ラインハルト派の貴族や官僚の動静にかんするもので、報告書にちかい性格だったが、彼の注意を惹いたのは、帝国宰相リヒテンラーデ公爵について述べた部分だった。

「宰相閣下は、国政全般を総轄《そうかつ》なさるいっぽう、帝都の貴族たちのあいだを熱心にうごきまわっておられます。どうやら、なにかしら遠大な計画をもっておいでのようですわ」

ヒルダの表情にも声にも皮肉そうな、それでいて真剣なゆらめきがある。ラインハルトにむかって注意を呼びかけているのだ。

「古狸《ふるだぬき》め、おれの背中を撃つ準備にいそがしいとみえるな」

けわしい眼光と、雪のような銀髪と、とがった鼻を所有する七六歳の老人の姿を、脳裏に浮かべて、ラインハルトは冷笑した。陰謀好きの老宰相にたいしては、こちらもそれなりの準備はしてある。だが、それをいそぐ必要があるかもしれない。老人は皇帝と国璽《こくじ》をにぎっている。一片の紙きれで、ラインハルトの地位を合法的にうばうことができるのだ。

ラインハルトは二通めから六通めの手紙をつぎつぎに無視し、七通めをとりあげた。姉のアンネローゼからのものだった。

弟の健康を訊ね、さまざまな注意や思いやりの言葉をならべたあと、アンネローゼはつぎのように結んでいた。

「……あなたにとって、もっともたいせつなものがなんであるかを、いつも忘れないようにしてください。ときには、それがわずらわしく思えることもあるでしょうけど、失ってから後悔するより、失われないうちにその貴重さを理解してほしいの。なんでもジークに相談して、彼の意見を聞くのよ。それでは、帰る日を楽しみにしています。また逢う日まで《アウフ・ヴィダーゼーン》」

ラインハルトはかたちのいいあごにしなやかな指をあてて考えこみ、もう一度、カセットをかけなおした。

気のせいだろうか。美しい、優しい姉の顔に翳りを感じるのは。それにしても、なんでもジークフリード・キルヒアイスに相談せよと言う姉の言葉は、いまのラインハルトにとって、ありがたい以上に不満だった。姉上は、私よりキルヒアイスの判断力のほうを高く評価しているのだろうか——ヴェスターラントの虐殺のことをちらりと思い浮かべて、ラインハルトは憮然とした。たしかに、そうかもしれない。だが、好んでやったわけではないし、充分な理由があったのである。ヴェスターラント以来、民心は完全にブラウンシュヴァイク公を見放し、内戦は当初の予想よりはるかに早く終わりそうではないか。トータルすれば、こちらのほうが民衆に寄与したはずだ。キルヒアイスは理想にこだわるあまり、形式主義におちいっているのだ。

いまひとつ、ラインハルトが気にしたのは、「ジークによろしく」という姉の一言がなかったことである。これは、キルヒアイスに姉がべつの手紙をとどけたことを意味しないだろうか。とすれば、姉はキルヒアイスになんと語りかけたのだろう。ラインハルトは知りたく思ったが、キルヒアイスにたいする妙なこだわりを捨てきれず、そのことを言いだせなかった。

だが、キルヒアイスとのあいだになにがあるにせよ、相手がオーベルシュタインとなれば、彼は赤毛の友をかばってやまない。

「全宇宙が私の敵になっても、キルヒアイスは私に味方するだろう。実際、いままでずっとそうだった。だから私も彼に酬いてきたのだ。そのどこが悪いのか」

ラインハルトの熱さに、義眼の参謀長は冷静さで応じる。

「閣下、私はなにもキルヒアイス提督を粛清しろとか追放しろとか申しあげているのではありません。ロイエンタール、ミッターマイヤーらと同列におき、部下の一員として待遇なさるように、と、ご忠告申しあげているのです。組織にナンバー2は必要ありません。無能なら無能なりに、有能なら有能なりに、組織をそこねます。ナンバー1にたいする部下の忠誠心は、代替のきくものであってはなりません」

「わかった、もういい。くどく言うな」

ラインハルトは吐きだした。彼にとって不愉快だったのは、オーベルシュタインの言うことが理屈としては正しかったからである。それにしても、この男の言うことは、なぜ、正しいのに相手の感銘を呼ばないのだろう。


ミッターマイヤーはロイエンタールの部屋に来て、ふたりでポーカーを楽しんでいた。テーブルの上にコーヒーポットをおき、長期戦のかまえである。

「どうもローエングラム侯とキルヒアイスのあいだがおかしいらしい」

ミッターマイヤーが言うと、ロイエンタールは金銀妖瞳《ヘテロクロミア》を強く光らせた。

「たしかか、そいつは」

「噂だ、いまのところはな」

「それにしても危険な噂だぞ、そいつは」

「はなはだ危険だ。なにか吾々《われわれ》にうてる手があるかな」

「やっかいだな。事実でなければ、何者かの謀略ということも考えられる。事実だとすれば、はなはだまずい。いずれにせよ、放置してはおけんが」

「といって、うっかり手をだせば、ぼやがかえって大火になるおそれがあるしな」

ふたりはカードを見て、三枚ずつとりかえた。今度はロイエンタールが口を開く。

「以前から気になっていたのだが、わが参謀長は、ローエングラム侯がキルヒアイスを公私ともに重用なさるのを、気に病んでいるらしい。例のナンバー2有害論だ。論としては一理あるが」

「オーベルシュタインか」

ミッターマイヤーの声には、好意のひびきがとぼしい。

「頭の切れる男だ。それは認める。だが、どうも平地に乱をおこす癖があるな。いままでうまくはこんでいたものを、理屈にあわないからといって、むりにあらためることはない。ことに人間どうしの関係をな」

カードを見て、ミッターマイヤーはひきしまった頬の線をくずした。

「おれの勝ちだな、ジャックのフォーカードだ。明日のワインは卿《けい》のおごりだぞ」

「おれもフォーカード」

金銀妖瞳《ヘテロクロミア》の男は人の悪い笑顔をみせた。

「クイーン三枚とジョーカーのな。お気の毒だ、疾風《ウォルフ・デア・シュトルム》ウォルフ」

舌打ちしたミッターマイヤーが、カードをテーブルに投げだしたとき、警報が鳴りひびいた。ガイエスブルク要塞から、敵が出撃してきたのである。


無謀とさえ思われる出撃を、ブラウンシュヴァイク公に決心させたのは、フレーゲル男爵をはじめとする過激な青年貴族たちだった。

しかし、貴族連合軍は総力をあげたわけではない。メルカッツは黙々としたがったが、有力者のひとり、ファーレンハイト提督が出戦を拒否したのである。

「要塞の利を生かして敵に出血を強《し》い、長期戦にもちこんで状況の変化を待つべきであるのに、いま出戦してなんの意味があるか。ただ敗北を早めるだけではないか」

薄い水色の瞳に怒りと軽蔑の色をたたえて、そう言いはなった。

それだけでなく、ファーレンハイトは以前からの不満をまとめてたたきつけたのだ。

「そもそも、公と小官とは、同志であって主従ではない。身分に上下はあっても、おなじ銀河帝国の廷臣《ていしん》であり、ローエングラム侯の専横にたいしてゴールデンバウム王朝を守護したてまつる、その目的でむすばれた仲であるはずだ。小官は軍事の専門家として、最悪の結果をもたらすことのないよう忠告している。それなのに、命令がましくご自分の意思をおしつけるとは、ブラウンシュヴァイク公はなにを勘ちがいされたか」

ファーレンハイトの発言は痛烈をきわめた。

ブラウンシュヴァイク公は怒りに青ざめた。それまでの彼なら、このように不遜な発言を放置しておくはずはなかったにちがいない。怒りにかられたとき、テーブルにならべていた酒瓶やグラスを従者に投げつけることなど、珍しくもなかった彼である。惑星ヴェスターラントにおける住民虐殺は、その延長線上にあった。

しかし、人心が急速に離反しつつあることを、彼は皮膚で感じざるをえない昨今であった。それになによりも、彼に全面的な勝利の自信があったわけではない。公爵は荒々しい息をつくと、自分自身の弱気をあざけるように、

「臆病者に用はない」

と言いすて、ファーレンハイトを無視して出撃するよう命じたのである。

Ⅲ

出撃した貴族連合軍は、激しい砲撃のあと、艦首をならべて突進にうつった。力ずくで勝敗を決しようとしているのだ。

これにたいし、ラインハルトは、大出力・大口径の光線砲をそなえた砲艦《ガン・シップ》を三列横隊にならべ、突進してくる敵艦隊に連続斉射をあびせた。

貴族連合軍の戦意は低くなかった。損害をうけるたびに後退して艦列をたてなおし、執拗な

波状攻撃をかける。連戦して連敗をかさね、おいつめられた立場にありながら、その戦意は見あげたものとすらいえた。

やがて、ラインハルトは、後方に温存しておいた高速巡航艦の群に、最大戦速による逆襲を指令した。

絶好のタイミングだった。前後六回にわたる波状攻撃を一波ごとに粉砕されて、貴族連合軍は心身ともに疲労していたのである。しかもこの指揮官は、ジークフリード・キルヒアイス上級大将であった。

この戦闘で、もっとも重大な任務を、ラインハルトは赤毛の友にあたえたのである。ただ、それまでなら直接、口頭で伝えたものを、今回はオーベルシュタインを介して伝達したあたりに、ラインハルトの心情の複雑さがあった。

キルヒアイスの名を聞いただけで、貴族連合軍の兵士たちは動揺を隠せなくなった。赤毛の、若い不敗の提督は、すでにそれだけの威圧感を敵にあたえるようになっていたのだ。

「赤毛の孺子《こぞう》などおそれることはない。リッテンハイム侯の復讐をとげる好機ではないか」

指揮官が、そうどなってみても、虚勢以上のものにはなりえなかった。キルヒアイスの指揮する高速巡航艦隊は、圧倒的な勢いとスピードで連合軍の艦艇を撃ち減らしていき、それにミッターマイヤー、ロイエンタール、ケンプ、ビッテンフェルトらがくわわった。ラインハルト軍は全面的な攻勢にで、勝ちとった優勢に加速度をつけて、ほとんど一瞬に勝利を確定させたのである。

敗走する敵を追うロイエンタールに、通信がもたらされた。敵将のひとりフレーゲル男爵からである。通信スクリーンにあらわれた男爵は、みずからの敗北を認めながら、戦艦と戦艦の一騎討ちをロイエンタールに挑んできたのだった。

「ばかばかしい、相手になるな。敗残兵と殺しあいをしても意味のないことだ。勝手に咆えさせておけ」

　ロイエンタールは冷然と言いすて、挑発するフレーゲルの艦を無視して前進をつづけた。

　ロイエンタールのつぎに、フレーゲルの前方にあらわれたのは〝黒色槍騎兵《シュワルツ・ランツェンレイター》〟をひきいるビッテンフェルトだったが、猛将と呼ばれる彼でさえ、狂気のようなフレーゲルの挑戦に応じようとはしなかった。すでに勝敗は決しており、この期《ご》におよんで、死を覚悟した敵と戦うのは、部下を無益に死なせることでしかなかった。

「もう、およしなさい」

　スクリーンにむかってわめきつづける上官の狂態を見かねて、参謀のシューマッハ大佐がいさめた。

「誰もあなたと戦ったりしません。意味のないことだからです。このうえは、生命をまっとうできることを喜び、いずこへか落ちのびて再起をはかるべきでしょう」

「だまれ！」

　部下の忠告を、男爵は一蹴《いっしゅう》した。生命をまっとうできるのを喜べ、とはなにごとか。自分は死などおそれない。最後の一兵まで戦い、歴史の栄光にみちた帝国貴族の滅びの美学を完成させるのみだ……。

「滅びの美学ですと?」

冷笑というには、ほろにがい反応だった。

「そういう寝言を言うようだから、戦いに負けるのです。要するに、自分の無能を美化して、自己陶酔にひたっているだけではありませんか」

「な、なに……!」

「もうたくさんです。滅びの美学とやらがおのぞみなら、あなたひとりで、それを貫徹なさればいい。吾々があなたの自己陶酔につきあってむざむざ死なねばならぬ理由はない」

「きさま」

わめいた男爵は、ブラスターを抜こうとして、ぶざまに床にとりおとした。ひろいあげて、なおも参謀の胸をねらう。

だが、それより早く、複数の銃から放たれたエネルギー・ビームが、男爵の身体をつらぬいていた。

男爵は、軍服にいくつもの穴をあけた姿で、三、四歩よろめき歩いた。大きく見ひらかれた目は、現実の部下たちの姿ではなく、失われてふたたび還らない栄光の日々を凝視しているようだった。男爵が床に倒れこむとき、唇がうごくのを見た者は幾人もいたが、

「帝国万歳」

という声を聴きとった者はひとりもいなかった。シューマッハ大佐が傍にひざをつき、瞼を

閉じさせてやった。上官を射殺した兵士たちが、彼の周囲に集まってきた。

「参謀どのはこれからどうなさるのです?」

兵士たちは、理性的な参謀を信頼していたのだった。

「いまさらローエングラム侯の陣営にくわわることもできんだろう。私はフェザーン自治領《ラント》に一時、身を隠す。あとのことはそれから考えるさ」

「私たちもごいっしょしてよろしいですか」

「かまわんよ。それをのぞまない者がいたら申しでてくれ。ローエングラム侯に味方するのも、故郷に還るのも、各人の自由だ」

やがて、かつてフレーゲル男爵のものだった戦艦は、新しい指揮官のもとに、戦場を離脱し、戦いに疲れ傷ついた姿を宇宙の深淵《しんえん》のなかへ消していった。

べつの艦ではべつの事態が生じていた。自爆と全員の自決を主張する艦長を、冷たく硬い表情で見まもっていた下士官が、無言で腰のブラスターをひきぬくと、艦長の顔を吹き飛ばしたのだ。

「きさま、反逆罪だぞ!」

どなった副長は、ブラスターに手をかけたままの姿で射殺され、艦長の屍体におりかさなって倒れた。そのとき、すでに艦内は、交叉する銃火のきらめきにみたされていた。将校と兵士の両派に分かれて、殺しあいがはじまったのである。

高級士官と兵士の衝突は、一艦だけにとどまらなかった。平民出身の下級将校、下士官、兵士たちが、最後の段階で、大貴族たちの道づれとなって滅びることを拒否したのである。

ある艦では、兵士を虐待しつづけた艦長が、生きたまま核融合炉に放りこまれた。ある艦では、とくに兵士に人気のなかったふたりの高級士官が、いっぽうが死ぬまでなぐりあいをさせられ、勝ったほうはエア・ロックから真空中に放りだされた。ある艦では、艦長のスパイとして同僚の言動を密告していた兵士が、首にロープをかけられて、艦内をひきずりまわされたあげく射殺された。

五世紀にわたって人々の心に蓄積された怒り、不満、怨念が、戦場の狂気を触媒として沸騰したようだった。貴族連合軍の各艦は、叛乱と、同士討ちと、集団私刑《リンチ》の場と化したのである。兵士たちに制圧された多くの艦は、「われ降伏す、願わくは処遇の寛大ならんことを」という信号をラインハルト軍に送り、動力を停止して投降した。

なかには、復讐に熱中するあまり、兵士たちが降伏の信号をだし忘れ、ラインハルト軍の砲火をあびて爆発してしまった艦もある。また、敗走する味方に砲火をあびせ、行動によって自分たちの意思を表明した艦もあった。

ひとたび敗勢がさだまったとき、貴族連合軍は五〇〇年間にわたって不公正な社会制度のもとで頽廃《たいはい》をつづけてきた、その成果を一度にさらけだしてしまったのである。誰をうらみようもない、無惨な自業自得の姿だった。

「伯爵令嬢《フロイライン》マリーンドルフが言ったものだ。貴族の士官にたいする平民兵士の反感が、私の勝因のひとつになるだろう、と。みごとに的中したな」

旗艦ブリュンヒルトの艦橋で、スクリーンを見つめながらラインハルトが言うと、参謀長オーベルシュタイン中将が応じた。

「正直なところ、今年じゅうに終わるとは思っていませんでしたが、あんがい、早く決着がついたものです。もっとも、賊軍にかぎってのことですが」

「賊軍か……」

ラインハルトは冷ややかにつぶやいた。彼が勝ち、大貴族たちが敗れた以上、帝国の公式記録は、彼が貴族連合軍にあたえた名を、正当なものとして価値づけるであろう。敗者を裁くのは勝者にあたえられる当然の権利であり、それをラインハルトは充分に行使するつもりだった。もしラインハルトが敗れれば、賊軍の汚名と、不名誉な死は、彼にあたえられたはずである。それを思えば、権利の行使をためらう理由などない。

「もはや前方の敵は力を失った。卿《けい》は近日中にオーディンに還り、後背の敵にそなえよ」

ラインハルトの指示は短いものだったが、オーベルシュタインにはそれで充分につうじた。

「御意」

つぎの戦場は宇宙から宮廷にうつり、武器はビーム砲から陰謀に変わるだろう。それは大艦隊どうしの会戦に劣らない、凄惨な戦いになるはずであった。

Ⅳ

メルカッツの旗艦と、ガイエスブルク要塞とのあいだには、勝ち誇る敵の艦隊と、まったき絶望とがならんで、彼の帰路をはばんでいる。

メルカッツはプライベート・ルームにはいると、ブラスターをとりだしてながめた。彼の生涯で使用する最後の道具が、これであった。メルカッツがそれをにぎりなおし、こめかみに銃口をおしつけようとしたとき、ドアが開いて、副官がとびこんできた。

「おやめください、閣下。どうかお生命《いのち》をたいせつに」

「シュナイダー少佐……」

「お許しを、閣下。もしやと思いまして、さきほどエネルギー・カプセルを抜きとっておきました」

少佐の手に、カプセルの鈍い光沢があった。

メルカッツは苦笑すると、無用の長物と化したブラスターをデスクの上に放りだした。それを少佐が拾いあげた。

プライベート・ルームの、大きくもないスクリーンは、貴族連合軍がみじめに敗北し滅ぼされてゆく光景を、あざやかに映しだしている。

「おそらくこうなるだろうと想像はしていた。そして、そのとおりになってしまった。わしにできたのは、ほんのすこし、この日がくるのを延ばすことだけだったな」

メルカッツは副官に視線を転じた。

「それにしても、まるで気がつかなかったが、いつ、カプセルを抜きとったのかね」

少佐は黙って、ブラスターの銃身を折ってみせた。カプセルはそこにおさまっていた。メルカッツは口もとをかるくほころばせた。

「こいつはだまされたな。そうまでして、わしに死ぬなと言うのかね、少佐」

「はい、そうです」

「だが、なにをやって生きろと言うのだ？　わしは敗軍の将で、あたらしい権力体制からみれば、まぎれもない反逆者だ。もう帝国のどこにも、わしの生きる場所はない。あるいは、降伏すればローエングラム侯は許してくれるかもしれぬが、わしも武人として恥を知っている」

「お言葉ですが、閣下、ローエングラム侯はいまだ全宇宙を支配したわけではありません。銀河系がたいして広くないとしても、彼の手がおよばない場所が、まだまだ残っております。そこでお生命《いのち》をたもたれ、ローエングラム侯にたいして捲土重来《けんどじゅうらい》をおはかりください」

「……亡命しろと言うのか」

「さようです、閣下」

「捲土重来というからには、卿《けい》が勧める亡命先は、フェザーンではあるまい、もういっぽうだろう」

「はい、閣下」

「自由惑星同盟《フリー・プラネッツ》か……」

メルカッツは独語した。その名詞には、意外に新鮮なひびきがあった。考えてみれば、長いこと事実を無視して〝叛乱軍〟と呼びならわしてきたのだ。

「わしは四〇年以上も、彼らと戦いつづけてきた。部下を数多く殺され、おなじほどに彼らも殺した。そのわしを、彼らがうけいれるだろうか」

「高名なヤン・ウェンリー提督をたよりましょう。いささか風変わりですが、寛容な人物だ、と聞いております。だめでもともとではありませんか。もしだめなら、そのときは私もおともいたします」

「ばかな。卿は生きることだ。まだ三〇歳にもなっていないではないか。卿の能力があれば、ローエングラム侯もおもくもちいてくれるだろう」

「ローエングラム侯が嫌いではありませんが、私の上官は提督おひとりと決めております。どうぞ、閣下、ご決心ください」

シュナイダーは待った。彼の忍耐は正しくむくわれた。メルカッツはうなずいて言った。

「わかった。卿にわしの身柄をあずける。ヤン・ウェンリーをたよってみよう」

V

ガイエスブルク要塞は死に瀕していた。

外壁は砲火によって傷つき、内部では混乱と無秩序と騒音が、ほしいままの支配をおこなっていた。

「アンスバッハ准将……アンスバッハはいないか」

貴族連合軍の盟主ブラウンシュヴァイク公は、力なく呼びかけた。幾人かの将兵が彼の周囲をうごきまわっていたが、悄然《しょうぜん》とした貴族の姿に一顧《いっこ》もくれず走りさった。彼らは最後の選択の場にたたされており、他人にかまっている余裕などなかったのである。

「アンスバッハ准将……！」

「ここにおります、閣下」

公爵がふりかえった視線のさきに、忠実な腹心の姿があった。数名の部下をともなっている。

「おう、そこにいたか。牢に姿が見えないのでな、もう逃げてしまったものと思っていた」

「部下たちが助けだしてくれたのです」

牢にいれられたうらみごとは言わず、准将は深々と一礼した。

「ご無念お察しします、閣下」

「うむ、まさかこうなるとは思わなかったが、こうなってはやむをえん。講和するしかあるまい」

「講和とおっしゃいますか」

准将はまばたきした。

「奴に有利な条件をだすのだ」

「どんな条件を？」

「孺子《こぞう》の覇権を認める。わしをはじめとする貴族たちが、奴を全面的に支持する。これは悪くない条件だろう」

「……公爵閣下」

「そ、そうだ、わしの娘を――エリザベートを、奴にくれてやろう。そうすれば、奴は先帝の義理の孫ということになる。皇統を継ぐべき正当な理由をもつことになるのだ。簒奪《さんだつ》者の汚名を着るよりそのほうが奴にとってもよかろう」

重い吐息がそれに応えた。

「無益です、閣下。ローエングラム侯がそんな条件を容《い》れるはずがございません。半年前ならいざしらず、現在では、あなたのご支持など、彼は必要としません。彼は実力をもって地位を手にいれ、誰ひとりそれをはばむことはできないでしょう」

准将の目には、主君のあがきをあわれむ色があった。公爵は身慄いし、汗の玉を額に浮かべてうめいた。

「わしはブラウンシュヴァイク公爵だ。帝国貴族中、比類ない名門の当主だ。それを金髪の孺子《こぞう》は殺すというのか」

「ああ、まだおわかりになりませんか、閣下。まさにそれだからこそ、ローエングラム侯はあなたを生かしておくはずがないということを……！」

公爵の血管には、重い流動物がつめこまれたようにみえた。いたるところで血行がとまり、不規則に流れだすかのように、一瞬ごとに皮膚の色が変わった。

准将は、容赦なくつけくわえた。

「それに人道の敵として」

「なに……⁉」

「ヴェスターラントの件です。まさか、お忘れではございますまい」

全身の力をふるって、公爵は咆えた。

「ばかな！　身分いやしき者どもを殺したことが人道上の罪になるというのか。わしは貴族として、支配者として、当然の権利を行使しただけではないか」

「平民たちはそう思いません。ローエングラム侯も彼らに与《くみ》するでしょう。いままでの銀河帝国は、閣下をはじめとする貴族の論理でうごきましたが、これからはことなる論理が宇宙の半分を支配するようになります。それを知らせるためにも、ローエングラム侯は閣下を殺すでしょう。殺さねばならないのです。でなければ、彼のよって立つ大義名分がなりたちません」

長い長い吐息が公爵の体外へ流れでた。

「わかった。わしは死ぬ。だが、金髪の孺子が帝位を簒奪するのはたえられん。奴はわしともに地獄へ堕ちるべきなのだ」

「…………」

「アンスバッハよ、なんとか、奴が簒奪するのを阻止してくれ。それを誓ってくれれば、わしは自分ひとりの生命をおしみはせん。奴を殺してくれ」

妄執の炎が盟主の両眼に燃えあがるのを、アンスバッハはじっと見つめていたが、冷静な決意を表情にしめしてうなずいた。

「わかりました。誓ってローエングラム侯を殺害してごらんにいれます。何者がつぎの帝位を手中にするとしても、それは彼ではありますまい」

「そうか……よし」

銀河帝国最大の貴族であった男は、乾ききった唇を舌でなめまわした。決心はしたものの、おびえの影はふりきれていないようである。

「なるべく……なるべく楽に死にたいのだがな」

「お気持ちはよくわかります。毒になさるがよろしいでしょう。じつは、すでに用意してあります」

彼らは、公爵の豪華な部屋にうつった。逃亡した兵士によってかなり荒らされているが、まだ棚にはワインやコニャックの瓶が残っている。

准将はポケットから小指の爪ほどの小さなカプセルをとりだした。二種類の薬剤が混合されている。一種は脳細胞が酸素を吸収するのをさまたげ、すみやかな脳死を招来する。一種は痛覚神経をマヒさせる効果をもつ。

「急速に眠くなり、なんの苦しみもなくそのまま死ねます。ワインにでもまぜてお飲みください」

アンスバッハは棚からワインをとりだした。四一〇年物の逸品であることをラベルで確認し、グラスにそそぐと、カプセルを割ってなかみの顆粒《かりゅう》をそこにあける。

背もたれの高い椅子に腰をおろして、それを見ていたブラウンシュヴァイク公は、やにわに全身をわななかせ、咽喉《のど》をしめつけられるような声をあげた。目には正気の光が欠けていた。

「アンスバッハ、いやだ、死にたくない。わしは死ぬのはいやだ。奴に降伏する。領地や地位をさしだして生命だけはまっとう……」

准将は重い息をつくと、左右の部下に合図した。筋骨たくましい大男がふたり進みでて、公爵の身体をおさえつけた。ひとりでも充分であったろう。

「なにをするか！　無礼な、離せ！」

「ブラウンシュヴァイク公爵家最後の主として、どうかいさぎよく自決なさいますように……」

アンスバッハはワイングラスをとりあげると、身動きひとつできない公爵の口もとに、それをもっていった。公爵は固く歯をかみあわせ、毒を飲むまいとする。アンスバッハの左手が、公爵の鼻をつかんだ。呼吸できなくなった公爵の顔が赤くふくれ、たえかねて口を開いた瞬間、毒入りのワインは真紅の滝となって、大貴族の咽喉深くへ注ぎこまれた。

公爵の目に恐怖の大波がゆれた。だが、それも数秒間でしかなかった。アンスバッハが無表情に見まもるうち、公爵の瞼がさがり、筋肉が弛緩しはじめた。頭がさがりはじめたとき、准将は、公爵の身体を医務室へはこぶよう命じた。部下はとまどった。

「しかし、もう亡くなっておりますが」

「だからこそだ。言われたとおりにしろ」

准将の返事は異様だった。部下たちが小首をかしげつつ命令にしたがうのを見やって、アンスバッハは低く独語した。

「黄金樹《ゴールデンバウム》はこれで事実上たおれた。あとにくるのが、緑の森《グリューネワルト》ということに、さて、なるかな」

グリューネワルト伯爵夫人とは、ラインハルトの姉アンネローゼが先帝フリードリヒ四世からたまわった称号であった……。


ひとりの老兵が、小さな計算機をかかえて所在なげに通路を歩いている。水素動力車を運転していた下士官が、車をよせてどなった。

「おい、なにをしてるんだ、こんなところで。逃げるなり白旗をつくるなり、したらどうだ。もうすぐローエングラム侯の軍隊が攻めこんでくるんだぞ」

身体ごとむきなおった老兵は、すこしも動じていなかった。

「あんたの階級はなんだね」

「階級章をみればわかるだろう。曹長だ。それがどうしたというんだ」

「曹長か。すると二八四〇帝国マルクだな」

「おい、おっさん……」

「ほれ、帝国銀行《ライヒスバンク》の振込証明書だ。どの惑星の支店でも、これをもっていったら現金に換えてもらえるぞ」

曹長はうなった。

「おっさん、いまなにがおこっているか知っているのか。今日から世の中が変わろうとしているんだぞ」

「今日は給料日さ。わしゃ給料係でね」

老人は悠然と答えた。

「世の中が変わるといったって、上の人が交替するだけのことさね。わしら下っぱは食わなきゃならんし、食うためには給料をもらわなきゃならんて。その意味じゃ、誰が支配者になっても変わるもんかね」

「ああ、わかったよ。とにかく乗りな。降伏する連中のたまり場につれていってやるから」

下士官と老兵を乗せた車が走りさったあと、大佐の階級をもつ若い貴族が、重火器を探して通路にあらわれた。まだ抗戦する意思をすてていなかったのである。

「この倉庫は、たしか空《から》だったたな」

つぶやきながら、それでもなにか残されたものをもとめてドアをあけた大佐の目に、異様な光景がとびこんできた。

室内には、軍需物資の山があった。食糧、医薬品、被服、毛布、銃器から弾薬まで。そのなかで、五、六人の下士官と兵が、思わぬ闖入者《ちんにゅうしゃ》におどろいて立ちつくしていた。大佐はどなった。

「これはなんだ、この物資の山は⁉」

下士官は、大佐の表情におびえた。それでも、胸にかかえた携帯食料を手放そうとはせず、それが大佐の怒りを増大させた。

「言えないか。ではかわりに言ってやる。きさまら、この物資を前線に送らず、横流しするつもりで隠していたな」

下士官の表情が、大佐の詰問にたいする雄弁な回答だった。〝したたかな平民ども〟にたいする怒りが、大佐の理性を突き破って奔騰した。

「恥知らずども、そこを動くな。軍律を正してやる！」

悲鳴と怒号が交叉した。だが、大佐が頭から毛布をかぶせられ、行動の自由を失ったところを射殺されるまで、一〇秒を要しなかった。このような状況のなかで、なお、若い貴族である大佐は、兵士が士官の制裁に無抵抗でいるものと信じていたのである。

散発的な抵抗も終熄し、要塞が完全に制圧されたあと、提督たちのうちで最初の一歩をしるしたのは、ミッターマイヤーとロイエンタールだった。彼らは、広間へつづく通路の左右に、捕虜の身となった貴族たちがすわりこんでいるのを見た。貴族たちは、ラインハルト軍の兵士たちの銃におびやかされ、傷つき汚れはてた身を床にへたりこませていたのだ。

ミッターマイヤーがかるく頭をふった。

「大貴族どもの、あんなみじめな姿を見ようとは想像もしなかった。これはあたらしい時代のはじまりといってよいのかな」

「すくなくとも、旧《ふる》い時代の終わりであることはたしかだな」

ロイエンタールが答える。貴族たちはふたりを見あげていたが、その目には敵意のかけらもなく、恐怖と不安、そして勝者に媚びる色が浮かんでいた。視線があうと、卑屈な笑顔をつくる者すらいた。ミッターマイヤーとロイエンタールは、最初にあきれ、つぎに嫌悪感をおぼえた。だが、考えてみれば、それこそ、自分たちが勝利したのだという明確な証拠ではないか。

「奴らの時代は終わった。これからは、おれたちの時代なのだ」

ふたりの青年提督は、昂然と頭をあげて、敗者の列のあいだを歩いていった。

第九章　さらば、遠き日

I

九月九日。ガイエスブルク要塞。

　勝利の式典がおこなわれる広間の入口で、ジークフリード・キルヒアイスは、武器をもちこまないように、と、衛兵に注意された。赤毛の若者は腰のブラスターを抜きとってから、ふと心づいて訊ねた。

「私はキルヒアイス上級大将だが、やはり武器をもつのはだめなのか」

「たとえキルヒアイス提督でも、特例は認められません。そういうご命令です、申しわけありませんが」

「わかった。いや、いいんだ」

　キルヒアイスは衛兵にブラスターをさしだした。ほかの提督が非武装のときでも、ラインハルトはキルヒアイスだけには武器の携行を許可するのが、それまでの例だった。それによって、キルヒアイスがナンバー2であることを、諸将に知らせたのである。だが、どうやら習慣が変わったようであった。

彼は、さきに入室していた提督たちの列にくわわり、彼らと目礼をかわした。ロイエンタールやミッターマイヤーの瞳には、微妙な光があり、ラインハルトとキルヒアイスのあいだに生じたことを彼らが知っていることはうたがいえなかった。

特権意識をもってはいけない――キルヒアイスは自分に言いきかせた。だが、寂しさが胸をよぎるのは、どうしようもない。

ラインハルトとの関係は、もはや主君と部下のそれに限定するしかないのだろうか。

それしかあるまい。まとわりつく寂しさをキルヒアイスはふりおとそうとした。下の者が上の者に対等の関係をもとめてはならないのだろう。しばらくはたえよう。ラインハルトさまなら、一時の迷いや誤りはあっても、いずれわかってくださる。いままで一一年間、ずっとそうだったではないか。

いままで？　キルヒアイスは自分の心のなかに不安を見いだしていた。いままではたしかにそうだったし、それは永遠のものと信じていた。だが、それはうぬぼれであったかもしれない……。

式部官が肺活量を誇示するように叫んだ。

「銀河帝国軍最高司令官ラインハルト・フォン・ローエングラム侯爵閣下、ご入来！」

緋色のカーペットを踏んで、ラインハルトが入室すると、左右に居並ぶ士官たちが、いっせいに敬礼した。

この敬礼が、やがては正式な最敬礼になるであろう。それは至尊《しそん》の冠をいただく銀河系宇宙ただひとりの人物にたいしておこなわれる礼である。あと二年か三年か。そのとき、貴族とは名ばかりの貧家に生まれた金髪の若者は、自分自身の野望に決着をつけることができるのだ。

キルヒアイスと視線があいかけて、ラインハルトはそれをついとはずした。キルヒアイスに、武器をもつ特権をあたえぬように、というオーベルシュタインの進言を、ラインハルトは容れたのだった。彼は覇者であり、主君である。キルヒアイスは部下のひとりであるにすぎない。特別な権利や意識をもたせるべきではない。これまで、けじめがなさすぎたのだ。これから、ラインハルトの名を呼ぶのもやめさせ、ほかの提督たちのように〝ローエングラム侯〟とか〝元帥閣下〟とか呼ばせよう。権力とか権威とかは、主君ひとりのものなのだ。

戦勝式のはじまりは、捕虜となった高級士官の引見《いんけん》である。その何人めかが、ラインハルトとは旧知のファーレンハイト提督であった。

「ファーレンハイトか、久しいな。アスターテ会戦以来だと思うが」

「御意……」

薄い水色の目をした提督は悪びれない。ラインハルトも善戦した敗将を侮辱しようとはしなかった。

「ブラウンシュヴァイク公などに与《くみ》したのは卿《けい》らしくない失敗だったな。私にしたがって、以後、武人としての生をまっとうしないか」

「私は帝国の軍人です。閣下が帝国の軍権をにぎられたうえは、つつしんでしたがいましょう。

いささか遠まわりしたような気がしますが、これからそれをとりもどしたいものです」

ラインハルトはうなずき、ファーレンハイトの手錠をはずして士官たちの列にくわわらせた。このように、人材は続々と彼の陣営に集まる。なにもキルヒアイスひとりにたよることはないではないか。メルカッツをどうやら逃がしてしまったのはおしいが……。

列の端からざわめきが生じた。

特殊ガラスのケースにおさめられたブラウンシュヴァイク公の遺体がはこびこまれてきたのである。人々は、軍人としての礼装をしてケースのなかに横たわった帝国最大の貴族の生命なき姿を、感慨をもって見まもった。

アンスバッハ准将が、柩につきそっていた。

故ブラウンシュヴァイク公の腹心ともいわれた男は、広間の入口で、無表情に若い覇者に一礼すると、ゆるやかな歩調で歩きはじめた。

ごく低い、だがあきらかな冷笑が、参列者のあいだからもれた。主君の屍体を手みやげに、降伏を申しいれてきた卑劣な男にたいする、武人らしい直截《ちょくせつ》な反感の表現だった。

その笑い声は無形の鞭となって、アンスバッハの全身を打ったであろう。それを制止しないのが、ラインハルトの性格にある若者らしい、容赦のない潔癖さの一端であった。

ラインハルトの前に進むと、アンスバッハはうやうやしげに一礼し、ボタンをおしてケースの蓋を開いた。

敗死した主君の遺体を、勝者の検分にいれようとするのだろうか。

そうではなかった。

目撃した人々は、自分の見ている光景の意味を、とっさに理解できなかった。アンスバッハは主君の遺体に手をのばし、軍服を開くと、そこから円筒と立方体をくみあわせたような奇怪な物体をつかみだしたのだ。それは白兵戦にもちいる強力な小型の火砲――ハンド・キャノンだった。

アンスバッハは屍体の内臓をとりだして、そのなかにハンド・キャノンを隠していたのだ！　歴戦の勇将たちが、あまりのことに呆然と立ちすくんだ。彼らだけではない。ラインハルト自身が、すべてを知覚しながら、随意筋のどれひとつうごかすことができなかった。

砲口は金髪の若者にむけられていた。

「ローエングラム侯、わが主君ブラウンシュヴァイク公の讐《かたき》をとらせていただく」

アンスバッハの声が沈黙を圧してひびきわたり、ついで轟然《ごうぜん》と、ハンド・キャノンが炎の舌を吐いた。

ハンド・キャノンの火力は、装甲車や単座式戦闘艇すら一撃で破壊する。ラインハルトの身体は肉片となって四散するはずであった。だが、狙いははずれた。ラインハルトから左へ二メートルほど離れた壁面が、破片と白煙をまきちらしつつくずれ落ち、衝撃波がしたたかにラインハルトの頬を打った。

アンスバッハの口から、無念の絶叫がほとばしった。全員が生ける化石となって、指一本うごかすことすら不可能となった無限の一瞬に、ただひとりうごきえた者がいたのだ。アンスバッハに躍りかかり、ハンド・キャノンの砲口をそらしたのは、ジークフリード・キルヒアイスであった。

ハンド・キャノンが床に落ちて非音楽的なひびきをたてた。若さ、機敏さ、体力、すべてに相手よりまさる赤毛の若者は、不敵な暗殺者の片手首をつかむと、床にねじ伏せようとする。アンスバッハの顔に凄絶《せいぜつ》な表情がひらめいた。彼は自由なほうの手をするどく舞わせると、その甲をキルヒアイスの胸におしつけた。

白銀色の条光が、赤毛の若者の背中から噴きだした。アンスバッハは、指環に擬《ぎ》したレーザー銃まで準備していたのである。

胸の中央を殺人光線につらぬかれたキルヒアイスは、灼けるような苦痛感覚が炸裂するのをおぼえたが、暗殺者の手首を放そうとしなかった。ふたたび指環が不吉にかがやき、条光が今度は頸動脈をつらぬいた。

ハープの弦が数本まとめて切れるような異様な音がして、キルヒアイスの頸《くび》すじから鮮血が噴きあがり、スコールさながらに大理石の床をたたく。

一〇秒間ほどもつづいた驚愕の呪縛《じゅばく》をといたのは、その音であったかもしれない。提督たちが軍用ブーツのひびきをたてて殺到し、アンスバッハを床にねじ伏せた。にぶい音がして、手首の骨が折れた。ふたつも致命傷をおい、大量の血を失いながら、キルヒアイスはまだ暗殺者の手首をつかんでいたのである。

床に両ひざをついたキルヒアイスの頸すじに、ミッターマイヤーがハンカチをおしあてた。

白い絹がたちまち真紅に染まる。

「医者だ！　医者を呼べ！」

「もう……おそい」

赤毛の若者は、髪どころか全身を赤く染めながらあえいだ。提督たちは声がなかった。手のほどこしようがないことを、多くの経験から悟ったからである。

キルヒアイスのつくった血だまりのなかに、アンスバッハは引き倒され、ケンプやビッテンフェルトによっておさえつけられていたが、このとき乾いた笑い声をあげて、提督たちをふたたび驚かせた。

「ブラウンシュヴァイク公、お許しください。この無能者は誓約をはたせませんでした。金髪の孺子《こぞう》が地獄へ堕ちるには、あと幾年かかかりそうです……」

「なにを言うか！　この痴《し》れ者が！」

ケンプが平手打ちをたたきつける。なぐられた顔を床の上で揺りうごかしながら、アンスバッハはなお言った。

「力量不足ながら、私がおともいたします……」

「――とめろ！」

アンスバッハの意図を察したロイエンタールが叫んで、暗殺者の身体にとびついた。だが、彼の両手がかかる前に、アンスバッハの下あごがわずかにうごいて、奥歯にしこんだ毒のカプセルをかみ砕いていた。ロイエンタールの手が咽喉にかかる。毒物の嚥下《えんか》を阻止しようとしたのだが、その執念もおよばなかった。

アンスバッハの両眼が大きく開き、焦点を失った。

ラインハルトは闇のなかにいた。

提督たちの姿も、彼を殺そうとした男の姿も、彼の蒼氷色《アイス・ブルー》の瞳には映っていない。彼は、ただ、彼の生命を救ってくれた赤毛の親友だけを見つめていた。

彼の生命を救った——そう、キルヒアイスはいつでも、どんなときでも、彼を助けてくれたのだ。最初に逢った少年の日から、敵の多い彼をかばい、彼の相談相手になり、彼のわがままをうけいれてきた赤毛の友。友？　いや、友以上の、兄弟以上のジークフリード・キルヒアイス。それを彼は他の提督たちと同列にあつかおうとしたのだ。キルヒアイスが銃をもっていれば、暗殺者はハンド・キャノンを手にした瞬間に射殺され、キルヒアイス自身、一滴の血も流さずにすんだのだ。

自分のせいだ。キルヒアイスが血を流して倒れているのは自分のせいなのだ。

「キルヒアイス……」

「ラインハルトさま……ご無事で」

礼服が血に汚れることなど念頭になく、傍にひざまずいて手をとった金髪の若者の姿は、キルヒアイスの視界にはすでにかすんで見えた。これが死ぬということだろうか。五感のもたらすものが遠ざかり、世界が急速に狭く、暗くなってゆく。見たいものが見えなくなり、聴きたいものが聴けなくなるのだ。恐怖は不思議になかった。彼の恐怖は、むしろ今後の人生がラインハルトとともにありえない、その可能性のほうにあったのかもしれない。それより、すべての生命力が流れつきてしまう前に、言っておかねばならないことがあるのだ。

「もう私はラインハルトさまのお役にたてそうにありません……お許しください」

「ばか！　なにを言う」

ラインハルトは叫んだつもりだったが、ようやくでた声は小さく弱々しかった。この美しすぎるほど美しい若者、生まれつき他者を圧倒するほどに強烈な華麗さをそなえた若者が、このとき、壁にすがらなければ歩くこともできない無力な幼児のように見えた。

「もうすぐ医者がくる。こんな傷、すぐになおる。なおったら、姉上のところへ勝利の報告に行こう。な、そうしよう」

「ラインハルトさま……」

「医者が来るまでしゃべるな」

「宇宙を手にお入れください」

「……ああ」

「それと、アンネローゼさまにお伝えください。ジークは昔の誓いをまもったと……」

「いやだ」

金髪の若者は、色を失った唇を慄わせた。

「おれはそんなこと伝えない。お前の口から伝えるんだ。お前自身で。おれは伝えたりしないぞ。いいか、いっしょに姉上のところへ行くんだ」

キルヒアイスは、かすかにほほえんだようだった。その微笑が消えたとき、金髪の若者は、半瞬の戦慄とともに、自分の半身が永久に失われたことを知った。

「キルヒアイス……返事をしろ、キルヒアイス、なぜ黙っている⁉」

見かねたミッターマイヤーが、若い帝国元帥の肩に手をおいてなだめた。

「だめです。亡くなりました。このうえは安らかに眠らせて……」

彼は言葉をのみこんだ。これまで見たことのない光が、若い上官の瞳にあったからである。

「嘘をつくな、ミッターマイヤー。卿《けい》は嘘をついている。キルヒアイスが、私をおいてさきに死ぬわけはないんだ」

Ⅱ

「ローエングラム侯のごようすは?」

「あいかわらずだ。じっとすわっておられる……」

問う声も答える声も、深刻なひびきをおびていた。

ガイエスブルク要塞の高級士官クラブ《ガンルーム》に、提督たちが集まっている。かつて大貴族たちが贅《ぜい》のかぎりをつくして飾りたてた広い豪華な部屋だが、勝利者たちにはなんの感興もない。

戦勝式典の惨事について、提督たちは厳重な箝口令をしき、軍規によって要塞を共同管理していたが、それも三日、そろそろ限界だと思われた。首都オーディンにたいして、いつまでも沈黙をつづけているわけにもいかない。

キルヒアイスの遺体は、ケースに収容され、低温保存されているが、後悔にうちのめされたラインハルトは、傍につきそったまま、食事も睡眠もとらずにおり、提督たちを心配させているのだった。

「ですが正直なところ、侯にあれほどもろいところがおありとは思いませんでした」

「おれや卿が死んでも、ああおなりではあるまいよ。ジークフリード・キルヒアイスは特別だ——特別だった。侯は、いわば自分自身の半分を失われたのだ。それも、ご自分のミスで」

ミュラーの声に、ミッターマイヤーがそう応じた。彼の洞察の正しさは、ほかの提督たちもひとしく認めるところではあったが、このまま時を空費することへの焦慮《しょうりょ》も強まっている。

ロイエンタールが金銀妖瞳《ヘテロクロミア》をするどく光らせると、強い口調で同僚たちに言った。

「ローエングラム侯にはたちなおっていただく。たちなおっていただかねばならぬ。さもないと、吾々《われわれ》全員、銀河の深淵にむかって滅亡の歌を合唱することになるぞ」

「だが、どうすればいいのだ？　どうやってたちなおっていただく」

途方にくれた声は、ビッテンフェルトのものである。ケンプ、ワーレン、ルッツらの諸将も、重苦しく沈黙していた。

この場にいる提督たちが片手をあげれば、数万隻の艦隊がうごき、数百万の兵士が銃をとる。

惑星を破壊し、恒星系を征服し、星々の大海を思うままに往来する勇者たちも、悲哀と喪失感にうちのめされた若者をどう再生させるか、そのすべが見いだされなかった。

「打開策があるとすれば、あの男だが」

やがて、そうつぶやいたのはロイエンタールである。ミッターマイヤーが小首をかしげた。

「あの男？」

「わかるだろう。この場にいない男だ。オーベルシュタイン参謀長だ」

提督たちは顔を見あわせた。

「奴の知恵を借りねばならんのか……」

ミッターマイヤーの声に、いまいましげな調子が隠しようもなくあらわれている。

「やむをえまい。彼にしても、ローエングラム侯あってこその自分であることを、承知しているだろう。その彼がいままでうごかずにいるのは、おそらく吾々の訪問を待っているのだと思う」

「では、奴に恩を着ることになるではないか。もし、奴が、自分に諸事、優先的な権利をあたえろと言ったらどうする」

「オーベルシュタインもふくめて、吾々はローエングラム号という名の宇宙船に乗っているのだ。自分自身を救うために、船を救わねばならぬ。もしオーベルシュタインが、この危機に乗じて、自分ひとりの利益をはかるというなら、こちらも相応の報復手段をとるだけのことだ」

ロイエンタールが言い、提督たちがうなずきあったとき、警備担当の士官があらわれ、オーベルシュタインの来訪を告げた。

「いいタイミングであらわれたな」

ミッターマイヤーが言ったのは、あきらかに好意からではなかった。

入室したオーベルシュタインは、一同を見まわすと、遠慮なく批判した。

「卿《けい》らの討議も、長いわりに、なかなか結論がでないようだな」

「なにしろわが軍には目下《もっか》ナンバー1、ナンバー2がおらず、まとめ役を欠くのでな」

ロイエンタールの言うことも手きびしい。オーベルシュタインのナンバー2無用論が結果としてキルヒアイスの死につながった点をついたのである。

「で、参謀長にはよい思案がおありか」

「ないでもない」

「ほう?」

「ローエングラム侯の姉君にお願いする」

「グリューネワルト伯爵夫人か。それは吾々も考えたが、それだけでら・ち・があくか」

ロイエンタールはそう言ったが、じつのところ、アンネローゼに報告する役を、誰もひきうけたがらなかったのだ。

「そちらは私にまかせてもらうが、卿らにやってもらうことがひとつある。キルヒアイスを殺した犯人をとらえるのだ」

明敏なロイエンタールでさえ、その一言の意味をとっさに測りかねて、金銀妖瞳《ヘテロクロミア》をかるくみはらずにいられなかった。

「異なことを言う。犯人はアンスバッハではないか」

「彼は小物だ。真の主犯はべつにいるということにする。たいへんな大物がな」

「どういう意味だ」

提督たちにオーベルシュタインは説明した。——一種の倒錯した心理だが、ラインハルトは心のなかで大物の犯人をもとめている。キルヒアイスが、ブラウンシュヴァイク公の部下だったアンスバッハなどに殺されたということがたえられないのだ。キルヒアイスは、もっと巨大な敵に殺されたのでなければならない。したがって、アンスバッハを背後からうごかした大物が必要になる。そんなものは実在しないが、つくりあげればよいのだ。

「ふむ。だが、誰を首謀者にしたてるのだ。大貴族どもはほとんど死に絶えてしまった。適当な人間がいるか」

「りっぱな候補者がいるではないか」

「誰だ?」

うたがわしそうなミッターマイヤーの声だ。

「帝国宰相リヒテンラーデ公」

「……!」

なぐられでもしたように、ミッターマイヤーはのけぞった。ほかの提督たちも、愕然として、義眼の参謀長に視線を集中させた。危機を逆用して、潜在的な敵を排除しようとするオーベルシュタインの意図を察したのである。

「卿《けい》を敵にまわしたくはないものだ。勝てるはずがないからな」

ミッターマイヤーの発言にこめられた深い嫌悪感を、すくなくとも表面的にはオーベルシュタインは無視した。

「リヒテンラーデ公は、遅かれ早かれ、排除せねばならぬ。それに彼の心が天使のように清浄であるはずもない。彼は彼で、ローエングラム侯を排除する陰謀をめぐらしているにちがいないのだ」

「まるきり冤罪《えんざい》ではないというわけか。たしかにな。あの老人は陰謀家だ」

ロイエンタールのつぶやきは、自分自身を納得させるためのもののようであった。

「可能なかぎり迅速にオーディンにもどり、リヒテンラーデ公を逮捕し、国璽をうばうのだ。それによってローエングラム侯の独裁権を確立できる」

「だが、国璽を手にいれた者が、そのままオーディンにとどまってみずから独裁者たらんとしたらどうする?」

ミッターマイヤーが皮肉をこめて、オーベルシュタインの策に疑問をていすると、参謀長は答えた。

「心配はない。ひとりがそう野心をいだいても、同格である他の提督がそれをはばむ。いままで同格であった者の下風《かふう》におめおめとたてる卿らではあるまい。私がナンバー2を不要とするゆえんは、じつにこれなのだ」

権力はそれを獲得した手段によってではなく、それをいかに行使したかによって正当化される——。

その認識が、提督たちに、すさまじいばかりの決断をさせた。

陰謀も詐術もやむをえぬ。この際、宮廷内にひそむローエングラム侯の敵を一掃し、国政の全権力を奪取すべきだ。オーベルシュタインの策こそもちいるべし。手をこまねいていれば、敵の先制を許すばかりである。

提督たちは行動を開始した。ガイエスブルクの警備には、オーベルシュタインとメックリンガー、ルッツを残し、他の者はえりすぐった精鋭をひきいて首都オーディンに急行したのである。

リヒテンラーデ公がいずれおこすであろう宮廷クーデターにたいして先手をうつ。その決意は彼らをかりたててやまず、ガイエスブルクからオーディンまで、二〇日行程とされるものを、彼らは一四日で到達した。〝疾風ウォルフ《ウオルフ・デア・シュトルム》〟ことミッターマイヤーなどは、

「脱落者はおいていけ。奴らはいずれオーディンにたどり着けばよい」

と部下を叱咤し、ガイエスブルクを出発したとき二万隻を数えた高速巡航艦隊が、たてつづけの跳躍《ワープ》のたびに減少して、オーディンのあるヴァルハラ星域に達したとき、三〇〇〇隻しか残っていなかった。

ミュラーが八〇〇隻で衛星軌道を制圧し、他の提督たちは大気圏内に突入した。同時多数の

降下は宇宙港の管制能力をこえ、艦隊の半数は湖水に着水せざるをえなかった。

新無憂宮《ノイエ・サンスーシー》の一帯は夜半であった。ミッターマイヤーは宰相府へむかった。リヒテンラーデ公の居館を襲ったのはロイエンタールである。寝室でベッドに半身をおこして読書していた宰相は、ドアを蹴ってはいってきた金銀妖瞳《ヘテロクロミア》の青年士官を見て、するどくしかりつけた。

「なにごとだ。下賤の者がなにを騒いでおる」

「宰相リヒテンラーデ公爵閣下、あなたを逮捕させていただきます」

そのとき、老いた権力者の心をよぎったのは、驚きよりも敗北感であった。ラインハルトを背後からのひと突きで倒し、権力を独占しようとしていた老人は、オーベルシュタインの洞察と提督たちの行動によって先手をうたれたのだ。

「罪状は?」

「ローエングラム侯ラインハルト閣下にたいする暗殺未遂事件の主犯としてです」

老宰相は両眼を見開いた。彼はしばらくロイエンタールの顔をにらみつけていたが、やせた身体を慄わせて一喝した。

「ばか者め、なんの証拠があって、そんなたわごとをならべるか。わしは帝国宰相だ。卿《けい》らのうえにたって皇帝陛下を補弼《ほひつ》したてまつる身なのだぞ」

「……と同時に、不逞きわまる陰謀家でもいらっしゃいますな」

ロイエンタールは冷然と決めつけると、部下に叫んだ。

「拘禁しろ!」

かつてはちかづくことすら許されなかった高貴な老人の腕を、平民出身の兵士たちが乱暴につかんだ。

そのころ、ミッターマイヤーの指揮する一隊は、宰相府のビルに乱入していた。目的は国璽の奪取にあった。

「国璽はどこにあるか」

ミッターマイヤーが、宿直の年老いた官僚を詰問した。銃口にかこまれた官僚は蒼白になりながらも、国璽のありかを答えるのを拒否した。

「どのような権限によって、そうお訊ねになりますか。いやしくも、ここは宰相府の国璽室です。職務に関係のない武官が、土足で乱入すべき場所ではありません。おひきとりください」

それを聞いて、兵士たちが殺気だつのを、ミッターマイヤーは制した。老官僚の勇気を認めたからだが、だからといってひきさがりはしなかった。彼の合図で、兵士たちは室内に散り、つい先刻まで、各省の尚書や元帥といえども無断の入室を禁じられていた聖域を捜索にかかった。キャビネットやデスクが引き倒され、門外不出の重要書類は床に散乱し、軍靴で踏みにじられた。老人が叫んだ。

「おやめください。あなたがたは帝国の、帝室の権威を、なんとお考えになりますか。臣民の道にはずれるおこないをお恥じなさい」

「帝室の権威か。昔はそういうものもあったようだな」

ミッターマイヤーはうそぶいた。

「だが、けっきょく、実力あっての権威だ。権威あっての実力ではない。このありさまを見れば、それがよくわかるのではないか」

ひとりの兵士が歓声をあげた。高々とあげた手のなかに小さな箱があった。蓋にも周囲にも、古典的な葡萄唐草《ぶどうからくさ》の紋様がほどこされている。

「ありました！　これです」

老官僚が悲鳴を放って、その兵士につかみかかろうとするのを、他の兵士たちがなぐり倒した。職務に忠実な老人は、割れた額から血を流して床にはった。

これが国璽か。箱をあけたミッターマイヤーは、たいした感慨もなく、真紅のビロウド布につつまれた黄金張りの印《いん》を凝視した。握りになっている国章の双頭の鷲《ツアイトウイング・イーグル》が、生けるもののように、彼をにらんだ。

低く笑うと、ミッターマイヤーは、倒れ伏した老人を見おろし、医者を呼んでやるよう命じた。

帝都オーディンは、内戦の最初と最後に、ラインハルト麾下の提督たちによって、土足で制圧されたのである。

マリーンドルフ伯の娘ヒルダは、すでにベッドのなかにいたが、市内の騒ぎを知らされると、パジャマの上からナイトガウンをはおって屋敷のバルコニーにでた。

夜風にのって、軍隊の生み落とす高低強弱さまざまな交響楽の音を聴いていると、召使がおびえた声をだした。

「どこの軍隊でしょう、お嬢さま」

「軍隊は湧いてくるものじゃないわ。ローエングラム侯の軍隊以外に、これほどの人数がいるはずないでしょう」

ショートカットの髪をためらいがちな夜風の掌にゆだねながら、ヒルダは独語した。

「活気にみちた時代が来そうね。もっとも、少々騒がしいけど、沈滞しているよりはるかにましだわ」

Ⅲ

……夢を見たのだろうか。

ラインハルトは周囲を見まわした。室内は薄暗く、肌寒く、なんの音もしない。彼のほかにいるのは特殊ガラスのケースに横たわったキルヒアイスと、乾燥した冷気だけだった。その赤毛の友も、身動きせず、声をださず、呼吸すらしない。

やはり夢だったのだ。ラインハルトは肩をおとし、軍用マントの襟をかきあわせて目を閉じた。

……アンネローゼが皇帝から休暇をもらって、フロイデンの山荘にラインハルトとキルヒアイスを招いた。一年半ぶりの再会。金髪の少年と赤毛の少年は、幼年学校の礼服を着こみ、たがいに帽子やカラーをなおして、固苦しい寄宿舎をとびだした。

地上車《ランド・カー》による六時間の旅。帝室の御料地《ごりょうち》は上空飛行が禁止されているのだ。万年雪の山と、花畑。純白と虹色の対照的な美は、雷鳴とともに暗灰色の雨に塗りこめられ、休暇のあいだじゅう三人は山荘に閉じこめられた。だが、それはそれで楽しかった。暖炉に薪《まき》を放りこみ、黄金色の炎を瞳に踊らせながら、知っているかぎりの歌をうたったのだ……。

回想は、突然、破られた。

「閣下、オーベルシュタインです。帝都オーディンよりの超光速通信《FTL》がはいっておりますが……」

感情も生気もない声が、間をおいて応じた。

「誰からだ」

「姉君グリューネワルト伯爵夫人からでございます」

彫像が不意にうごきだしたようだった。何時間も何日も身じろぎひとつしなかった金髪の若者は、椅子を蹴ってたちあがっていた。蒼い炎が両眼から噴きだしているかと見えた。

「きさま、しゃべったな。キルヒアイスのことを姉上にしゃべったな！」

奔騰する怒りのエネルギーを、義眼の参謀長はたじろぐ色もなくうけとめた。

「申しあげました、先刻の超光速通信《FTL》で」

「よくも、よけいなことを」

「ですが、まさか、一生お隠しになることもかないますまい」

「うるさい！」

「こわいのですか、姉君が」

「なんだと……」

「でないのなら、お会いください。閣下、私はあなたをまだ見放してはいません。ご自分をお責めになるだけで、私に責任をおしつけようとなさらないのはごりっぱです。ですが、これ以上過去ばかりをごらんになって、未来にたちむかおうとなさらないなら、あなたもそれまでのかただ。宇宙は他人の手に落ちるでしょう。キルヒアイス提督が天上《ヴァルハラ》で情けなく思うことでしょうな」

ラインハルトは、視線で灼き殺そうとするかのようにオーベルシュタインをにらみつけていたが、荒々しい歩調で彼の傍をとおりぬけ、通信用の個室にはいっていった。

通信スクリーンに、アンネローゼの清楚《せいそ》な姿が浮かびあがっている。若い帝国元帥は、身体の小きざみな慄えと心臓の鼓動を抑えるのに苦労した。

「姉上……」

それだけ言うと、ラインハルトの舌はうごかなくなった。

アンネローゼは弟を見つめた。白すぎるほど白い頰をしていた。碧《あお》い目に涙はなかった。あったのはそれ以上のものだった。

「かわいそうなラインハルト……」

アンネローゼがつぶやいた。その低い声は、金髪の若者の胸を刺した。姉の言葉の意味を、彼は完全に理解していた。彼は権力や権威のために、自分の半身を一部下としてあつかおうとし、その心の貧しさにたいして手ひどい罰をうけたのである。

「あなたはもう失うべきものをもたなくなってしまったわね、ラインハルト」

「……いえ、まだ私には姉上がいます。そうですね、姉上、そうでしょう?」

ようやくラインハルトは声をおしだした。

「そう、わたしたちはおたがいのほかに、もうなにももたなくなってしまった……」

その声音が、ラインハルトをはっとさせた。弟の表情の変化に、アンネローゼは気づいたであろうか。

「ラインハルト、私はシュワルツェンの館をでます。どこかに小さな家をいただけるかしら」

「姉上……」

「そして、当分はおたがいに会わないようにしましょう」

「姉上!」

「わたしはあなたの傍にいないほうがいいのです。生きかたがちがうのだから……わたしには過去があるだけ。でもあなたには未来があるわ」

「……」

「疲れたら、わたしのところへいらっしゃい。でも、まだあなたは疲れてはいけません」

そうだ。ラインハルトは、過去をなつかしむ資格を失い、疲れて休むこともできなくなった。キルヒアイスが誓いをはたした以上、彼もキルヒアイスにたいする誓いをはたさなくてはならない。

宇宙を手にいれること。そのためにどんなことでもやらなくてはならないのだった。失ったものの大きさを思えば、せめてそれくらいは手にいれなくてどうするのか。

「わかりました。姉上がそうおっしゃるなら、お望みのとおりにします。そして、宇宙を手にいれてからお迎えにあがります。でも、お別れの前に教えてください」

ラインハルトは唾をのみ、呼吸をととのえた。

「姉上はキルヒアイスを……愛していらしたのですか?」

そして、おそるおそる姉の顔を見た。

返答はなかった。ただ、ラインハルトは、このときほどすきとおった、このときほど悲しそうな姉の顔を見たことはなかった。生涯、その表情を忘れることはないだろう、と彼は思った。

……そして彼の思いは正しかったのである。

ロイエンタールがガイエスブルクへの連絡役をひきうけたのは、みずからすすんでのことではない。提督たちはたがいにおしつけあったすえ、カードでその役を決めることにし、金銀妖《ヘテロクロ》瞳《ミア》の青年は徹底的に勝運に見離されたのである。

ラインハルトの元帥府から、ロイエンタールは送信した。ラインハルトはすぐ画面にあらわれた。蒼氷色《アイス・ブルー》の瞳に理性と鋭気のきらめきがあり、それを見て、ロイエンタールは、若い主君が自己を回復したことを知った。声にも力があり、明晰だった。ただ、どこか無機的なものを感じはしたが……。

「事情は承知している。オーベルシュタインから聞いた。卿《けい》らが発った日にな」

「はっ……」

「卿らの功績には厚くむくいるだろう。私もじきオーディンへ帰還する。途中まで誰か迎えによこしてもらおうか」

「は、ではミッターマイヤーを」

同僚におしつけてから、重要な用件を告げる。

「リヒテンラーデ公の一族は、ことごとく捕え、監禁してあります。ご帰還後、どうかご裁断を」

「私が還るまで待つ必要もない。刑の執行は卿らにまかせる。よいな」

「それではリヒテンラーデ公ご自身の処置は、いかがいたしましょう」

「帝国宰相たるかたを死刑にはできまい。自殺をお勧めせよ。苦しまずにすむ方法でな」

「御意。で、一族はどういたしますか」

「女子供は辺境に流刑」

ラインハルトの声は、氷塊のぶつかりあう音に似ていた。

「一〇歳以上の男子は、すべて死刑」

「……御意」

さすがにロイエンタールが即答できなかった。

「九歳以下はよろしいのですか」

そう訊ねたのは、あるいは、遠まわしに寛恕《かんじょ》をもとめたのかもしれない。不必要な流血は、この勇将の好むところではなかった。

「私が幼年学校にはいったのは一〇歳のときだった。その年齢までは半人前と言っていいだろう。だから助命する。もし、成長して私を討とうとするなら、それもよい。実力のない覇者が打倒されるのは当然のことだからな」

ラインハルトは笑い声をたてた。華麗な笑い声だが、それは、以前とは微妙にことなるひびきをもっているようだった。

「卿《けい》らも同様だ。私を倒すだけの自信と覚悟があるなら、いつでも挑んできてかまわないぞ」

端麗な口もとに、陽炎めいた薄笑いがたゆたっている。ロイエンタールは、全身の神経網を戦慄の波動がかけぬけるのを感じた。ご冗談を、と答える声が、われながら硬い。

ラインハルトは脱皮したのだ。半身を失った彼は、それをおぎなうためになにかをあらたに身につけようとしている。それが何者にとって歓迎すべきであり、何者にとって忌避《きひ》すべきものであるのか、ロイエンタールには判断がつかなかった。

通話が終わるとオーベルシュタインがラインハルトの前にあらわれた。観察するように若い主君を見つめる。

「閣下、あと一時間もすれば、ブリュンヒルト号は出港できます」

「よし、三〇分したら行く」

「閣下、リヒテンラーデ一族のこと、あれでほんとうによろしいのですか」

「私はいままで多くの血を流してきた。これからもそうなるだろう。リヒテンラーデ一族の血が数滴、それにくわわったところでなんの変化があるか」

「そうお思いなら、けっこうです」

「さっさと行け。行って卿の職務をはたすがいい」

オーベルシュタインはだまって一礼した。頭をさげるとき、義眼が形容しがたい光を放った。

参謀長を送りだしたラインハルトは、椅子に長身を沈め、展望スクリーンに視線を転じて、彼が征《ゆ》くべき星々の海をながめた。

心に飢えがある。キルヒアイスを永久に失い、姉をも失った彼だった。

ゴールデンバウム王朝を滅ぼして新銀河帝国を興《おこ》し、自由惑星同盟《フリー・プラネッツ》を征服し、フェザーン自治領《ラント》を併合して全人類の支配者になりえたところで、この心の飢えをみたすことができるのだろうか。

できはしない、と、ラインハルトは思った。この心の飢えはみたされることがないのだ。たぶん、永久に。

しかし、ラインハルトには、もはやほかの途はなかった。戦いつづけ、勝ちつづけ、征服しつづけることで、彼は心の飢えに対抗するしかないのだ。

それには敵が必要である。強力で有能な敵ほど、彼に心の飢えを忘れさせてくれるだろう。

しばらくは国内を固めるのに専念するとしても、来年にもなれば自由惑星同盟との軍事衝突が予想される。そして同盟には、きわめて強力で有能な敵がいるのだ。

Ⅳ

ラインハルトの思い描く強力な敵は、そのころ不機嫌のきわみにあった。

彼は、ハイネセン奪還後、ネプティス、カッファー、パルメレンドの三惑星をまわって叛乱部隊の降伏をうけいれ、首都にもどったところだった。そこへ政府特使とやらがやってきて、政府の主催で、憲章秩序の回復、軍国主義勢力にたいする民主主義の勝利を記念する式典を開くが、そのときトリューニヒト議長と公衆の面前で握手するように、ともとめられたのだ。

それをきいたときのヤンの反応は、はなはだおとなげなかった。

「なんだって私がトリューニヒトの野郎なんかと」

大声をあげてから、さすがに気づいて言いなおした。

「トリューニヒト議長と握手なんぞしなくてはならないんだ」

彼は、トリューニヒトが無傷で地下から姿をあらわしたとき、災難だと思ったのだが、それが的中したことに、むろん喜びなど感じなかった。一連の醜悪きわまる喜劇に、目のくらむような極彩色の幕がおりようとしている。

いや、おりてしまうならたえもするが、アンコールがないという保証はどこにもないのだ。

クーデターまでおこされながら、自分の政治姿勢を反省することもなく、政略の技術と民衆操作で権力を維持しようとするトリューニヒトのエゴイズムを思うと、ヤンは心底からいやになる。そのトリューニヒトと公衆の面前で握手するというのは、ヤンにとっては操《みさお》を売りわたすのも同然だった。

だが今後も、勝つにつれ、地位が高まるにつれ——つまり政治的利用度が高まるにつれて、このような事態はふえるだろう。それをさけるにはどうすればよいか。

負ければよい。戦って惨敗すればよいのだ。そうすればヤンの声望は地に堕ち、賞賛の声は一転して非難に変わる。〝殺人者！〟という、ごくまっとうな評価があたえられ、ヤンが辞職して社会的地位を捨てるのを、誰もが当然と思うにちがいない。ひきとめる者など、いてもごく少数であろう。

それでヤンは宮仕《みやづか》えの地獄から救われるのだ。人々の目をさけて社会の片隅でひっそり暮すのも悪くない。田園の小さな家で、寒い夜は風の音を聴きながらブランデー・グラスをかたむけ、雨の日は大気中を遊泳する壮大な水の旅に思いをはせつつワインをたしなむという生活だ。

「やれやれ、飲んでばかりということになるな」

ヤンは苦笑し、ささやかな空想を脳裏からおいはらった。それで彼は救われるだろうが、その何万倍もの人間が救われなくなるだろう。負けるということは多くの死者をだすことであり、夫を失った妻、息子を失った母、父親を失った子供を大量に生みだすということだから。

戦うからには勝たねばならない。では勝利の意味するところはなにか。敵に多くの死者をだし、敵の社会に傷をあたえ、敵の家庭を崩壊させることである。方向はことなっても、ベクトルはおなじなのだ。

——けっきょく、どちらに転んでもだめか。

士官学校を卒業し、軍人になってからちょうど一〇年。この問題をいまだに解決できないヤンだった。初級の算数ではないのだから、考えても明快な結論がでるわけはない。思考の迷宮にとらわれるだけだ、と、わかってはいても、考えずにはいられないのである。

それにしても、トリューニヒトと握手しなくてはならないとは！

ことわっても、先方の報復などこわくない。だが、政府と軍部の協調をしめすという大義名分がある以上、それを破壊することはできない。軍部は政府に、ひいては市民にしたがうべきだ、と思ったからこそ、ヤンはクーデター派と戦ったのだから。

式典は野外でおこなわれた。

初秋の陽光がやわらかく人々をつつみ、樹々の葉に黄金の膜をかぶせる美しい日だったが、ヤンの心は快晴から遠かった。

トリューニヒトと握手するのではなく、国家元首としての最高評議会議長と握手するのだ——ということで、ヤンはなんとか自分の感情をねじ伏せたのである。むろん、そんな理論はごまかしでしかなく、それがわかっているだけにヤンの不快はいっそうつのるのだった。

こんなことにたえねばならないのだから、なまじ出世などするものではない。出世した、地位があがったといって他人はうらやむが、ピラミッドというものは、頂上にちかづくにしたがって足もとは狭く危険になるものだ。そのあやうさに思いをいたさず、地位の向上ばかりを願う人々の存在が、ヤンには不思議である。

それにしても、貴賓席の居心地の悪さときたらどうであろう。昨年、アスターテ会戦後の慰霊祭のときは、まだ一般席にいたヤンであった。現在にくらべれば気楽な身分だったものである。

トリューニヒトが演説している。二流の煽動家《アジテーター》の、空虚な雄弁。死者をたたえ、国家のための犠牲を賛美し、銀河帝国を打倒する聖戦のために個人の自由や権利の主張を捨てよ、というのだ。何年前からのくりかえしだろう。

(人間は死ぬ。恒星にも寿命がある。宇宙そのものですら、いつかは存在をやめる。国家だけが永遠であるわけがない。巨大な犠牲なくしては存続できないような国家なら、さっさと滅びてしまって、いっこうにかまうものか……)

そう思っているヤンに声がかけられた。

「ヤン提督……」

席にもどったトリューニヒトの端整な顔に、人好きのする微笑がたたえられていた。何十億人もの選挙民を魅了してきた微笑であり、彼を支持する者は、政策でも思想でもなく、その笑顔にたいして貴重な投票権を行使してきたのだと言われている。むろんヤンは選挙権をえて以来、その一員であったことは一度もない。

「ヤン提督、言いたいことはいろいろおありだろうが、今日は祖国が軍国主義から解放されたことを記念する喜ばしい日だ。政府と軍部とのあいだに意見のちがいがあることをしめして、共通の敵に隙を見せるべきではないと思う」

「………」

「だから今日のところは、おたがい、笑顔を絶やさず、主権者たる市民にたいして礼儀を欠くことのないようつとめようではないかね」

正論を吐く人間はたしかにりっぱであろう。だが、信じてもいない正論を吐く人間は、はたしてどうなのか。トリューニヒトを見るたびに、ヤンは疑問をいだく。

「では、ここで、民主主義のため、国家の独立のため、市民の自由のために戦うふたりの闘士、私服代表のトリューニヒト氏と、制服代表のヤン氏とに握手していただきましょう。市民諸君、どうか盛大な拍手を！」

声を高めたのは、式典の司会者、エイロン・ドゥメックだった。文学者から政治評論家へ、さらに職業政治家へ転身した男で、トリューニヒトの側近であり、ボスの政敵や彼に批判的な言論機関を攻撃し中傷することに自己の存在意義を見いだしている男である。

トリューニヒトがたちあがり、群衆に手をふってから、その手をヤンにむかってさしだした。ヤンもたちあがりはしたが、この場からあとも見ずに逃げだしたい衝動をこらえるのがやっとであった。

ふたりの手がにぎりあわされたとき、群衆の歓声はひときわ高まり、拍手の音は秋空を圧した。ヤンは一秒でも早く手を離したかったが、ようやく無血の拷問から解放されるとき、とほうもないことを考えたのである。

自分はトリューニヒトという男を過小評価していたのではないか。

その考えは、雲間からもれる陽光さながらに、ヤンの心にさしこんできた。彼は一瞬、呼吸をとめるほどの驚きにうたれて自分の心を見なおした。なぜ、突然、そんなことを考えたのか、自分でもわからぬままに、彼は過去の事態を再検討しはじめた。

トリューニヒトは、クーデターに際して、なにもしなかった。地球教の信者にかくまわれ、地下に潜伏していただけである。

艦隊を指揮して戦ったのはヤン・ウェンリーであり、市民を代表して言論と集会で戦ったのは、ジェシカ・エドワーズである。トリューニヒトは事態の解決に、一グラムの貢献すらしていない。しかし、いま生きて群衆の歓呼をあびているのは彼であり、ジェシカは虐殺されて墓場にいる。

同盟軍にとってまことに不名誉な、アムリッツァ会戦のときはどうだったろう。それまで、ことあるごとに主戦論をとなえてやまなかったトリューニヒトが、票決に際しては一転して出兵に反対したというではないか。徹底的な敗北の結果、主戦論者は信頼を失い、地歩を後退させた。相対的にトリューニヒトの声望はあがり、当時は国防委員長であった彼が、現在は最高評議会議長として同盟の元首である。

そして今回のクーデター。

トリューニヒトはいつも傷ついていない。激発して傷つき倒れるのは、つねに彼以外の人間である。嵐を呼びこんでおきながら、嵐のときは安全な場所にひそみ、空が晴れあがってからでてくる男。

この男は、どんな危機に際しても、なにもせず、なにもされず、そして最後にはただひとり勝ち残るのではないか。

ヤンは慄然とした。彼は、かつて暗殺をおそれたことはない。数倍の敵を前にしてひるんだこともない。だが、いま、ふりそそぐ白昼の陽光の下で、ヤンは深い恐怖感の虜囚となっていた。

トリューニヒトがまたヤンに声をかけてきた。完璧なまでにコントロールされた、誠実さのかけらもない微笑とともに。

「ヤン提督、群衆がきみを呼んでいる。応えてやってくれないか」

高く低く、賞賛のうねりがヤンを包囲していた。彼の虚像をたたえてやまない人々に、ヤンは機械的に手をふった。

自分は、今度はトリューニヒトを過大評価しようとしているのかもしれない。ヤンはそう思いたかったが、それは一時の逃避でしかないようだった。ヤンは腐臭をかぎとってしまったのである。それは大気の微粒子のなかにはいりこみ、ヤンを息苦しいほどしめあげているのだった。

V

宿舎に帰ると、ヤンは洗面室にとびこみ、消毒液を使って何度も手を洗った。トリューニヒトに手をにぎられた穢《けが》れを洗いおとそうというわけで、このあたり、ヤンのメンタリティは子供のそれとことならない。

ヤンが洗面室に閉じこもっているあいだ、ユリアンは玄関で招かれざる客の相手をしていた。なんとかいう出版社の男で、ヤンに自伝を書くよう勧めに来たのである。初版は五〇〇万部を予定しています、と、男は言った。ヤンが当人の希望どおり無名の歴史学者であったら、本を出版したところでその一〇〇〇分の一も売れないであろう。

「提督は官舎では私用のお客にはお会いになりません、おひきとりください」

公式論でユリアンは男をおいはらったが、男としては少年の毅然とした態度以上に、腰にさげたままの銃を気にしたのかもしれない。未練そうだったが、とにかくひきさがった。

ユリアンは居間にもどって紅茶を淹《い》れた。ヤンが洗面室からでてきた。手の甲に息を吹きかけているのは、こすりすぎた皮膚がひりひりするからである。

ヤンはブランデーを、ユリアンはミルクをいれて紅茶を飲んだ。ふたりとも妙に無口になっていて、しばらくは、秒をきざむ骨董品の古時計の音だけが室内をみたしていた。

ほとんど同時に、ふたりは一杯めを空《から》にした。二杯めをユリアンがつくろうとしたとき、はじめてヤンは口を開いた。

「今日はあぶなかった」

身に危険がおよびそうなことがあったのか、と、少年は思い、驚きと緊張の色を全身にたたえて保護者を見つめた。

「いや、そうじゃない」

ヤンは少年の懸念《けねん》を打ち消し、空のティーカップをくるくるまわしながら言った。

「トリューニヒトに会ったとき、嫌悪感がますばかりだったが、ふと思ったんだ。こんな男に正当な権力をあたえる民主主義とはなんなのか、こんな男を支持しつづける民衆とはなんなのか、とね」

ため息がもれた。

「我に返って、ぞっとした。昔のルドルフ・フォン・ゴールデンバウムや、この前クーデターをおこした連中は、そう思いつづけて、あげくにこれを救うのは自分しかいないと確信したにちがいない。まったく、逆説的だが、ルドルフを悪逆な専制者にしたのは、全人類にたいする彼の責任感と使命感なんだ」

ヤンの話がとぎれると、ユリアンが考えこむような表情で訊ねた。

「トリューニヒト議長には、そんな責任感や使命感はあるんでしょうか」

「さて、そいつはどうかな」

彼にたいして感じた異様な恐怖のことを、ヤンは口にだす気になれなかった。少年の心配を深めるだけのことである。しばらくは自分ひとりの思考回路に閉じこめておこうと思う。

トリューニヒトは、社会にとって悪性のガン細胞のようなものかもしれない。健全な細胞を食いつくして自己のみ増殖し、強大化し、ついには宿主の肉体そのものを死にいたらしめる。トリューニヒトは、あるときは主戦派を煽動し、あるときは民主主義を主張し、その責任をとることはけっしてなく、自己の権力と影響力は着実に増大させ、そして彼が強くなればなるほど、社会は衰弱し、ついには彼に食いつぶされてしまうのだ。そして、そのトリューニヒトをかくまった地球教徒たち……。

「提督……?」

気がつくと、ユリアンが心配そうに保護者の顔をのぞきこんでいた。

「どうかなさいましたか」

「いや、なんでもない」

誰もがする、そしてまったく効果のない返答をヤンは反射的にしたが、そのとき隣室でTV《ヴィジ》電話《ホン》の呼出音が鳴った。

ユリアンはとりつぎのためにでていった。その後ろ姿を見送ったヤンは、さめかけた二杯めの紅茶をすばやく飲みほし、ティーカップにブランデーをなみなみとそそいだ。

瓶をテーブルの上にもどすと同時に、ユリアンが駆けこんできた。

「たいへんです！　統合作戦本部にいるムライ少将からの連絡ですけど――」

なにをあわてている。世の中には、あわてたり叫んだりするにたるようなものは、なにひとつないぞ」

カップを口にはこびながら、えらそうな口調で、ヤンは哲学者じみたことを言った。ユリアンは「でも」と反論しかけてから、急になにか思案する表情になったものである。

「メルカッツ提督をご存じでしょう、閣下」

「帝国軍の名将だ。ローエングラム侯ほど華麗でも壮大でもないが、老練で隙がない。人望もある。だけど、そのメルカッツ提督がどうしたというんだ」

「その帝国軍の名将が――」

ユリアンは声を高くした。

「亡命してきたんです。ヤン提督をたよって、帝国から亡命を！　いまイゼルローンに到着したと、キャゼルヌ少将から連絡があったそうです」

ヤンはたちまち自分自身の哲学を裏切った。あわてて立ちあがり、テーブルの脚と自分の脚をしたたか衝突させたのである。

VI

イゼルローン要塞に到着したメルカッツを迎えた留守司令官のキャゼルヌは、最初、メルカ

ツツに、所有する武器を提出するようもとめたのだが、

「無礼な！　なにを言うか」

副官のシュナイダーが怒気をあらわに叫んだ。

「メルカッツ閣下は捕虜ではない。自由意志によって亡命していらしたのだ。客人として遇するのが礼儀だろう。それとも、自由惑星同盟《フリー・プラネッツ》には、礼儀などというものは存在しないのか」

キャゼルヌは相手の正しさを認めて謝罪し、客人としてメルカッツ一行を遇するとともに、超光速通信《FTL》をハイネセン滞在中のヤンに飛ばしたのである。

ヤンは幕僚たちを集めた。キャゼルヌから直接に話を聞いたムライ少将が、信用しがたいと感想を述べると、ヤンは訊ねた。

「メルカッツ提督はご家族をつれてみえたのかな？」

「いえ、その点を私がキャゼルヌ少将にただしましたところ、家族はなお帝国にあると……」

「そうか、それならいい」

「よくはありません。家族が帝国にあるということは、いわば人質を残しているも同然です。メルカッツ提督が不穏な目的をいだいて来たとみなすのが、自然かつ当然ではありませんか」

「いや、そうじゃない。最初から私をだます気なら、家族を帝国に残しているとは言わないだろうよ。監視役をかねて、偽の家族がついてくる、というあたりかな」

幕僚のひとりに、ヤンは視線をむけた。

「情報部がもし工作するとしたら、そんなところじゃないか、バグダッシュ」

「まあ、そんなところだと思います」

ヤンの暗殺に失敗して転向し、いつのまにか彼の部下におさまった男はそう答えた。

「メルカッツ提督という人は純粋の武人で、諜報活動とか破壊工作とかには無縁でしょう。信用していいと思いますが」

「お前さんより、はるかにな」

「きつい冗談ですな、シェーンコップ准将」

「冗談ではないさ」

すました表情《かお》でシェーンコップが言い、バグダッシュはいやな表情《かお》をした。対照的なふたりを見ながら、ヤンは断をくだした。

「私はメルカッツ提督を信じることにする。それに、私の力のおよぶかぎり、彼の権利を擁護する。帝国の宿将と呼ばれる人が、私をたよってくれるというのだから、それにむくいなければなるまい」

「どうしてもそうなさいますか」

ムライはやや不満顔であった。

「私はおだてに弱いんでね」

そう答えて、ヤンは、イゼルローンとのあいだに直通超光速通信《FTL》の回路を開かせた。

キャゼルヌにつづいて、重厚そうな初老の男が画面にあらわれると、ヤンはたちあがってていねいに敬礼した。

「メルカッツ提督でいらっしゃいますね。ヤン・ウェンリーと申します。お目にかかれてうれしく思います」

いっこうに軍人らしく見えない黒髪の青年を、メルカッツは細い目で見つめた。彼に息子がいたら、これくらいの年齢であろうか。

「敗残の身を閣下におあずけします。私自身にかんしてはすべておまかせしますが、ただ、部下たちには寛大な処置をお願いいたしたい」

「よい部下をお持ちのようですね」

ヤンの視線をうけて、画面の隅でシュナイダーは背筋を伸ばした。

「なんにせよ、ヤン・ウェンリーがおひきうけします。ご心配なさらずに」

その言いかたには、メルカッツを信頼させるものがあった。亡命の提督は、副官の進言に誤りがなかったことを知った。


ヤンがメルカッツとはじめて対面したころ、ハイネセンのトリューニヒトの邸宅に、幾人かの政治家が集まっていた。ネグロポンティ、カプラン、ボネ、ドゥメック、アイランズ——いずれもトリューニヒト派の幹部たちである。

話題は、彼らをおびやかす敵のことであった。敵とは銀河帝国ではなく、国内の軍国主義勢力でもなく、ヤン・ウェンリーという青年をさしてのことである。

かつて彼らが目的としたのは、トリューニヒトという盟主をいただいて政治権力を獲得することであった。現在では、獲得した政治権力の維持が目的となっている。そのためには、彼らの手から権力を奪取する可能性のある者を排除する必要が、当然ながらあるのだった。これまで、彼らの警戒の対象は、反戦派の代表ジェシカ・エドワーズだったが、彼女はクーデター派によって虐殺された。敵が敵を殺してくれたのである。

ボネが水割りのグラスをテーブルにおいて言った。

「今回は、なにしろ内戦ですし、ヤン提督にたいしては勲章だけですませますが、つぎに武勲をたてれば、また昇進させざるをえないでしょう」

「三〇歳そこそこで元帥か」

カプランが唇を引きゆがめた。

「そして退役して政界入りする。不敗の名将で、若くて、おまけに独身だ。大量得票で当選することうたがいありませんな」

「当選はするだろうが、問題は政治的才能だ。戦場の名将、かならずしも政界のサラブレッドたりえないからな」

「だが、名声に惹かれて、彼の周囲にむらがる連中がでてくるだろう。なんの理想もなく、権力ほしさだけでな。そうなれば、質はともかく、量的には無視できない勢力になるぞ」

ボネが言ったのは、自分たちのことを反省したからでは全然ない。聞く人々も、それを不思議とも思わなかった。彼らにとって、正義とは自分たちの特権をまもることであり、すべての発想はそこから出発しているのだ。

「ドーリア会戦の前に、彼は全軍の将兵にむかって言ったそうです。国家の興廃など、個人の自由と権利にくらべれば、とるにたりないものだ、と。けしからん言いぐさだと思いますね」

「危険な思想ですな、そいつは」

ドゥメックが身をのりだした。

「それを敷衍《ふえん》してゆけば、個人の自由と権利さえまもれるなら、同盟が滅び、帝国がとってかわってもかまわない、ということになりかねない。いささか祖国にたいする忠誠心の点で疑問をいだかざるをえませんな」

「それは記憶しておくべき材料だ。つつけば、もっとでてくるだろう」

このような会話を聞いたヤンが、自分は政治家になるつもりはない、退役したら年金で生活しながらアマチュア歴史家になる、などと明言したとしても、彼らはせせら笑うだけで信じないであろう。権力をほしがらない人間などいるはずがない、と彼らは自分を基準に考えているのだった。

はじめて、トリューニヒトが口を開いた。

「ヤン提督の才能は同盟にとって必要なものだ。帝国という敵がある以上はな。だが、致命的なものでなければ、ときには失敗することも本人のためだろう」

トリューニヒトは口の両端をつりあげ、仮面めいた三日月形の笑いをつくった。

「だが、まあ、いずれにせよあわてる必要もあるまい。無理は禁物だ。情勢の推移を、しばらく見まもるとしよう」

一同はうなずき、話題を、最近ハイネセンでの人気を二分する女性歌手たちのことにうつした。

トリューニヒトは、一同の雑談を左の耳から右の耳へ通過させながら、ヤン・ウェンリーのことを考えていた。あの青年は、かつて彼の演説で聴衆が総立ちになったとき、ただひとりすわっていたことがある。勝利の式典で握手したときも、彼に心を許してはいなかった。才能といい、精神といい、さまざまな意味で危険性を秘めた人物である。あわてる必要はないが、いずれはしたがわせるか、排除するか、選択を迫られるだろう。願わくは、前者をえらびたいものだ。そうすれば、潜伏をたすけてくれた地球教徒たちとならんで、彼は強大な味方を手にいれることができるのだ。目の前にいる飼い犬のような連中ではなく……。

そのためには、おしみなく、たとえ小さな手でもうっておくべきであろう。

Ⅶ

帝国暦四八八年一〇月。

ラインハルト・フォン・ローエングラムは爵位を公爵に進め、帝国宰相の座についた。すでに獲得した帝国軍最高司令官の称号もそのまま彼の手中にある。政治・軍事の両大権は、金髪の若者の独占するところとなった。

ローエングラム独裁体制がここに誕生したのである。六歳の幼年皇帝エルウィン・ヨーゼフ二世は、国政の実権をにぎる重臣のあやつり人形《マリオネット》であること、昨年とことならなかった。唯一のちがいは、あやつる糸が二本から一本になったことだけである。

リヒテンラーデ公のもとで副宰相であったゲルラッハは、みずから地位を返上して謹慎することで、自身と一族の滅亡をまぬがれた。

彼をささえる人々もあらたな地位をえた。

ロイエンタールとミッターマイヤー、それにオーベルシュタインの三名は上級大将となり、ケンプ、ビッテンフェルト、ワーレン、ルッツ、メックリンガー、ミュラー、ケスラー、そして降伏したファーレンハイトは大将の位をえた。

故人となったジークフリード・キルヒアイスには、帝国元帥の称号があたえられ、生前にさかのぼって、軍務尚書、統帥本部総長、宇宙艦隊司令長官、さらに帝国軍最高司令官代理、帝国宰相顧問の称号が贈られた。どれほど世俗的名誉をあたえても、ラインハルトは赤毛の友にむくいきれない気がした。だが、彼がキルヒアイスのためにえらんだ墓碑銘は、簡潔をきわめた。ただ一言、

「わが友」

それだけであった。

アンネローゼは、かつて弟たちと休暇をすごしたフロイデンの山荘にうつり住んだ。

いっぽう、ヤン・ウェンリーは大将のままである。戦勝の相手が銀河帝国であり、ほかに現役の元帥がいたら、ヤンが元帥の位をえたことはうたがいない。だが、統合作戦本部長や宇宙艦隊司令長官がいまだ大将であるのに、その下の実戦部隊の長が、階級において上をゆくわけにいかなかった——政府はそう説明した。ヤンにとっては、どうでもいいことだった。

ヤンがもらったのは、自由戦士一等勲章、共和国栄誉章、ハイネセン記念特別勲功大章など、ごたいそうな名のついた、いくつかの勲章であった。家に帰ったヤンは、勲章をいれた小箱を、てごろな大きさだというので石鹸いれに使い、勲章じたいはロッカーの隅に放りこんでしまった。捨てなかったのは、いずれ骨董屋に売りとばして、歴史書なり酒なり買う代金にするつもりだからだろうと、ユリアンは推測している。

そんなものより、ヤンが喜んだのは、メルカッツを中将待遇の客員提督《ゲスト・アドミラル》という身分で、イゼルローン要塞司令官顧問に任命できたことである。いずれ正式の提督となることは確実であり、前面の敵と戦うにせよ、後背の味方とたいするにせよ、メルカッツの経験と思慮は、ヤンにとって貴重な助力となるであろう。とくに、来年あたり帝国のローエングラム公と大きな戦いがあるかもしれないのだから。

ヤンの部下たちも、勲章と感謝状の山に埋もれたが、ヤン自身が昇進しなかったので、彼らの階級もそのままだった。例外はあった。シェーンコップは、惑星シャンプール解放戦における功績から、少将に昇進した。シャンプール住民からの強い要請があったため、と説明されたが、ただひとり昇進させてヤン艦隊の人的結束にひびをいれる、統合作戦本部長代行ドーソン大将のいやがらせという説もあった。クブルスリー大将が退院して現役に復帰することになり、これが本部長代行の最後の仕事になったわけである。

また、とても高級士官とはいえないが、軍属のユリアン少年は兵長待遇から軍曹待遇になった。下士官である。これは、トリューニヒト議長じきじきの口ききによるものといわれたが、とにかく、彼が、スパルタニアンのような戦闘艇に搭乗資格をえたことを意味する。ヤンとしては、いよいよ、少年の軍人志望を認めるかどうか、決断を迫られることになった。

また、ベイ大佐が少将に昇進し、トリューニヒトの警護室長に任命された。彼は最初、クーデターに加担した人物とされていたが、その計画を評議会議長に内報し、その脱出を助けた功によって、赦されただけでなく、あらたな地位をえたのだといわれた。

さらにこの間、ハイネセンには、フェザーンの商人ボリス・コーネフが弁務官オフィスの一員として到着している……。

銀河帝国の首都オーディンから数千光年をへだてた辺境の惑星。その一角、荒涼とした山岳地帯の古い石造りの建物で、ある集会がおこなわれていた。

黒い服をまとった男たちの話を聞き終えると、やはり黒服の老人が、かわいた声で言った。

「そなたらの不満はわからぬでもない。今回のあらそいに際して、ルビンスキーの手ぎわはかならずしもよくなかった。それはたしかじゃ」

「それだけではございませぬ、猊下《げいか》。むしろ熱意のなさを感じさせます。大義を忘れ、利己に走ったとしか思えませぬ。もう二、三年、もう二、三年とそれのみにて」

いきどおりをふくんだ、比較的若い声が答える。

「あせるでない。吾々は八〇〇年待ちつづけた。あと二、三年待つのがなんであろう。いましばらくは、ルビンスキーに時間をあたえてやろう。もし、彼が母なる地球を捨てるとしたら、彼は死と呼ばれるべつの次元に旅立つことになるのだ」

総大主教《グランド・ビショップ》は窓ごしに西の地平を見つめた。オレンジ色にかがやく円盤が地と空を染めあげている。太陽は老いの兆候すらしめさず、生を謳歌しているのに、その子である地球の老衰ぶりはどうであろう。

樹々は枯れはて、土壌は養分を失い、空には鳥が、海には魚影が絶えて久しい。そして人類は、汚染と破壊のあげくにこの母なる惑星を見すて、星々の彼方で愚かな殺しあいに狂奔《きょうほん》している。

だが、それもいましばらくのことだ。人類の故郷はよみがえり、歴史はふたたび地球の地からはじまる。その前に、八世紀にわたる誤った歴史、人類が地球を捨てていた時代の歴史を消滅させねばならないのだ。

前進がなかったわけではない。いっぽうの勢力の権力者は、彼らの術中にある。いずれ、もういっぽうもかならずそうなるであろう。総大主教はひからびた皮膚の下に、熱い確信をためていた。

……宇宙暦《SE》七九七年、帝国暦四八八年は、人類社会を二分する勢力間に戦火がまじえられなかった点において、特異な年であった。両国ともに内戦とその収拾にエネルギーを消費し、前年のように大規模な戦力を敵国にむけることができなかったのである。

それぞれの内戦は、それぞれの勝者を生んだ。だが、勝者が勝利に満足していたかどうかは、またべつの問題である。いっぽうは巨大なものをえると同時に、貴重なものを失い、いっぽうは味方をふやすと同時に、背後の危険もふやすことになったのだから。

いずれにせよ、ある年の平穏が、翌年のそれを保証することにはならない時代である。銀河帝国と自由惑星同盟《フリー・プラネッツ》、双方の人々は、条約によったわけでもないこの年の休戦状態が、翌年の戦火を約束するもののように思い、むしろ不安を感じずにいられなかった。

この年、ラインハルト・フォン・ローエングラムは二一歳、ヤン・ウェンリーは三〇歳である。両者とも、過去より未来に多くのものをもつ年齢であった。

三国志からモダン・スペース・オペラへ

大森　望

田中芳樹の書き下ろし長篇『銀河英雄伝説』が徳間ノベルズから刊行されたのは一九八二年十一月のこと。前年五月にデビュー長篇『白夜《びゃくや》の弔鐘《ちょうしょう》』を李家豊《りのいえゆたか》名義で出していたものの、田中芳樹名義ではこれが初めての著書。続巻が出せるかどうかさえ決まっていなかったため、初刊時には巻数もサブタイトルもついていない。『銀河英雄伝説』、ただこれだけ。

今となってはなんの違和感もないが、はじめて見たつもりになって眺めると、なかなかすごいタイトルである。新人の第一作としては相当に大胆というか、ほとんど誇大妄想的でさえある。新人賞応募原稿の山にこんな題名を見つけたら、まず確実にダメSFだという先入観を抱くだろう。

しかし、めでたくシリーズ化された『銀河英雄伝説』は、名前負けするどころか、巻を追うごとに部数を増やし、〝日本SF最大の〟とか〝スペース・オペラ史上最高の〟とかいう枠をはるかに超えるヒットを記録。日本語で書かれた長篇エンターテインメントとしては最大級の

（もしかしたら史上最大の）成功をおさめている。

ざっと概観しておくと、小説版の『銀河英雄伝説』は、一九八二年から八七年にかけて刊行された正伝十巻と、八六年〜八九年に刊行された外伝四巻に、徳間デュアル文庫版で初めてまとまった外伝短篇集『黄金の翼』を加えた合計十五巻からなる。正伝の完結からでもすでに二十年の歳月を閲《けみ》しているが、著者自身が「終《つい》の棲処《すみか》」と呼ぶこの創元SF文庫版の刊行にいたるまで、さまざまな判型で何度も再刊されてきた。累計の総部数は千五百万部以上。道原かつみによる漫画版や、フィルムブック、ガイドブックなどの関連本まで含めると、タイトルに「銀河英雄伝説」とつく既刊の書籍は百三十冊にも及ぶ。

映像では、三本の劇場アニメ「銀河英雄伝説　わが征《ゆ》くは星の大海」（'88）、「銀河英雄伝説外伝　黄金の翼」（'92）、「銀河英雄伝説　新たなる戦いの序曲」（'93）に加えて、正伝百十話・外伝五十二話に及ぶ長大なOVA（オリジナルビデオアニメ）シリーズがあり、今もさまざまな形態で再販売・再放送されている。さらにはゲーム版（PC用／家庭用）もさまざまなプラットフォームで次々にリリースされ、二〇〇七年秋にも新作が発売予定と、全世界に広がった『銀英伝』人気は衰えを知らない。原作の英訳こそ出ていないが、アニメ版を中心に欧米各国でも熱心なファンが多く、Legend of the Galactic Heroes のタイトルでよく知られている。

二〇〇六年には、初の正規版中国語訳（簡体字《かんたいじ》バージョン）が北京十月文芸出版社から出版された。写真で見たところ、道原かつみ装画のペーパーバック版で、タイトルが横書きで入っている以外は、徳間デュアル文庫版とほとんど変わらない外見だ。

このニュースを報じた二〇〇六年七月二〇日の「人民網」（人民日報インターネット版）出版情報コラムは、田中芳樹の経歴や作風を写真入りで詳しく紹介し（その小見出しが「皆殺しの田中」だったりするのがおかしい）、田中芳樹が中国人読者に向けて書いた第一巻の序文を引用している。いわく、「少年時代、『西遊記』『水滸伝』『三国志演義』や『史記』を読み、物語と歴史に興味を持ちました。わたしは中国文化の恩恵を深くこうむっています。この翻訳によって少しでもその恩返しができるなら、これにまさる喜びはありません」（中国語はできないので適当訳。以下同）

記事によれば、もともと一九九六年に台湾で繁体字《はんたいじ》版の翻訳が出て、その海賊版が大陸中国にも流入し、〝太空版三國〟（宇宙版三国志）などと呼ばれて、主にSFファンの間で大流行。やがてネット上のあちこちに違法コピーが掲載され、爆発的に広がったらしい。若い世代の中国SF作家たちはこぞって『銀英伝』を読み、宇宙を舞台にした現代の中国SFで『銀英伝』の影響を受けていないものは一冊もないとさえ言われている。

SFのみならず、武俠《ぶきょう》小説『誅仙』で知られる人気作家の蕭鼎など、中国ファンタジー界にも熱烈な『銀英伝』愛好者が多く、《ハリー・ポッター》シリーズの登場以前、中国ファンタジーにもっとも大きな影響を与えたのは『銀河英雄伝説』だったという。『銀英伝』がハリポタと並列されるのは奇異な気もするが、以前、台湾で出た繁体字版の『指輪物語』を見たとき、まるで『三国志』みたいだなあと思った覚えがあるから、そのデンで行けば『銀英伝』は宇宙版『指輪物語』だとも言えるわけで、ファンタジーと同じ感覚で読む読者がいてもおかしくない。

ちなみに簡体字の〝銀河英雄伝説〟（銀、伝、説の字が違う）をgoogleで完全一致検索すると、約三十二万件ヒットする。これは、日本語の「銀河英雄伝説」検索結果の半分強で、英訳タイトルの検索結果の約七倍。日本語圏以外で『銀英伝』がもっとも愛されているのは、中国語の簡体字圏（中国大陸とシンガポール）だと考えてまちがいなさそうだ。

多彩なキャラクターの中では、もちろんヤン・ウェンリー（楊威利）が中国人ファンの一番人気。毎年六月一日の命日は〝楊威利紀念日〟とされ、在《あ》りし日の楊提督を偲《しの》ぶ慣わしだとか。さらにもうひとつ、例の神舟《しんしゅう》5号に乗り組み、中国人初の宇宙飛行士となったパイロットの名前が〝楊利威〟だったという偶然から、ますます〝楊威利〟に箔がついた――というエピソードもあるらしい。

前述「人民網」の記事にも一部が引用されているが、中国のSF作家、星河は、「『銀河英雄伝説』――リアリズムの〝伝説〟」と題する論考の中で、「スター・ウォーズ」やアイザック・アシモフ『銀河帝国の興亡』（創元SF文庫）と比較しつつ『銀英伝』を論じ、遥か彼方の宇宙に託して現実の政治・社会・経済を深く考察したのが『銀英伝』の特徴だと指摘。「三国志」をベースにしながら西洋的な価値観をもミックスすることで、現代的なリアリティを獲得したと書いている。この分析は、本シリーズ前巻の解説（「スペース・オペラはいかに政治の夢を見るか」創元SF文庫『銀河英雄伝説1　黎明篇』）における鏡明氏の指摘とも重なる。宇宙SFのお手本とされてきただけあって、中国では『銀英伝』が深く研究されているようだ。

それにしても、なぜ中国でこれほど『銀英伝』が読まれているのか。ウェブ連載コラム「上海時報」で中国語正規版翻訳刊行の話題に触れた田中信彦氏は、〈(「三国志演義」や「水滸伝」などの影響を受けた) 歴史小説的深みが中国でも強く支持される大きな理由だろう。確かに感覚的にはSFというより司馬遼太郎の小説のような趣《おもむき》がある。『坂の上の雲』がお好きな方などは恐らく面白く読めると思う〉と書いている。

僕自身はと言うと、吉川英治版『三国志』や司馬遼太郎の歴史小説を読み漁《あさ》ったのは中学生の頃で、その後は長くご無沙汰していた。だから——というわけでもないが (一九八〇年代当時はシリーズものを読まない主義だったので)『銀英伝』を読んだのもずいぶん遅く、外伝も含めて徳間ノベルス版が完結してからのこと。私事で恐縮ですが、試しに買った最初の二冊をあっという間に読み終え、近所の書店に置いてあった五巻目までを一気買い。それを一日で読みつくしたあと、残りの巻を求めて西葛西・葛西一帯の新刊書店 (当時は二十軒近くあった) を自転車で走りまわり、最後の一冊をジャスコ西葛西店に入っている未来屋書店で発見したときの喜びは今も鮮やかに覚えている。シリーズの続きが読みたくて町を放浪したのは、あとにも先にも、この『銀英伝』のときだけですね。

ともあれ、それ以降、吉川英治『三国志』の脳内記憶はすっかり『銀英伝』に上書きされ、高橋克彦『天を衝《つ》く』を読んでも、ジョージ・R・R・マーティンの『七王国の玉座』を読んでも、北方謙三の『楊家将《ようかしょう》』を読んでも、「まるで『銀英伝』みたい」と思ってしまうのは困ったことである。

……と、余談がつづくばかりでなかなかSFの話にならないが、私見ではそこに『銀英伝』の特徴がある。そもそも『銀英伝』をスペース・オペラに分類することにさえ個人的には若干の違和感があって――と言いはじめると話がややこしくなるので、スペース・オペラの起源と日本における受容史に関しては、前述した鏡明解説を参照していただくとして、ここではまず、『銀河英雄伝説』の成立事情をざっと見ておこう。

田中芳樹は、一九七八年、探偵小説専門誌《幻影城》が主催する第三回幻影城新人賞小説部門に、短篇「緑の草原に……」(李家豊名義)で入選し、商業誌デビュー(同時入選作のひとつが連城三紀彦「変調二人羽織」だった)。この賞は、一九七九年の《幻影城》休刊とともにたった四回で終了したにもかかわらず、他にも、泡坂妻夫、滝原満(田中文雄)、栗本薫、友成純一、竹本健治などの才能が輩出した。「銀河英雄伝説 ON THE WEB」掲載の田中芳樹インタビューによれば、当時、こうして世に出た作家たちを集めて書き下ろし長篇の競作をさせようという企画が持ち上がり、《幻影城》の編集者から、「〝スペース・オペラ〟をやってみないか」と打診された田中芳樹は、子供の頃からスペース・オペラを愛読してきたこともあり、ふたつ返事で引き受けたという。

『銀河のチェスゲーム』というタイトルを考えて、その物語の時点に至るまでの何百年かの架空の銀河系の歴史を書きました。その中に、過去のエピソードのひとつとして、ラインハルトとヤン・ウェンリーの二人が対立して……という話があったんです。そして、全体で百枚程書いた頃に、多くの人がご存じかと思いますが、《幻影城》が休刊になってしまいまして……（笑）。その原稿はそのままになってしまいました。その後、本当に偶然から徳間書店の編集者に声をかけて頂いたのです。そのときに、もう三年ぐらい前に書いたままになっている長篇があることを思い出して、お見せしました。そうしたら、本篇よりもむしろ、それに先立つ銀河系史、概略のようなものの方が面白いから、そちらを歴史小説風に書いてみましょう、ということになったのです。実は僕も、最初に書いたときに、結構そこに力を入れて書いていたので愛着があって、自分でもいっそこちらの話をやってみようと思ったんです。そうして、タイトルも決めないままに書き始めたのが、『銀河英雄伝説』ということになります。

また、徳間デュアル文庫版『銀河英雄伝説VOL.2［黎明篇・下］』の巻末インタビューでは、『銀河のチェスゲーム』について、〈もっと本来の意味での〝スペース・オペラ〟に近い作品だったんです〉〈言ってみれば、歴史小説ではなく時代小説ですね〉と説明している（傍点引用者）。

西部劇（ホース・オペラ）を宇宙に移植したのが〝本来の意味での〟スペース・オペラだとすれば、その日本版は時代劇になる道理。勧善懲悪チャンバラ時代小説の刀を光線銃に置き換えれば、古典的な（狭義の）スペース・オペラができあがる。逆に、歴史小説として書かれた宇宙SFが、たとえばアシモフの『銀河帝国の興亡』であり、光瀬龍の《星間文明史》シリーズだとも言えるだろう。

光瀬龍の『たそがれに還る』や『喪われた都市の記録』は、東洋的無常観に裏打ちされた〝宇宙叙事詩〟と呼ばれることはあっても、スペース・オペラと呼ばれることはまずない。すべてが滅び去ったあと、はるかな未来から歴史を語るというスタイルは、およそウェスタン的ではないし、したがって古典的なスペース・オペラにもなじまない。

しかし、その光瀬龍も、まさに宇宙版時代劇というべき《猫柳《ねこやなぎ》ヨウレの冒険》シリーズを一九七六年から七七年にかけて《奇想天外》に連載している（八〇年に『宇宙航路』として単行本化）。七七年十一月には、ライトノベル第一号とも言われる高千穂遙のスペース・オペラ《クラッシャージョウ》シリーズの第一弾、『連帯惑星ピザンの危機』も刊行された。したがって、一九七八年ごろに、「〝スペース・オペラ〟をやってみないか」と提案した《幻影城》の編集者が想定していたのは、おそらくそういうタイプの、狭義のスペース・オペラだったのではないか。

しかし、版元が徳間書店に変わり、『銀河のチェスゲーム』が『銀河英雄伝説』になる段階で、編集者との話し合いを経て歴史小説的な側面が強調され、下敷きとして「三国志」が採用されることになる。銀河帝国が魏《ぎ》、フェザーン自治領が呉《ご》、自由惑星同盟が蜀《しょく》にあたり、ラインハルトが曹操、ヤン・ウェンリーは劉備＋孔明という役どころだ。

そして、この「三国志」に代表される東洋的な歴史観が、従来のアメリカ型スペース・オペラと決定的に違う、『銀英伝』の特徴をかたちづくることになる。

銀河を舞台にした巨大スケールの戦争活劇としては、元祖スペース・オペラのひとつ、E・E・スミス《レンズマン》シリーズ（創元SF文庫）がつとに名高く、宇宙戦闘シーンの迫力や個性的なキャラクターの魅力は『銀河英雄伝説』にも共通する。しかし、銀河文明vsボスコニア文明、アリシア人vsエッドール人の善悪二元論を基盤とする《レンズマン》と違って、「三国志」の世界に善と悪の二項対立はない。

血湧き肉躍る宇宙活劇でありながら、主人公が必ずしも善玉とは限らない——というか、それぞれの登場人物にそれぞれの立場があり、人生があるという設定を基盤にしたのが『銀河英雄伝説』のリアリズムだった。勧善懲悪システムと訣別したことで、主要登場人物の生死を含め、物語の展開に予想がつかなくなる。銀河帝国という大時代な設定の古めかしさと裏腹に、現実社会を反映した現代的なプロットを導入することが可能になったわけだ。

こういう野心的な設定のモダン・スペース・オペラが広く受け入れられたのは、時代の変化に加えて、SFアニメ「機動戦士ガンダム」の登場も大きい。初代ガンダムは一九七九年から八〇年にかけてTV放送され、一部に熱狂的なファンを生み出し、八一年には劇場版が公開された。ガンダムこそは、TVアニメ史上初の、善悪二元論に基づかないミリタリー・スペース・オペラだった。その中で描かれた戦略的思考や徹底したリアリズムが、『銀河英雄伝説』大ヒットの土壌をつくったと考えてもいいだろう。

一方、SF小説の流れから見ると、《レンズマン》＋『銀河帝国の興亡』＝『銀河英雄伝説』

という考えかたも成り立つ。
ちなみに、徳間デュアル文庫版『銀河英雄伝説』正伝最終巻の巻末インタビューで、田中芳樹は、銀英伝ファンに推薦する作品として、創元推理文庫の二大名作、E・R・エディスン『ウロボロス』(山崎淳訳)と、マーヴィン・ピーク《ゴーメンガースト》三部作(浅羽莢子訳)を挙《あ》げ、次のように語っている。

《ゴーメンガースト》は『銀英伝』と背景が似てるんですよ。すごく古くさい秩序を変えようとするやつがでてきて、それにかなり多彩なキャラクターが絡まる……伝統と革新の相克《そうこく》みたいなとこが出てきます。それと『ウロボロス』は要するにファンタジー・チャンバラですから。あれも敵味方のキャラが、なかなかおもしろい。

こうしてみると、『マヴァール年代記(全)』が創元推理文庫に入ったのに続いて、『銀英伝』が創元SF文庫に入ったのは歴史の必然だったというべきか。世界SF史に残るこの名作が《レンズマン》や『銀河帝国の興亡』とともに末永く読み継がれていくことを祈りたい。

【引用・参考ウェブページ一覧】
・「人民網〉〉書畫〉〉新書發布　二〇〇六年七月二〇日　《銀河英雄傳説》一夢夢十年」(http://art.

people.com.cn/BIG5/41428/4609915.html）

・「北京趣聞博客（ぺきんこねたぶろぐ）二〇〇七年二月九日　なつかしの『銀英伝』、中国で堂々出版」http://fukushimak.iza.ne.jp/blog/entry/111766

・「世界鑑測　田中信彦の『上海時報』二〇〇六年八月二三日　人民日報も認める『銀英伝』。中国で「愛される理由」は」http://business.nikkeibp.co.jp/article/world/20060802/107390/

・星河「《銀河英雄伝説》——写実的〝伝説〟」二〇〇六年九月二一日　http://comic.sina.com.cn/w/2006-09-21/1412100734.shtml

・「Webミステリーズ！ Science Fiction 『銀河英雄伝説』創元SF文庫版に寄せて」（田中芳樹）二〇〇七年二月五日　http://www.tsogen.co.jp/web_m/tanaka0702.html

・「銀河英雄伝説 ON THE WEB インタビュー第1回」（一九九六年、第四期OVA制作時インタビューより抜粋）http://www.ginei.jp/interview1.htm

・「フリー百科事典『ウィキペディア（Wikipedia）』銀河英雄伝説」http://ja.wikipedia.org/wiki/

本書は一九八三年に徳間ノベルズより刊行された。九二年には『銀河英雄伝説1　黎明篇』と合冊のうえ四六判の愛蔵版として刊行。九六年、徳間文庫に収録。二〇〇〇年、徳間デュアル文庫に『銀河英雄伝説 VOL.3, 4［野望篇上・下］』と分冊して収録された。創元SF文庫版では徳間デュアル文庫版を底本とした。

検　印
廃　止

著者紹介　1952年，熊本県生まれ。学習院大学大学院修了。78年「緑の草原に…」で幻影城新人賞受賞。88年《銀河英雄伝説》で第19回星雲賞を受賞。《創竜伝》《アルスラーン戦記》《薬師寺涼子の怪奇事件簿》シリーズの他，『マヴァール年代記』『ラインの虜囚』など著作多数。

銀河英雄伝説2　野望篇

2007年4月27日　初版
2023年2月3日　29版

著　者　田《た》　中《なか》　芳《よし》　樹《き》

発行所　(株)　東京創元社
代表者　渋谷健太郎

162-0814／東京都新宿区新小川町1-5
電　話　03・3268・8231-営業部
　　　　03・3268・8204-編集部
URL　http://www.tsogen.co.jp
振　替　00160-9-1565
DTP　フォレスト
暁印刷・本間製本

ISBN 978-4-488-72502-0　C0193

2年連続ヒューゴー賞&ローカス賞受賞作

THE MURDERBOT DIARIES◆Martha Wells

マーダーボット・ダイアリー

上 下

マーサ・ウェルズ◎中原尚哉 訳

カバーイラスト=安倍吉俊　創元SF文庫

◆

かつて重大事件を起こしたがその記憶を消された
人型警備ユニットの“弊機”は
密かに自らをハックして自由になったが、
連続ドラマの視聴を趣味としつつ、
保険会社の所有物として任務を続けている。
ある惑星調査隊の警備任務に派遣された“弊機”は
プログラムと契約に従い依頼主を守ろうとするが。
ヒューゴー賞・ネビュラ賞・ローカス賞3冠
&2年連続ヒューゴー賞・ローカス賞受賞作!

日本SF史に名を刻む壮大な宇宙叙事詩

Legend of the Galactic Heroes◆Yoshiki Tanaka

銀河英雄伝説
全10巻+外伝全5巻

田中芳樹

カバーイラスト＝星野之宣

◆

銀河系に一大王朝を築きあげた帝国と、

民主主義を掲げる自由惑星同盟《フリー・プラネッツ》が繰り広げる

飽くなき闘争のなか、

若き帝国の将“常勝の天才”

ラインハルト・フォン・ローエングラムと、

同盟が誇る不世出の軍略家“不敗の魔術師”

ヤン・ウェンリーは相まみえた。

この二人の智将の邂逅が、

のちに銀河系の命運を大きく揺るがすことになる。

日本SF史に名を刻む壮大な宇宙叙事詩、星雲賞受賞作。

創元SF文庫の日本SF

現代最高峰の知的興奮に満ちたハードSF

THE ISLAND AND OTHER STORIES◆Peter Watts

巨星

ピーター・ワッツ傑作選

ピーター・ワッツ
嶋田洋一 訳　カバーイラスト＝緒賀岳志
創元SF文庫

◆

地球出発から10億年以上、
直径２億kmの巨大宇宙生命体との邂逅を描く
ヒューゴー賞受賞作「島」、
かの名作映画を驚愕の一人称で語り直す
シャーリイ・ジャクスン賞受賞作
「遊星からの物体Ｘの回想」、
実験的意識を与えられた軍用ドローンの
進化の極限をＡＩの視点から描く「天使」
——星雲賞受賞作家の真髄を存分に示す
傑作ハードＳＦ11編を厳選した、
日本オリジナル短編集。